Verzauberte Nächte

Die Hexen von Hollow Cove

Buch 3

Kim Richardson

KR Publishing

Dieses Buch ist ein fiktives Werk. Alle Verweise auf historische Ereignisse, reale Personen oder reale Schauplätze werden fiktiv verwendet. Andere Namen, Charaktere, Orte und Begebenheiten sind das Produkt der Phantasie der Autorin, und jede Ähnlichkeit mit tatsächlichen Ereignissen oder Orten oder Personen, lebend oder tot, ist rein zufällig.

KR Publishing
www.kimrichardsonbooks.com
Verzauberte Nächte, Die Hexen von Hollow Cove, Buch 3

Aus dem Englischen von Manfred Elian

VERZAUBERTE NÄCHTE

DIE HEXEN VON HOLLOW COVE

BUCH 3

KIM RICHARDSON

KR PUBLISHING

KAPITEL 1

Ich stand in der Eingangshalle von Davenport House und betrachtete die Holzmaserung der Eingangstür. Sie verleiht dem Haus einen natürlichen edlen Glanz. Mein Herz schlug rasend schnell. Meine Tanten und Iris standen ein paar Schritte hinter mir, und ihre nervöse Energie verstärkte meine Nervosität, bis ich das Gefühl hatte, aus meiner Haut fahren zu wollen und sie wie einen Haufen ausrangierter Kleidung auf den Boden fallen zu lassen.

Heute ist der 31. Oktober. Es ist Samhain, oder Halloween, wie die Menschen es nennen, ein Fest zum Ende des Sommers und zum dem Beginn eines neuen magischen Jahres. Wir bereiten ein riesiges Festmahl vor und ehren unsere verstorbenen Liebsten – Hexen oder Tiere – mit unserer Feier in den Straßen von Hollow Cove. Das Fest endet üblicherweise mit einem großen Lagerfeuer am Sandy Beach, wo wir bis in die frühen Morgenstunden singen und tanzen würden.

Es war bei weitem mein liebstes Hexenfest, aber mein Herz war nicht in Feierlaune.

Heute war Samhain, aber es war auch mein erster Tag der Merlin-Hexenprüfungen.

Na toll.

Zwei Monate waren vergangen seit ich meine Vorladung, wenn man es so nennen wollte, von Greta Trickle, der Leiterin der Ausbildungsabteilung für Hexenprüfungen erhalten hatte. In ihrem kurzen Brief hatte Greta erklärt, dass mir meine Merlin-Lizenz entzogen würde, wenn ich nicht an den Prüfungen teilnähme.

Das war sehr nett von ihr.

Nach dem langen Telefongespräch, das meine Tante Dolores mit Greta geführt hatte, nachdem sie meinen Brief gelesen hatte, war meine Merlin-Lizenz zunächst nur ausgesetzt worden. Greta hatte an den Nordamerikanischen Merlinverband geschrieben, an die Abteilung, die die Lizenzen verwaltete, und es war ihr gelungen – zweifellos durch Übertreibung der Umstände, unter denen ich meine erhalten hatte – sie davon zu überzeugen, meine Lizenz auszusetzen, bis ich die Hexenprüfungen zufriedenstellend abgeschlossen hatte.

Zwei Monate später stand ich also hier, voller Energie und bereit, mein neuestes Abenteuer zu beginnen. Nein, nicht wirklich. Die Wahrheit war, dass ich verdammt nervös war.

Laut meinem kleinen schwarzen Buch *Die Ley-Linien von Nordamerika* musste ich nach der fünften Station die Linien wechseln und eine andere Ley-

Linie nach High Peak Wilderness, New York, nehmen – wo auch immer das war. Das Umsteigen zwischen verschiedenen Ley-Linien war nicht der Grund, warum ich zitterte.

Die Reise ins Unbekannte ließ meine Beine ein wenig zittern und ich hatte das Gefühl, als ob ich an Marionettenfäden hängen würde.

Fast zwei Monate lang hatten meine Tanten ihr Bestes gegeben, um mit mir zu üben und mich auf das vorzubereiten, was mich erwarten würde. Unerbittlich hatten sie mich ausgefragt und getestet: Ruth über Zaubertränke, Dolores über Ley-Linien und Machtwörter und Beverly über Zauberei und Magie. Es gab kein Erbarmen. Sogar Iris hatte mitgemacht. Sie unterrichtete mich in der Dämonenbeschwörung und in dunklen Flüchen und Verhexungen. Obwohl die Tanten ihr immer wieder sagten, dass das nicht in den Prüfungen vorkommen würde, tat sie einfach so, als hätte sie es nicht gehört, und unterrichtete mich trotzdem.

Und ich wollte lernen. Und zwar alles. Wissen ist Macht und je mehr magisches Wissen ich habe, desto besser würde es mir ergehen. Zumindest hoffte ich das.

Aber die Wahrheit war, dass es mehr als dreißig Jahre her war, dass meine Tanten die Hexenprüfungen absolviert hatten, und in dieser Zeit hat sich viel ändern und passieren können. Das könnte bedeuten, dass alles, was sie mir beigebracht hatten, vielleicht nicht mehr relevant war.

Ich hätte Gretas Brief mit einer Zeichnung meines

Mittelfingers beantworten können, aber da es meinen Tanten so wichtig war, dass ich wie sie ein Merlin wurde, beschloss ich, diese Zeichnung auf meinem Schreibtisch liegen zu lassen. Sie könnte für jemand anderen nützlich sein ... wie beispielsweise Gilbert.

Ein Merlin zu sein, bedeutete etwas. Es bedeutete Respekt in unserer paranormalen Gemeinschaft. Es bedeutete, eine Position innezuhaben, die tatsächlich etwas bewirken und unseren Leuten helfen konnte. Ich wollte ein Teil davon sein. Zum ersten Mal in meinem Leben hatte ich das Gefühl, dass ich eine wahre Bestimmung hatte, dass ich dazu bestimmt war, ein Merlin zu sein.

Ich hatte mir also ein Versprechen gegeben. Ich *würde* die Hexenprüfungen bestehen und meine Merlin-Lizenz zurückbekommen, egal was es kostete.

„Es ist Viertel vor neun. Du solltest gehen", sagte meine Tante Dolores. Sie stand mit einer Hand in die Hüfte gestemmt da, während sie mit der anderen gestikulierte. Sie erinnerte mich an eine Lehrerin. Mit ihrer Größe von einsfünfundsiebzig, dem tiefen Stirnrunzeln und ihrem finsteren Blick würde sie viele Männer in die Flucht schlagen. Ihr langes graues Haar fiel locker über ihren Rücken und verlieh ihr einen sanfteren Ausdruck. Aber man wäre ein Narr, wenn man sie für weich hielte, kurz bevor sie einen mit einem ihrer Zaubersprüche verfluchte. „Du willst an deinem ersten Tag nicht zu spät kommen", ermahnte sie mich. „Zu spät kommen wäre *katastrophal.*"

„Die einzige Sache, die katastrophal wäre, ist eine

ungeplante Schwangerschaft“, sagte Beverly, schwang ihre Hüfte und warf ihr blondes Haar zurück. „Oder wenn man sich zwischen zwei Männern entscheiden muss. Oder drei. Oder vier Männern. Das ist katastrophal. Zuspätkommen ist es nicht.“

Ich lachte nervös. „Ich werde nicht zu spät kommen“, antwortete ich und fragte mich, ob ich gerade Beverly oder Dolores geantwortet hatte. Seufzend rückte ich den Riemen meiner Umhängetasche auf meiner Schulter zurecht. Ich hatte nur das Nötigste eingepackt: Mein treues *Hexenhandbuch, Band drei,* mein kleines schwarzes Buch *Die Ley-Linien von Nordamerika,* ein paar Energieriegel, einen Karottenmuffin, mein Portemonnaie und mein Handy.

Apropos Telefon, ich nahm es in die Hand und warf einen letzten Blick darauf, wobei mein Herz pochte, als ich auf das Display schaute. Keine verpassten Anrufe. Keine neuen Nachrichten.

Enttäuscht steckte ich mein Telefon zurück in meine Tasche. Marcus war seit fast zwei Monaten weg. Er war in einer dringenden Angelegenheit nach Pennsylvania gerufen worden, um bei einer Krise zu helfen, in derselben Nacht, in der wir unser allererstes Date haben sollten. Er hatte mir am Abend vor seiner Abreise eine SMS geschickt.

Marcus: *Ich fahre heute Abend nach Pennsylvania. Es ist dringend. Die Details erzähle ich dir später. Ich werde in ein paar Wochen zurück sein. Das mit dem Abendessen tut mir leid. Ich werde es wieder gut machen. Ich verspreche es. Ich rufe dich an, wenn ich zurück bin.*

Ich hatte ihm zurückgeschrieben.

Das solltest du besser auch. Und ein lächelndes Emoji hinzugefügt.

Das war die letzte Nachricht, die ich von ihm bekommen hatte. Es war das letzte, was ich von ihm gehört hatte. Und das war vor fast zwei Monaten gewesen.

Ich hatte die Hoffnung nicht aufgegeben, während die Wochen vergingen, aber nichts. In den ersten zwei Wochen hatte ich dem Drang widerstanden, ihn anzurufen. Ich wollte nicht die Frau sein, die ihren Mann an der kurzen Leine hielt. Außerdem war Marcus nicht mein Mann. Wir hatten nicht einmal ein erstes Date gehabt. Er war nicht mein Eigentum. Aber nachdem ich einen Monat nichts von ihm gehört hatte, beschloss ich trotzdem, ihn anzurufen.

Mein Anruf ging direkt auf seine Mailbox.

Marcus hatte mich nie zurückgerufen oder zurückgeschrieben. Ich wollte unbedingt dieses Date mit ihm, verdammt noch mal. Aber wenn er mich sitzenlassen wollte, würde er es zu spüren bekommen, wenn ich ihn das nächste Mal zu Gesicht bekam.

Die Tatsache, dass er nicht zurückgerufen oder eine Nachricht gesendet hatte, um mir mitzuteilen, dass seine Reise etwas länger dauern würde als erwartet ... tat weh. Ich gebe es zu. Ich habe mich in den Kerl verliebt, den Polizeichef von Hollow Cove. Unser Kuss war außergewöhnlich gewesen und hatte meine Gehirnzellen fast explodieren lassen.

Aber die Tatsache, dass der Kerl nicht zurückrief, sprach Bände.

Es sagte mir, dass ich ihm nicht wichtig genug war, um einen verdammten Telefonanruf zu tätigen.

Mein Puls beschleunigte sich bei dem Gedanken und ich hasste es, wie ich mich fühlte, wenn ich daran dachte. Ich kam mir dumm vor, weil ich meine Deckung fallen gelassen und ihn hereingelassen hatte, und ich war stinksauer.

Ich verscheuchte diese düsteren Gedanken. Ich durfte nicht die Fassung verlieren oder mich ablenken lassen. Ich musste mich auf die Dinge konzentrieren, die wichtiger und dringlicher waren – wie das Bestehen der Hexenprüfungen.

Dafür würde ich mein ganzes Gehirn brauchen – und noch einiges mehr.

Ich wurde immer nervöser, je länger ich herumstand und auf die Tür starrte. Ich warf einen Blick über meine Schulter zu Iris. Sie schenkte mir ein festes Lächeln mit ihren vollen Lippen, ihre dunklen Augen waren vor Aufregung geweitet. Die zweiunddreißigjährige Dunkle Hexe hatte sich erstaunlich gut in Davenport House eingelebt, unsere Gemeinschaft funktionierte sehr gut. Beim Blick auf ihr hübsches, feenhaftes Gesicht, ihr seidiges schwarzes Haar und ihren perfekt geformten zierlichen Körper würde man nie vermuten, dass sie noch vor zwei Monaten als Ziege durch Hollow Cove gestreift war. Dieser Mistkerl Adan hatte sie mit einem Fluch belegt, um sie zum Schweigen zu bringen. Aber seit Adan nicht mehr unter den Lebenden weilte, war der Fluch aufgehoben. Iris war wieder eine Hexe.

Ich dachte, sie würde lieber zu ihrer Familie zurückkehren, aber sie hatte beschlossen, bei uns zu bleiben. Wir waren uns in den letzten Wochen ziemlich nahegekommen, jetzt waren wir wie Schwestern. Als Einzelkind hatte ich mir immer eine Schwester gewünscht, jemanden, auf den ich mich verlassen konnte, da meine Mutter und mein Vater (vor allem mein Vater) die meiste Zeit meiner Kindheit nicht anwesend gewesen waren.

Ruth reichte mir eine kleine braune Papiertüte und riss mich damit aus meinen Gedanken. „Hier. Ich habe dir etwas zu essen gemacht, falls du Hunger bekommst. Bei der ganzen Reiserei könntest du hungrig werden. Und wenn du hungrig bist, brauchst du nur das zu essen, was in der Tüte ist."

„Ich glaube, sie hat es verstanden, Einstein", brummte Dolores lächelnd.

Ich brachte es nicht übers Herz, ihr zu sagen, dass ich schon ein paar Snacks eingepackt hatte. „Danke, Ruth. Das ist sehr nett von dir." Ich schnappte mir die braune Papiertüte und steckte sie in meine Umhängetasche, damit meine Tanten oder Iris meine zitternden Hände nicht sahen. Die Umhängetasche war das Einzige, was ich bei mir trug. Es wäre unangenehm gewesen, Gepäck mitzuschleppen. Da ich die Ley-Linien benutzen konnte, konnte ich nach den Prüfungen nach Hause kommen. Dem Hexenkessel sei Dank dafür. Ich wollte nicht in einem Hotel mit einem Haufen

Fremder übernachten, denn mein Blutdruck war bereits auf einem Rekordhoch.

Ruth ergriff meine Hand und drückte sie. „Du schaffts das schon. Sei einfach du selbst“, ermutigte sie mich, denn sie schien mein Unbehagen und meine Nervosität bemerkt zu haben, egal wie sehr ich versuchte, sie zu verbergen. Sie lächelte, was ihr ein paar Lachfältchen bescherte und der Blick, den sie mir schenkte, enthielt eine Mischung aus Aufmunterung und Aufregung. Ihr weißes Haar war zu einem unordentlichen Dutt auf dem Kopf aufgetürmt, der von zwei Bleistiften gehalten wurde.

„Das ist das Problem“, murmelte ich. „Immer, wenn ich ich selbst bin, passiert irgendwas Dummes.“

Ruth lachte. „Mir auch. Das ist Teil davon, eine Davenport-Hexe zu sein. Das ist unser Charme.“

„Einen Scheißdreck ist es. Das ist definitiv nicht *mein* Charme“, schnaubte Beverly in ihrem üblichen leicht arroganten Tonfall. Sie zwinkerte mir zu und fügte hinzu: „Meine Kurven dagegen schon.“

„Bist du bereit?“, fragte Dolores, wobei Anspannung in ihrer Stimme mitschwang.

„Nein.“ Aber welche Wahl hatte ich denn schon? Entweder in die Ley-Linie springen oder meine Merlin-Lizenz verlieren. Ich holte Luft und stieß einen zittrigen Atemstoß aus. „Tja. Ich schätze, ich werde jetzt gehen.“

„Mach sie fertig“, ermunterte mich Dolores und neigte den Kopf zum Abschied.

Ich strahlte. „Wenn du das sagst.“

Dolores verdrehte die Augen. „Du weißt, was ich meine. Obwohl es mir nichts ausmachen würde, einen Sarg für Greta auszusuchen. Ein schwarzer ... mit kleinen roten Würmern würde sich gut machen."

Iris trat einen Schritt vor. „Ich wünschte, ich könnte mitkommen", sagte die Dunkle Hexe, wobei ihr schwarzes Haar ihr Kinn umspielte.

„Ich auch." Ich musste zugeben, Iris dabei zu haben, hätte meine Nervosität etwas lindern können. Aber ich war eine erwachsene Frau. Ich konnte das schaffen. Ich *musste* das allein schaffen.

Ich nickte ihnen noch einmal zu. „Bis später."

Ich wappnete mich, konzentrierte meine Energien und streckte die Hand aus, um die Ley-Linie anzuzapfen. Ein gewaltiger, tosender Strom aus magischer Energie strahlte aus und traf mich. Ich spürte die Magie der Ley-Linie in meinem Geist, die mit einer Kraft an mir vorbeiströmte, die bis in meine Fußsohlen vibrierte. Sie strömte an mir vorbei wie ein gewaltiger, reißender Fluss.

Ich holte tief Luft und sandte meine Gedanken in diese Kraft. In die Ley-Linie.

Dann streckte ich die Hand aus, griff nach dem Türgriff, zog die Tür auf – und sprang.

KAPITEL 2

High Peak Wilderness war *genauso,* wie es sich anhörte – eine riesige Wildnis aus Kiefern, Eichen, Eschen, Ahorn, Tannen und Fichten mit sanften Hügeln, großen Seen und schimmernden Teichen.

Nachdem ich die Ley-Linien nach Westen genommen hatte, stieg ich an der zehnten Haltestelle aus, die der High Peak Wilderness, New York, am nächsten lag, und befand mich mitten in der Wildnis.

Ich stand auf einem Hügel und überblickte meine Umgebung. Rote und orangefarbene Blätter bedeckten den Boden zu meinen Füßen. Eine leichte, kühle Brise strich mir die Haare aus dem Gesicht und ließ die verbleibenden Blätter in den Bäumen rascheln. Sie waren eine Farbexplosion in tiefen Rot-, Orange- und Gelbtönen. Aber ihre Tage waren gezählt. Bei einem starken Wind würden sie alle zu Boden fallen.

Im Sommer war dieser Ort wahrscheinlich das

Zentrum der Zecken, ganz zu schweigen von den Schwärmen von Schnaken und Mücken, die nur darauf warteten, einen zu verspeisen. Aber das kalte Wetter sorgte für Abhilfe – dem Hexenkessel sei Dank.

Der Geruch der feuchten Erde, der Blätter und der würzige Duft der Balsamtannen war berauschend. Ich liebte den Herbst, aber ich war nicht zum Sightseeing hier, auch wenn dieser Indian Summer wunderschön war. Ein Wochenende hier mit Marcus wäre großartig gewesen, und mein Herz klopfte bei dem Gedanken an mich und ihn in einem gemütlichen Whirlpool in einer Blockhütte, weit weg von allen. Nur wir beide ... nackt in einem dampfenden Whirlpool ...

Ich schüttelte den Kopf, ich wollte nicht, dass Marcus in meine Gedanken eindrang, nicht solange ich mich in einem unbekannten Gebiet befand. Hitzewallungen würden einfach nicht ausreichen. Auch wenn sie mich warm hielten.

Mein Blick fiel auf einen befestigten Feldweg, der sich durch die immergrünen Bäume schlängelte und zu einem riesigen, Haus führte, das ein bisschen wie ein Schloss anmutete. Das vierstöckige Haus stand am Rande des Hügels. Ich hatte gedacht, Davenport House wäre riesig, aber dieses Haus war zehnmal größer.

Das Knirschen von Reifen auf dem Kies erreichte meine Ohren und ich schaute über die Schulter, um drei Greyhound-Busse, zwei dunkle Geländewagen und eine schwarze Limousine zu sehen, die auf der Schotterstraße in Richtung des Hauses fuhren.

Ich schaute auf mein Handy. „Ich habe fünf Minuten, um das Haus zu erreichen, oder mein Arsch ist Toast." Ich schaute mich ein letztes Mal um und erwartete, andere Hexen zu sehen, die aus der Ley-Linie traten, aber es gab nur mich und ein paar wütende Eichelhäher, die sich mit lautstarkem Krächzen beschwerten, weil ich ihr Revier betreten hatte.

Da keine andere Hexe die Ley-Linien als Transportmittel benutzte, beschloss ich, mein Transportmittel vorerst für mich zu behalten. Je weniger sie über mich wussten, desto besser.

Mein Herz hüpfte sowohl vor Angst als auch vor Aufregung und ich folgte der Reihe von Fahrzeugen in schnellem Tempo den Feldweg hinunter. Als ich den Vorhof erreichte, waren bereits alle aus den Bussen und Autos ausgestiegen und wuselten herum. Niemand schaute in meine Richtung, als ich mich der Gruppe näherte.

Ich verlangsamte mein Tempo, um besser sehen zu können, mit wem ich es zu tun hatte. Schließlich waren alle Hexen, die wie ich hier waren, um ihre Merlin-Lizenz zu erwerben.

Zuerst hatte ich erwartet, junge Erwachsene zu sehen, die gerade aus dem Teenageralter heraus waren, und befürchtet, dass ich die Älteste sein würde. So war es aber nicht. In der Menge gab es Hexen, die wie frisch von der Highschool aussahen, andere ähnelten vom Alter her meinen Tanten. Einige

Hexen sahen verwirrt aus, sie rissen die Augen auf wie ein Reh im Scheinwerferlicht. Ja, es war als würde ich in einen Spiegel schauen.

Okay, ich war nicht mehr ganz so nervös, aber es war klar, dass diese Hexen wahrscheinlich mit Magie um sie herum aufgewachsen waren. Im Gegensatz zu mir. Ich hatte im Laufe der Jahre einige Einblicke bekommen, aber ich hatte immer noch eine Menge nachzuholen.

Die Gruppe von etwa hundert Hexen unterschiedlichen Alters, Geschlechts und unterschiedlicher Herkunft bewegte sich auf die Eingangstüren des Hauses zu, die sich von selbst öffneten, um sie einzulassen, genau wie Davenport House. Vielleicht war dieser Ort genauso magisch.

Die Hexen waren so unterschiedlich wie sie nur sein konnten, aber sie hatten alle denselben nervösen Gesichtsausdruck, den Menschen an ihrem ersten Arbeitstag hatten. Wahrscheinlich sah ich genauso nervös aus wie sie. Nein. Wahrscheinlich sogar nervöser.

Ich stand in der Nähe eines geparkten Autos und tat so, als würde ich etwas in meiner Tasche suchen, während ich zu den Hexen hinüberschaute, die sich am Eingang drängten. Ich wollte nicht zu den ersten Idioten gehören, die das riesige Haus betraten und nicht wussten, wohin sie gehen oder was sie tun sollten. Ich würde wie ein Trottel dastehen. Also blieb ich zurück, bis der letzte Hexer, ein kleiner, älterer Mann mit einer dicken Brille und mausbraunem Haar, das um eine kahle Stelle auf seinem Kopf wuchs, die breite Treppe hochging und durch die riesige, hölzerne Doppeltür schritt.

Ich eilte vorwärts und schlich mich hinter ihm hinein.

Gerade als ich die Schwelle überschritt, spürte ich es.

Magie.

Aber es war nicht die sanfte, warme Energie, die mich jedes Mal durchströmte, wenn ich Davenport House betrat, die Art von Energie, die mir ein Kribbeln auf der Haut bescherte. Nein, das hier war viel unheimlicher.

Ein kalter, harter Impuls pochte von meinem Kopf bis zu meinen Zehen und hämmerte sich in jede Zelle meines Körpers. Es fühlte sich ganz und gar nicht gut an.

Am besten könnte ich es so beschreiben, als würde ich am Flughafen durch ein Ganzkörper-Röntgengerät gehen. Ich hatte das Gefühl, als würde ich von einer unsichtbaren Macht abgetastet, um zu sehen, ob ich etwas Illegales oder Gefährliches bei mir trug.

„Das war interessant", sagte ich, woraufhin sich der ältere Hexer zu mir umdrehte.

„Cool, oder", sagte er, seine Stimme war leise und mausgrau, genau wie sein Aussehen.

„Nicht unbedingt ein Wort, das ich verwenden würde." Eher durchdringend, wie eine Verletzung meiner Körperteile.

„Es ist ein magischer Scanner. Das Modell MS 295. Der beste seiner Klasse. Er stellt sicher, dass du keine illegalen Flüche und Hexenbeutel versteckst." Er schob seine Brille mit dem Zeigefinger auf seinem Nasenrücken nach oben. „Wow. Du bist groß."

Ich starrte den kleinen Hexer an. „Gibt es jemanden, der so dumm ist, Flüche und Hexenbeutel mitzubringen?"

Er grinste. „Ja. Schon oft. Erst letztes Jahr ist eine Hexe mit einem Hexenbeutel durch den Hexenscanner gegangen – ein älteres Modell – und hat es geschafft, sich der Direktorin bis auf einen Meter zu nähern, bevor die alte Hexe den Hexenbeutel gespürt und ihn außer Kraft gesetzt hat. Es hat in den letzten zwanzig Jahren über zweihundert Anschläge auf ihr Leben gegeben."

„Wirklich?" Es überraschte mich nicht, dass jemand Greta umbringen wollte. Aber ich war überrascht, dass es noch nicht geklappt hatte.

Ich trat weiter von der Schwelle weg und spürte, wie das schreckliche Pulsieren nachließ, bis es gänzlich verschwand. „Du warst letztes Jahr schon einmal hier?" Ich blickte an ihm vorbei zu der letzten Gruppe der Hexen, die durch eine weitere große Öffnung links vom Eingang verschwand.

„Ja", sagte er und atmete geräuschvoll aus. Die Anspannung in seiner Stimme ließ mich meinen Blick wieder auf ihn richten. Besorgnis blitzte in seinen Zügen auf. „Dies ist das dreizehnte Mal, dass ich mich für meine Merlin-Lizenz bewerbe." Er rieb sich den Nacken, während seine Ohren rot anliefen. „Glückszahl dreizehn, nicht wahr?" Er lachte. Die Besorgnis in seiner Stimme war so stark, dass ich praktisch spüren konnte, wie sie mein Gesicht berührte.

In meinem Magen bildete sich ein Knoten. Entweder war dieser Hexer ein echter Versager oder die Prüfungen waren unglaublich schwer. Ich sah ihn wieder an, mein Blick wanderte von seinen abgetragenen Lederschuhen und der schlichten Khakihose zu seinem verwaschenen grünen Hemd. Er sah eher aus wie ein sich abmühender Teilzeitlehrer als ein erfahrener Hexer.

„Was passiert, wenn du sie dieses Jahr nicht bestehst? Kannst du sie dann noch einmal machen?" Es war seltsam beruhigend zu wissen, dass ich sie jederzeit wiederholen konnte, wenn ich durchfiel, ähnlich wie bei einer Führerscheinprüfung. Aber dreizehn Mal schien mir ein bisschen extrem. Ganz zu schweigen davon, dass es meinen Tanten peinlich wäre, wenn ich durchfiele, denn sie hatten mich bereits zum Merlin ernannt. Sie erwarteten, dass ich bestand. Durchfallen war keine Option.

Das Gesicht des Hexers lief knallrot an. „Leider ist das mein letzter Versuch", sagte er und trat von einem Fuß auf den anderen. „Wenn ich dieses Mal nicht bestehe ... war's das. Ich bin erledigt. Ich kann es nicht noch einmal versuchen. Mit dreizehn ist die Grenze erreicht."

Er sah so erbärmlich und traurig aus, dass ich ihn umarmen wollte, aber das wäre völlig ungemessen gewesen. Ich war kein großer Freund von Umarmungen, aber der Typ tat mir leid. Anhand der Angst, die seine Züge verzerrte, wusste ich, dass dies im

Moment das Wichtigste in seinem Leben war. Vielleicht warteten zuhause Familienangehörige auf ihn, deren Erwartungen er erfüllen musste.

Ich zwang mein Gesicht zu einem aufmunternden Lächeln. „Ich bin sicher, du wirst es gut machen. Ich meine ... Du hast zwölf Jahre Erfahrung“, sagte ich und fragte mich, ob er mir vielleicht ein paar Tipps geben könnte. „Das muss doch für etwas gut sein. Oder?“

Der Hexer zuckte mit den Schultern. „Ich weiß nicht. Vielleicht. Übrigens, ich bin Willis.“ Er streckte seine Hand aus.

Ich schüttelte sie. „Tessa.“

Willis' Gesicht hellte sich auf. „Hey ... Meinst du, wir können uns zusammensetzen? Ich kenne hier niemanden.“

Das Geräusch von Stimmen drang zu mir herüber und ich hob den Kopf in Richtung der Öffnung, durch die ich die letzte der Hexen hatte verschwinden sehen. Ich erkannte die Stimme. Es war die von Greta.

Ich versteifte mich, mein Puls hämmerte. „Verdammt. Sie haben bereits angefangen.“

Ich warf mir meine Tasche über die Schulter und schoss an Willis vorbei.

„Hey! Warte!“, rief er, aber ich drehte mich nicht um, als ich durch die Tür in einen großen, theaterähnlichen Raum eilte, in grauer Sitz in Reihen angeordnet waren. In die Stoffe der Sitze waren rote und gelbe Runen und Siegel in den Stoff geätzt worden. An die Sitzreihen schloss eine Bühne an.

Ich bog in eine der hinteren Reihen ab und setzte mich. Ich wollte Willis gegenüber nicht unhöflich sein, aber ich war nicht hier, um Freunde zu finden. Glücklicherweise ging der ältere Hexer an mir vorbei und den Gang hinunter in eine der vorderen Reihen und setzte sich. Der Duft von Erde und Tannennadeln lag in der Luft. Ebenso wie die Magie der etwa hundert Hexen, die mich durchdrang. Wow! Ich hätte nicht gedacht, dass ich jemals an einem Ort sein würde, an dem es so viele Hexen gab. Es war, als hätte man in meinem Kopf ein Radio eingeschaltet, das durch die verschiedenen Kanäle schaltete, so dass ich Hunderte von Stimmen hörte – Magie – alles auf einmal. Ich konnte mir nicht sicher sein, aber es fühlte sich an wie weiße Magie.

Ich ließ meinen Blick nach vorne zur Bühne wandern und blieb an Greta hängen. Ihre blasse Haut hing schlaff an ihrem Gesicht herunter, ihre dunklen Augen waren unter den Falten kaum zu erkennen. Ihr weißes Haar war so kurz geschnitten, dass sie fast kahl wirkte. Sie sah vielleicht aus wie eine hundertjährige Hexe, aber sie war groß, stolz und stark. Als ich sie das letzte Mal gesehen hatte, hatte sie ein Kleid aus weißer Seide getragen. Heute umhüllte ein elegantes Kostüm ihre schlanke Gestalt, dazu trug sie flache Schuhe. Sie sah aus wie eine professionelle Anwältin. Ich war mir nicht sicher, ob mir dieser Look besser gefiel.

„...neue und einige bekannte Gesichter unter euch“, sagte Greta, deren Stimme auch ohne Mikrofon magisch verstärkt war. Ihre dunklen Augen wanderten durch die Reihen der Hexen und blieben an mir hängen. Ich verstummte, als die ältere Hexe die Stirn runzelte. Sie freute sich offensichtlich nicht, mich zu sehen, als hätte sie nicht erwartet, dass ich auftauchen würde.

Greta kaute einige Sekunden lang auf ihrer Unterlippe und schaute zwischen den anderen Hexen hin und her. „Für diejenigen von euch, die nicht wissen, wie die Hexenprüfungen ablaufen, obwohl ich mir vorstellen könnte, dass die intelligentesten unter euch nachgeforscht haben."

Nachforschungen? „Willst du mich verarschen?", flüsterte ich, und Gretas dunkle Augen zuckten zu mir, als hätte sie mich gehört.

Oh, verdammt.

„Merlins sind in unserer Welt die angesehensten und am meisten gefeierten Fachleute in der Hexengemeinschaft", fuhr die alte Hexe fort. „Ein Merlin zu sein, bedeutet Respekt. Merlins werden bewundert. Sie genießen die höchste Wertschätzung. Deinesgleichen schaut zu dir auf, will so sein wie du. Das ist nichts, was man auf die leichte Schulter nehmen sollte." Sie zögerte, als ob sie darauf warten wollte, dass alle ihr ihre volle Aufmerksamkeit schenkten, bevor sie fortfuhr. „Nur zehn Prozent von euch werden bestehen", fügte sie mit einem leichten Schmunzeln hinzu, und eine Kakophonie aus Missbilligung und panischen Stimmen erhob sich im Theater wie ein wütender Windstoß. „Weil ... nur die Besten die Hexenprüfungen bestehen. Und nur die besten Hexen können Merlins sein."

Ich schaute zu Willis hinüber und sah, wie er den Kopf senkte. Mein Herz rutschte mir in die Hose.

Greta schritt auf der Bühne hin und her, erstaunlich schnell und geschmeidig für jemanden in ihrem Alter. „Die Prüfungen bestehen aus drei großen Blöcken." Sie hob ihre Hand und gestikulierte mit ihren Fingern. „Verteidigungsmagie, Operative Fähigkeiten und Fallübungen. Jeder Block wird in drei separaten Prüfungen getestet. Dieses Programm bietet den Merlins eine spezielle Ausbildung in der Geheimdienstanalyse, dem Studium der magischen Intelligenz." Gretas Blick flog über die Reihen der Hexen. „Mein Programm ist das schwierigste. Und *nur* die Besten ... werden es schaffen."

„Das hast du schon gesagt", murmelte ich, und ein ungutes Gefühl machte sich in meinem Magen breit.

„Deshalb", fuhr Greta fort, „wird eure erste Prüfung am ersten Dezember um Punkt acht Uhr morgens beginnen." Ich bemerkte, wie Willis diese Information auf einen Block Papier notierte. Ein seltsames, böses Lächeln breitete sich über den Falten in Gretas Gesicht aus. „Wer zwei Prüfungen nicht besteht ... hat *alle* Prüfungen nicht bestanden", sagte sie mit einer Stimme, die von einer krankhaften Freude erfüllt war, als würde sie sich am Versagen anderer erfreuen.

„Na toll", brummte ich und schluckte. Meine Tanten hatten vergessen, diesen Teil zu erwähnen. Meine Nerven begannen ein zögerliches Ping-Pong-Match in meiner Brust zu spielen. Das war schlimmer, als ich erwartet hatte. Viel schlimmer. Das einzig Gute war, dass ich anscheinend einen Monat Zeit hatte, mich auf die erste Prüfung vorzubereiten. Das war gut für mich. Ich hatte dreißig Tage, um die Kurve zu kriegen. Ich hoffte nur, das würde reichen.

„Zwischen den einzelnen Prüfungen habt ihr sechs Tage Pause", fuhr Greta fort. „Jede Prüfung wird von einem für euch ausgewählten Prüfer durchgeführt." Sie blickte zur linken Seite der Bühne hinunter. „Marina. Silas. Bitte kommt zu mir."

Zwei Personen standen aus der ersten Reihe auf und traten zu ihr auf die Bühne, eine Frau und ein Mann. Die Frau erkannte ich sofort. Dieses seltsame, unheimliche Lächeln, das sich mehr auf die linke Seite ihres Gesichts zu ziehen schien, und ihr blondes Haar konnten nur zu einer der Hexen aus der New Yorker Merlin-Gruppe gehören, die ich zusammen mit Greta auf dem Nachtfest kennengelernt hatte. Obwohl ich ihren Namen bis jetzt nicht kannte.

Sie trug eine enge Jeans und eine kurze Lederjacke mit Nieten. Die rechte Seite ihres Kopfes war bis zur Kopfhaut rasiert, und die andere Seite hatte langes Haar, das zu goldenen Zöpfen geflochten war, in einer Art Achtziger-Jahre-Punk-Vibe. Mir gefiel das, obwohl sie mir zugleich unheimlich war.

Der Mann namens Silas ließ mich den Atem anhalten – und das nicht auf eine gute Art.

Er war groß, vielleicht einsneunzig, schlank und wölfisch, mit einem dunklen Ziegenbart und einem langen schwarzen Pferdeschwanz. Die Hälfte seines Gesichts war von Tätowierungen mit magischen

Runen und Zeichen verdeckt. Er war ganz in Schwarz gekleidet und ich konnte einige weitere Tätowierungen sehen, die unter seinen Hemdsärmeln und um den Kragen hervorlugten. Er sah aus, als wäre er Mitte dreißig. Aber er war nicht gutaussehend, sondern wirkte eher grobschlächtig und brutal wie ein Gangster.

Als er die Arme über der Brust verschränkte, erhaschte ich einen Blick auf seine Hände. Sie waren von dunklen Flecken bedeckt, so dass seine untätowierte Haut kaum noch zu sehen war. Ich war zu weit entfernt, um identifizieren zu können, welche Motive die Tätowierungen hatten. Er lächelte böse über die Reaktion, die er von allen bekam, und ein kleiner Schauer lief mir über den Rücken. Definitiv nicht die Art von Kerl, die man mit nach Hause bringt, um ihn seiner Familie vorzustellen – oder vielleicht doch. Wenn man auf Tattoos stand.

„Das sind eure Prüfer." Gretas erhob ihre Stimme, um das aufgeregte Gemurmel der Hexen zu übertönen. „Marina wird die ersten Prüfungen abnehmen, Silas leitet die zweite Runde. Und ich werde den letzten Prüfungsblock durchführen. Glaubt nicht, dass es leicht sein wird, nur weil ihr es bis zum letzten Block geschafft habt. Macht keinen Fehler. Die letzte Prüfung wird die schwerste sein." Gretas Gesichtsausdruck verdüsterte sich. „Lasst mich das klarstellen. Selbst wenn ihr die ersten beiden Prüfungen besteht ... wenn ihr die letzte Prüfung nicht schafft, habt ihr die Hexenprüfung *nicht* bestanden. Wenn ihr die letzte Prüfung nicht besteht, dann war es das."

„War ja klar, dass die alte Hexe die letzte Prüfung durchführt", flüsterte ich, obwohl es lauter klang, als ich erwartet hatte. *Ups*.

Gretas Augen suchten die Reihen der Hexen ab und blieben an mir hängen. „Tessa Davenport. Steh auf."

Oh, verdammt.

Mein Herz schlug mir bis zum Hals, als sich die Köpfe in meine Richtung drehten, um festzustellen, mit wem Greta sprach. Ich überlegte, mich auf den Boden zu werfen, aber die alte Hexe hatte mich in der Menge bereits gesehen.

Ich stand langsam auf, weil ich merkte, dass alle mich anstarrten, und ich versuchte, meinen zitternden Körper ruhig zu halten, während ich mich auf Greta konzentrierte. Wenn sie sahen, dass ich zitterte, war es aus mit mir.

Gretas Gesichtsausdruck war hart, obwohl die Belustigung auf ihrem Gesicht offensichtlich war. „Hast du noch etwas hinzuzufügen? Bitte sprich lauter, damit wir alle hören können, was eine Davenport-Hexe zu sagen hat. Ja, das ist richtig. Wir haben eine Berühmtheit unter uns." Keuchen und leises, böses Gemurmel ertönte im Saal.

Vielen Dank, du alte Kuh. „Ich habe nichts hinzuzufügen. Bitte fahre fort", sagte ich, und meine Stimme war trotz des Zitterns in meinen Beinen erstaunlich fest.

„Natürlich nicht", fuhr Greta fort, „denn du weißt

ja alles über die Prüfungen. Nicht wahr, Tessa? Weil ihr Davenport-Hexen denkt, dass ihr über allen anderen steht. Ihr denkt, ihr könnt tun, was ihr wollt, und die Regeln ändern, wie ihr es für richtig haltet."

Marina kicherte und ihre Augen weiteten sich vor Vergnügen angesichts meiner Demütigung. Ich hasste sie.

„Das tun wir nicht", konterte ich und stellte mir vor, wie ihr Kopf explodierte. „Ich nicht."

Gretas leises, spöttisches Lachen nahm an Tiefe zu, verklang dann aber mit einem bitteren Ton. „Seht ihr, liebe Hexen. Tessa Davenport hat geglaubt, sie stünde über den Regeln, sie hat geglaubt, sie wäre *besser* als ihr alle."

Ich knirschte mit den Zähnen. „Das habe ich nie gesagt."

„Und wisst ihr, was sie getan hat?", fuhr Greta fort, als hätte ich nichts gesagt. „Sie hat sich selbst zu einem *Merlin* erhoben."

Um mich herum ertönte ein Aufschrei und ich hätte schwöre können, dass ich ein paar Hexen sah, die mich verfluchten.

Na, das lief ja viel besser, als ich es mir in meinen wildesten Träumen vorgestellt hatte. Ich bekam ein flaues Gefühl im Magen.

„Und das, ohne die Prüfungen zu machen", beendete Greta ihre Rede. „Sie dachte, sie käme damit durch, aber das ist sie nicht. Dafür habe ich gesorgt." Sie fixierte mich mit ihren Augen. „Mit anderen Worten, du hast betrogen. Und indem du betrogen hast, hast du alle hier betrogen."

Gut gemacht, Oma. Jetzt denken alle, ich hätte geschummelt. Ein paar Blicke genügten, um zu sehen, dass sie mich hassten. Verdammt, ich würde mich auch hassen, wenn es wahr wäre, aber das war es nicht.

Ich sah Willis' Augen und ich konnte den Schmerz und die Wut darin aufblitzen sehen. Er dachte auch, ich hätte ihn betrogen. Das wurde immer besser.

Mein Gesicht brannte vor heißer Wut. „Ich habe nicht geschummelt“, widersprach ich, und ich erhob meine Stimme. „Ich wusste bis vor zwei Monaten nicht einmal von diesen blöden Prüfungen.“ *Ups*. Das hätte ich nicht sagen sollen.

Gretas Gesichtszüge verhärteten sich. „Diese ... *blöden* Prüfungen, sagst du?“

„So habe ich es nicht gemeint. Du hast mich *provoziert*. Die Worte sind mir einfach rausgerutscht ...“

„Du denkst, diese Prüfungen sind ein Witz? Hältst du alle hier für einen Witz?“

Oh, verdammt. „Das denke ich nicht. Natürlich nicht.“ Mein Puls pochte schneller. Diese alte Hexe wollte mich verbrennen. Das war klar.

Greta sah mich einen Moment lang an. „Warum bist du hier, Tessa Davenport, wenn du glaubst, dass diese Prüfungen ein Witz sind?“

„Das glaube ich nicht.“ Ich runzelte die Stirn, mein Hass auf sie triefte aus meiner Stimme. „Ich bin hier, um meine Merlin-Lizenz zu bekommen. Genau wie jeder andere auch.“

Greta lachte leise. „Aber du glaubst nicht, dass du

so bist wie alle anderen hier. Stimmt's, Tessa Davenport? Du denkst, du bist etwas Besonderes. Wie deine Tanten."

„Ich hab's verstanden", sagte ich und wollte, dass sie die Klappe hält, sonst würde ich dafür sorgen, dass sie es tat.

„Hast du das?", spottete sie. „Na, das werden wir ja sehen. Oder etwa nicht?"

Ein kaltes Schaudern durchfuhr mich und ich unterdrückte es. „Was soll das denn heißen?"

Greta blickte in die Menge und sagte: „Die erste Prüfung findet in einem Monat, am 1. Dezember, hier in Montevalley House statt. Wer nicht anwesend ist, hat die Prüfung nicht bestanden. Wer zwei Prüfungen nicht besteht oder die letzte Prüfung nicht besteht, muss ein weiteres Jahr warten, bis er sich erneut bewerben kann." Sie richtete ihren Blick auf mich. „Da du dich bereits für einen Merlin hältst, sollten diese Prüfungen ein Kinderspiel für dich sein. Ich freue mich darauf, deine Fähigkeiten mit meinen eigenen Augen zu sehen."

Daraufhin ertönte ein allgemeines Gelächter in der Hexenschar.

Ich hatte keine Ahnung, was mich erwartete, aber aufgrund von Gretas bösem Lächeln wusste ich, dass es schlimm werden würde. Wirklich schlimm.

Nicht nur Greta verachtete mich, sondern auch die gesamten Merlins in Ausbildung. Ich war nicht hierhergekommen, um mir Freunde zu machen, aber jetzt sah es so aus, als hätte ich mir ohne mein Zutun jede Menge Feinde gemacht.

Es war offensichtlich, dass Greta es auf mich abgesehen hatte. Meine Tanten hatten mir den Merlin-Status verliehen, ohne sie zu fragen. Und das ... Nun, das war ihre Rache.

Na toll. Das konnte ja heiter werden.

KAPITEL 3

Ich saß umgeben von goldenem Sand auf einem flachen Felsen am Strand und sah zu, wie die Wellen ans Ufer schlugen. Diese ruhige Szenerie brauchte ich jetzt einfach, um mich von den Erlebnissen abzulenken. Der kalte Wind streifte mein Gesicht, seine Musik pfiff in meinen Ohren. Die Sonne stand wie eine einsame, leuchtende Scheibe am weiten blauen Himmel direkt über mir, keine einzige Wolke war in Sicht. Ohne die wärmenden Strahlen der Nachmittagssonne wäre ich wahrscheinlich ein Hexeneiszapfen geworden.

Sandy Beach war völlig verlassen bis auf einen Mann, der mit seinem Golden Retriever spazieren ging. Es war zu kalt zum Schwimmen und der Sand war zu eisig, um barfuß zu gehen, was ich enttäuscht erkennen musste, nachdem ich meine Schuhe ausgezogen und es probiert hatte. Es gefiel mir einfach, den Wellen zuzusehen, wie sie auf den Strand trafen, sich ausbreiteten und dann wieder zurückwichen.

Das hatte etwas unglaublich Beruhigendes an sich. Die Gischt der Wellen wurde mir durch den Wind mitunter ins Gesicht gespritzt. Es war mir egal. Ich wischte das Salzwasser nicht einmal ab.

Mein Hintern war mittlerweile taub vom Sitzen auf dem kalten Felsen. Ich war mir nicht sicher, wie lange ich hier gesessen hatte, obwohl es mir wie Stunden vorkam. Ich merkte, dass ich mich nicht bewegen konnte. Mein Hintern klebte an dem Felsen fest.

Ich hatte beschlossen, den Ley-Line-Stopp am Davenport-Haus auszulassen und direkt danach auszusteigen, ohne zu wissen, wohin mich die Reise führen würde. Es stellte sich heraus, dass ich als direkt an der Strandpromenade neben Sandy Beach gelandet war. Im Nachhinein wurde mir klar, dass dies wahrscheinlich dieselbe Stelle war, an der Adan die Ley Linien bestiegen hatte, um zu fliehen.

Die Wahrheit war, dass ich meinen Tanten im Moment nicht gegenübertreten konnte. Mir schwirrte noch immer der Kopf vor Wut auf Greta und den gemeinen Anschuldigungen, die aus dem Mund dieser Hexe gekommen waren. Zuerst war ich schockiert gewesen, aber mein vertrauter Freund, die Wut, hatte bald die Oberhand gewonnen.

Ich brauchte ein wenig Ruhe, um meine Nerven zu beruhigen und zu verarbeiten, was gerade passiert war. Meine Tanten zu beunruhigen, war das letzte, das ich jetzt wollte. Ich wollte nicht, dass sie erfuhren, wie *katastrophal* mein erster Tag gewesen war.

Es war ein komplettes Desaster epischen Ausmaßes und noch einiges mehr.

Ich hatte mich wirklich darauf gefreut, heute Abend mit meinen Tanten und Iris Samhain zu feiern, aber diese Prüfungen forderten bereits ihren Tribut. Ich war überhaupt nicht mehr in der richtigen Stimmung für eine Feier.

Als ich an den Beginn meiner Reise zurückdachte, erinnerte ich mich, wie aufgeregt und nervös ich bei der Aussicht gewesen war, einer solchen Elitegruppe von Hexen beizutreten. Der Gedanke an die Hexenprüfungen hatte mein Herz schneller schlagen lassen. Aber jetzt ... jetzt blieb mir ein dumpfes Pochen der Wut, das wie eine infizierte Wunde wuchs. Schlimmer noch: An Gretas Gesichtsausdruck und dem der anderen Prüfer hatte ich ablesen können, dass sie mir die Prüfungen buchstäblich zur Hölle machen würden.

Es war ganz klar, dass sie wollte, dass ich scheiterte. Das wollten sie alle. Sie würde alles tun, um diese Hexenprüfungen zu den härtesten, kompliziertesten und gefährlichsten aller Zeiten zu machen.

Sie wollte mich brechen. Mir Angst einjagen. Damit ich aufgeben würde.

Natürlich würde ich das nicht tun.

Sie könnte versuchen, mich einzuschüchtern, aber sie würde ihre Zeit verschwenden. Ich war kein Kind mehr. Ich hatte mich praktisch selbst großgezogen, da meine Mutter ständig weg gewesen war. Im Dezember hatte ich Geburtstag und würde dreißig Jahre alt werden. Dreißig bedeutete, die Haut der

Zwanziger abzustreifen, die Jahre, in denen man sich ständig entschuldigte, weil man Angst hatte, die Gefühle anderer zu verletzen.

Scheiß drauf.

Ich habe jetzt eine dicke, dreißigjährige Haut. Keiner sollte sich mit mir anlegen. Ich bin hart im Nehmen und ich habe den Mumm einer Dreißigjährigen. Je mehr Greta will, dass ich versage, desto mehr wird es mich antreiben, es besser zu machen.

Die alte Schlampe hat keine Ahnung, mit wem sie sich anlegt.

„Ich werde dich fertigmachen, Greta", knurrte ich.

Mein Blick wanderte über den Strand und fiel auf ein Paar, das Hand in Hand ging. Graue, von dichten Wimpern umrahmte Augen, ein kantiges Kinn und volle Lippen, die bei jedem Mann verboten sein sollten, blitzten vor meinem inneren Auge auf.

Ich stieß einen Seufzer aus. An Marcus zu denken, war nicht hilfreich. Obwohl es schön gewesen wäre, mit ihm über diese Prüfungen zu sprechen. Ich weiß nicht, warum er mich meidet, aber es ist zum Kotzen. Ja, ich gebe es zu. Ich wünschte nur, ich wüsste warum.

Mein Handy piepste. Ich holte es aus meiner Tasche und warf einen Blick auf das Display. Es zeigte eine Textnachricht von Iris.

Iris: *Bist du schon zu Hause? Ich hoffe, du hast dich heute gut geschlagen. Wenn du das liest, komm bitte zur 1313 Shifter Lane. Es wurde eine Leiche gefunden.*

„Super", sagte ich laut, was völlig unangebracht

war. Ein Job würde eine willkommene Ablenkung sein. Auch wenn ich technisch gesehen kein Merlin mehr war, meine Tanten waren es, und es gab keine Gesetze, die mir verboten, ihnen zu helfen.

Ich antwortete.

Ich bin auf dem Weg.

Die Shifter Lane ist nur ein paar Blocks vom Sandy Beach entfernt. Ich steckte mein Handy zurück in meine Tasche und rannte los, was im Sand sehr schwierig war und Zeit kostet. Trotzdem schaffte ich es in weniger als sieben Minuten.

Ein großes oranges Schild verkündete BERNARD'S BAKERY. Das rot-gelbe Backsteingebäude befand sich zwischen dem Witchy Beans Café und dem Practical Magick Bookstore direkt gegenüber von Gilbert's Grocer & Gifts. In einem großen Erkerfenster wurden frisch gebackene Backwaren und Brote angeboten. Der Geruch von frisch gebackenem Brot lag in der Luft und mein Magen reagierte mit einem Knurren darauf. Ich hatte noch nicht zu Mittag gegessen. Die Snacks, die ich eingepackt hatte und auch die von Ruth hatte ich nicht angerührt. Ich hatte nicht den Mut, jetzt etwas zu essen. Ich wusste, wenn ich es versuchte, würde es gleich wieder hochkommen.

Keuchend und mit einem Stechen in der Seite, ging ich die Einfahrt hinauf, gerade als der Volvo-Kombi meiner Tanten am Bordstein anhielt. Die Bremsen quietschten laut, als meine Tante Dolores den Wagen in die Parkposition brachte und den Motor abstellte.

Dolores winkte mir zu, während sie ihre Autotür mit einem Schuba aus der Hüfte zuknallen ließ. „Und? Wie war's? Haben sie dich zaubern lassen? Hast du den Windzyklon-Zauber ausprobiert, den ich dir beigebracht habe? War Greta von deiner Brillanz überrascht?"

Mir drehte sich der Magen um. Irgendwie fühlte ich mich wie eine Versagerin, obwohl ich noch nicht einmal mit den Prüfungen begonnen hatte. Ich hasste es, dass Greta mir diese neue Angst eingeflößt hatte.

Ich verzog mein Gesicht so gut es ging zu einem falschen Lächeln. „Es war gut. Alles bestens." Meine Kehle schnürte sich zusammen. „Was ist hier passiert?"

Dolores sah mich einen Moment lang skeptisch an. „Jemand ist tot. Deshalb sind wir hier."

„Wir wissen noch nicht, wer es ist", sagte Beverly, als sie um das Auto herumging und sich neben ihre große Schwester stellte, Ruth und Iris folgten ihr.

Ruths Gesicht explodierte vor Freude, als sie mich sah. „Tessa! Oh, dem Hexenkessel sei Dank. Ich habe mir den ganzen Tag Sorgen um dich gemacht. Verdammt, ich war ein nervöses Wrack. Ich habe einen Obstkuchen ohne Obst gemacht! Na, und? Wie ist es gelaufen?"

„Ich wette, es war fantastisch", sagte Iris und hob ihren Daumen. „Du hast es geschafft. Stimmt's?"

Meine Tanten und Iris sahen mich erwartungsvoll an, als sollte ich ihnen die unglaubliche Neuigkeit erzählen, wie ich wundersame Zauber vollbracht hatte, während alle anderen Hexen meine Brillanz bewundert hatten. Sie hatten mich zu einem Merlin ernannt. Sie erwarteten große Dinge von mir. Sie hatten keine Ahnung, dass Greta alles in ihrer Macht stehende tun würde, um mich scheitern zu sehen.

„Heute war es nur eine Orientierungsveranstaltung. Ein Kennenlernen", antwortete ich, während mir die Hitze ins Gesicht stieg. Ich hoffte, dass mein plötzliches Erröten mich nicht verraten würde. „Es ist alles in Ordnung. Mir geht es gut."

Mit hochgezogenen Augenbrauen fasste Dolores zusammen: „Ich nehme an, du willst uns sagen, dass es *gut* gelaufen ist?"

„Jap."

Beverly starrte mich misstrauisch an. Sie beugte sich vor und flüsterte: „Du siehst aus, als hätte man dich beim Sex mit dem Ehemann einer anderen Frau erwischt." Sie lächelte und fügte hinzu. „Diesen Blick habe ich erfunden. Aber du, meine Liebe, musst ein bisschen an deinem Auftritt arbeiten, wenn du erwartest, dass wir dir glauben."

Ich öffnete meinen Mund zur Verteidigung, schloss ihn dann aber wieder. Was würde es bringen, zu versuchen, sie zu überzeugen? Überhaupt nichts.

Meine Tanten setzten sich in Bewegung und schritten auf den Eingang der Bäckerei zu.

Wütend und unsicher folge ich ihnen, Iris gesellte sich an meine Seite. Ich spürte ihre Blicke auf mir, aber sie sagte nichts. Und ich war dankbar dafür.

Die Glocken bimmelten, als Dolores die Ladentür aufstieß, und wir alle folgten ihr hinein. Im Laden roch es viel stärker nach gebackenem Brot und

Gebäck, und es war warm, als ob die Öfen liefen und neues, köstliches Gebäck backten, gefüllt mit Früchten, Schokolade und Kalorien – lecker.

Ich ließ meinen Blick durch den Laden schweifen. Der Laden war klein, mit einem Tisch in der Mitte, der mit Weidenkörben vollgepackt war, die mit Brotstangen und einer Auswahl an Käsestücken gefüllt waren. An den Wänden befanden sich Holzregale mit selbstgemachten Marmeladen. An der gegenüberliegenden Wand befand sich eine große Glastheke, in der Kuchen, Muffins, Donuts, Kekse und noch mehr Gebäck darauf warteten, gegessen zu werden – von *mir*.

Hinter dem Tresen befand sich eine schmale Öffnung, durch die ich mehrere Öfen aus rostfreiem Stahl erspähen konnte.

Und in der Mitte des Raumes lag ein Mann.

Er sah aus wie ein Endsechziger, mit einem Kugelbauch, der so groß war, als wäre er schwanger, und einem Kopf voller grauer und weißer Haare. Er lag auf der Seite und seine Augen standen offen. Selbst aus der Entfernung konnte ich die vielen geplatzten Adern in seinen Augäpfeln sehen, als wäre er erstickt.

Seine grüne Schürze war mit dem Namen der Bäckerei bedruckt. Entweder arbeitete er hier, oder der Tote war der Besitzer, Bernard.

„Oh, dem Hexenkessel sei Dank!“ Eine mollige Frau in ihren frühen Sechzigern kam aus dem Hinterzimmer gestürmt. Sie verströmte den Geruch von Zigarettenrauch und Rosenparfüm. Ihr wallendes, gelb-schwarz gestreiftes Kleid ließ sie wie eine riesige Hummel aussehen.

„Ich bin völlig außer mir!“, schrie sie, schüttelte den Kopf, wobei fast ihre mit Schmucksteinen besetzte Brille von ihrer Nase flog. „Ich wollte meine üblichen Erdbeertörtchen holen und fand Bernard am Boden liegend vor. Er ist tot! Tot! Schaut ihn euch an!“, heulte sie laut. Die Hexe hatte ganz schön kräftige Lungen.

„Beruhige dich, Martha“, befahl Dolores, als sie auf die Leiche zuging. „Wir können sehen, dass der Hexer nicht mehr atmet.“

„Er ist ein Hexer?“, fragte ich, als ich auf die Leiche hinunterblickte, aber keine Hexenschwingungen wahrnahm. Ich schickte meine Sinne aus, um nach bekannten magischen Energien zu suchen, aber ich spürte nichts.

„Er war einer“, antwortete Ruth und blickte traurig drein. „Seine Gabe war nicht so wie deine. Nein. Seine Gabe gehörte zu diesem Laden, weißt du? Die Herstellung von Backwaren. Darin lag seine Magie. Er hat es geliebt. Er hat mir bei meinen Besuchen immer ein paar Nutella-Törtchen mitgegeben.“ Ihre Augen weiteten sich. „Hast du jemals seine magischen Brownies probiert?“

Ich lächelte und schüttelte den Kopf. „Nein. Aber sie klingen köstlich.“ Doch vielleicht waren sie sogar illegal.

Die Glocken läuteten erneut, und ich drehte mich um, um einen kleinen, pummeligen Mann mit grauen Haaren und einer Fliege um den Hemdkragen in der Tür stehen zu sehen. Er starrte mit großen braunen Augen auf den toten Hexer.

„Ist das Bernard?“, fragte er. „Was ist mit ihm passiert? Er sieht tot aus ... Ist er tot? Oh, mein Gott! Er ist tot! Bernard ist tot!“, schrie der kleine Mann, als er den Laden betrat.

Jetzt ging dieser Zirkus wieder los.

„Geh raus, Gilbert“, befahl Dolores und dann richtete sie ihren Blick auf uns. „Wir müssen die Tür geschlossen und verriegelt halten.“

Beverly knöpfte die obersten drei Knöpfe ihrer blauen Seidenbluse auf. „Ich mache das schon.“ Sie schlenderte zurück zum Eingang des Ladens und streckte ihre Brust vor, sodass ihr schwarzer BH zu sehen war, während sie ihren *Mädels* etwas frische Luft gönnte. „Raus, Gilbert“, sagte sie mit Bestimmtheit und schob den Wandler aus der Tür. Er sah ganz und gar nicht erfreut aus, ließ sich aber von Beverlys Dekolleté beeindrucken. „Das ist eine Angelegenheit für die Merlin-Gruppe. Nicht die Angelegenheit von neugierigen, winzig kleinen Männern.“

Gilbert wich zurück, als Beverly auf ihn zukam. „Aber ... aber ... Was ist passiert? Hast du Marcus angerufen ...“

Der Rest von Gilberts Worten ging verloren, als Beverly ihm die Tür vor der Nase zuschlug und sie abschloss.

Lächelnd wirbelte sie herum. „Ich glaube nicht, dass ich das schon einmal gemacht habe“, sagte sie und klang überrascht.

„Was?“, fragte ich.

„Einen Mann hinausgeworfen." Ihr perfektes Gesicht verzog sich zu einem Stirnrunzeln, als sie darüber nachdachte. „Gilbert zählt nicht. Meine Bilanz ist immer noch makellos", fügte sie fröhlich hinzu und machte sich auf den Weg zurück zu dem toten Hexer.

„Glaubst du, es war ein Herzinfarkt?", fragte Ruth mit ernster Miene und lenkte meine Aufmerk samkeit wieder auf sie. „Er hat sich über sein Gewicht beklagt. Als ich ihn das letzte Mal gesehen habe, war er ein wenig außer Atem."

„Könnte sein. Er war übergewichtig", sagte Dolores. „Herzinfarkte sind keine Seltenheit bei Männern in seinem Alter, die sich nicht bewegen und das falsche Essen zu sich nehmen."

Iris blieb neben der Leiche stehen und kniete sich hin, während sie wie ein Spürhund am Flughafen an seinem Kopf und seiner Brust zu schnüffeln begann. Anscheinend war die Rückverwandlung von Tier zu Mensch noch nicht ganz abgeschlossen.

Dolores stemmte die Hände in die Hüfte. „Seine Frau weiß es noch nicht." Sie atmete geräuschvoll aus. „Ich hasse diesen Teil. Ich war noch nie eine gute Trösterin. Sie scheinen immer mehr zu weinen, wenn ich mit ihnen fertig bin."

„Das liegt daran, dass du ihnen Angst machst", sagte Beverly. „Schlechte Nachrichten kommen besser von einer zierlichen, zarten Frau als von einem zwei Meter großen Yeti mit einem Besenstiel." Sie erntete einen gefährlichen Blick von Dolores.

„Ich werde es übernehmen." Ruth ging hinter den

Verkaufstresen. „Ich werde Patricia anrufen und ihr sagen, was passiert ist." Sie nahm ein Telefon in die Hand, das neben einem Stapel Papiere lag, und begann zu wählen.

„Und, wie ist es mit den Hexenprüfungen gelaufen, Schatz?" Martha erschien neben mir und ihre Frage ließ mich zusammenzucken. Ich hatte ganz vergessen, dass sie noch hier war.

Ich sah die dicke Hexe stirnrunzelnd an. „Woher weißt du von den Prüfungen?"

Martha richtete sich auf und lächelte. „Schätzchen, in dieser Stadt passiert nichts, ohne dass ich davon weiß", erklärte sie, als ob mir das etwas sagen sollte. „Und? Wie war es?"

Ich überlegte, ob ich darauf hinweisen sollte, dass die Hexenprüfungen nicht in der Nähe von Hollow Cove stattfanden, entschied mich aber dagegen. „Nun. Es ist gut gelaufen", sagte ich wieder und klang dabei wie eine kaputte Schallplatte.

Martha hob eine manikürte Augenbraue. „War es wirklich so schlimm?"

Dolores' Augen richteten sich auf mich und ich wich von Martha zurück. Dies war nicht der richtige Zeitpunkt, um zu erwähnen, wie schrecklich mein erster Tag gewesen war.

„Nun", seufzte Dolores. „Es gibt keine Hinweise auf ein Verbrechen. Es sieht so aus, als wäre Bernard eines natürlichen Todes gestorben, aber das wissen wir erst, wenn der Gerichtsmediziner eine Autopsie durchgeführt hat. Und da Marcus immer noch abwesend ist, bleibt es uns überlassen, uns darum zu kümmern. Es ist unsere Verantwortung."

„Sieh mich nicht so an", sagte Beverly, warf ihr Haar zurück und sah aus, als käme sie gerade aus einem Schönheitssalon. Sie wackelte mit den Fingern und sagte: „Mit diesen manikürten Händen fasse ich kein totes Fleisch an."

Dolores verdrehte die Augen. „Wir alle wissen, welches *Fleisch* du mit diesen Händen anfasst", sagte sie und brachte Beverly zum Kichern, als hätte sie ihr ein Kompliment gemacht. Dolores drehte sich um und sah mich an. „Tessa. Du musst Bernards Leiche ins Leichenschauhaus bringen und Grace unbedingt sagen, wer er ist."

Mir blieb der Mund offen stehen. „Ich? Du willst, dass ich das mache?"

„Ja."

„Bernard eintüten und wegbringen?" Verdammt, das hörte sich schrecklich an.

„Ja."

„Aber ich habe das noch nie gemacht."

„Heute ist dein Glückstag." Dolores zog eine Augenbraue hoch. „Ich will nicht lügen ... Das ist eine der unangenehmsten Seiten des Merlin-Business. Aber du musst dich damit abfinden. Da Marcus immer noch weg ist, wird es zu unserer Aufgabe. Wir können ihn nicht einfach hierlassen und in Kauf nehmen, dass der Leichengeruch die ganze Stadt verpesten wird."

„Stufe drei der Leichenstarre ist, wenn sich das weiche Gewebe des Körpers zersetzt und Flüssigkeiten aus den Öffnungen austreten, weil sich die Organe verflüssigen", murmelte Iris. „Egal, wie oft man badet, der Geruch geht nie weg."

„Wir wissen immer noch nicht, wann Marcus zurückkommt", sagte Dolores und beäugte Iris mit einem seltsamen Blick. „Du brauchst die Erfahrung. Und da mit den Prüfungen alles in Ordnung ist, sollte das doch kein Problem sein. Stimmt's, Tessa?"

„Stimmt", stieß ich hervor und wusste, dass sie es mir heimzahlen wollte, weil ich ihnen nicht erzählt hatte, was an meinem ersten Tag bei den Hexenprüfungen wirklich passiert war.

„Marcus ist schon furchtbar lange weg", sagte Beverly mit gesenkten Brauen. „Seltsam, dass wir nichts von ihm gehört haben. Normalerweise meldet er sich immer bei uns. Tessa? Hast du irgendetwas von ihm gehört?"

Ich wich dem Blick meiner Tante aus. „Nein. Nicht, seit er weg ist." Es war kein Geheimnis, dass er mir nie geantwortet hatte. Aber ich wollte es nicht wieder erwähnen. Es tat schon so genug weh.

Beverly räusperte sich. „Es ist so untypisch für ihn, einfach so zu verschwinden, ohne sich zu melden. Ich hoffe, ihm ist nichts passiert."

Ich richtete meinen Blick auf sie. „Du denkst, es ist etwas passiert?" Es wäre für ihn vielleicht besser, wenn er tot in einem Graben liegen würde. Denn bei seiner Rückkehr würde ihn eine Standpauke erwarten, die sich gewaschen hat. Doch der Gedanke, dass Marcus verletzt sein könnte, gefiel mir nicht. Überhaupt nicht. Was wäre, wenn Marcus mich nicht mied, sondern nicht zurückrufen konnte, weil er verletzt war?

Beverly zuckte mit den Schultern. „Ich bin sicher, es geht ihm gut. Mach dir keine Sorgen. Du wirst ihn früh genug wiedersehen."

Darauf hatte ich keine Antwort. Meine Lippen waren wie zusammengeklebt und meine Eingeweide verkrampften sich schmerzhaft.

„Dann ist es abgemacht." Dolores richtete sich auf. „Wir können hier nichts mehr tun. Eine Autopsie wird uns die Todesursache verraten. Du kannst eine Trage von der Hollow Cove Security Agency besorgen. Grace wird dir helfen."

„Ich werde dir auch helfen, Tessa." Iris stand auf. Sie zwinkerte und sagte: „Du kennst mich. Ich liebe es, mich mit dem Tod zu beschäftigen."

Ich schenkte ihr ein festes Lächeln. „Danke." Mein Blick wanderte wieder zu der Leiche. „Moment mal. Wo ist das Leichenschauhaus?"

„Im Kellergeschoss des Gebäudes der Hollow Cove Security Agency", antwortete Dolores.

„Okay." Ich hatte keine Ahnung, dass das Gebäude, in dem Marcus sein Sheriff-Büro hatte und auch wohnte, außerdem als Leichenschauhaus diente. Mein Tag wurde immer schlimmer und schlimmer. Und jetzt sollte ich auch noch Leichen durch die Stadt transportieren. Super.

Ich wandte meinen Blick von der Leiche ab und richtete ihn auf Ruth. Sie stand neben dem Tresen und schaute mit vor Entsetzen geweiteten Augen auf etwas hinunter. Dann richtete sich ihr Blick auf den toten Hexer. Sie sah Bernard mit einem solchen Entsetzen und einer überwältigenden Angst an, dass jeder andere Gedanke in meinem Kopf verschwand.

„Was ist denn los, Ruth?" fragte ich, als ich das blasse Gesicht meiner Tante sah, und meine Brust zog sich zusammen.

Sie blickte mich an. Ihre Lippen bewegten sich, aber es kam kein Wort heraus.

„Ruth? Was ist los?", fragte Dolores und trat über die Leiche.

Ich ging zum Tresen. „Hast du etwas gefunden?"

Ruth schaute auf den Tresen und hob ein leeres Fläschchen auf, das neben einem halb ausgetrunkenen Becher stand, bei dem es sich um Kaffee hätte handeln können. Sie hielt es ans Licht und eine kleine Menge cremefarbener Flüssigkeit blieb am Boden zurück. „Das ist Gingerweed. Ich habe es für ihn gemacht, gegen seine Verdauungsbeschwerden."

Ich spürte, wie ich erbleichte, und hörte ein scharfes Einatmen von hinten. Ein Hauch von Panik entfaltete sich wie ein Blatt in meiner Brust. „Was genau willst du damit sagen, Ruth?", fragte ich, obwohl ich die Verbindung bereits hergestellt hatte.

Ruth schenkte mir ein schwaches Lächeln. Ihr Gesichtsausdruck war gequält, als dicke, fette Tränen über ihr Gesicht liefen. „Ich habe das getan. Ich habe ihn getötet."

KAPITEL 4

Eine Leiche zu transportieren, ist viel schwieriger, als man sich vorstellt, wenn man es noch nie machen musste. Besonders wenn es sich um einen zwei Meter großen Mann handelt, der einen so dicken Bauch hat, als hätte er seine Frau – und möglicherweise seine Kinder – vertilgt.

Selbst mit Iris' Hilfe brauchte ich mindestens eine halbe Stunde, um Bernard anzuheben und seinen Körper auf die Bahre zu legen, die ich von der Hollow Cove Security Agency geholt hatte. Gott sei Dank war es eine dieser Bahren mit einem eingebauten Hebemechanismus, sonst hätten wir Bernard nicht herausrollen, geschweige denn ins Leichenschauhaus schaffen können.

Grace, Marcus' Sekretärin, war nicht sehr erfreut über meinen Anblick gewesen und auch nicht sehr willig, mir die Bahre zu leihen, damit ich den armen Bernard in die Leichenhalle bringen konnte. Ich vermutete, sie hegte noch immer einen gewissen

Groll gegen mich wegen meines Einbruchs in Marcus' Büro vor ein paar Monaten.

„Wo ist dein Merlin-Ausweis?", hatte Grace mit einem triumphierenden Lächeln in ihrem Gesicht gefragt, und sie strich sich mit der Hand prüfend über ihre kurzen weißen Haare. „Es heißt, du bist kein Merlin mehr. Ohne gültigen Ausweis kann ich das nicht genehmigen." Sie warf mir einen spitzen Blick zu, während sie sich hinter ihrem Schreibtisch in ihrem Stuhl zurücklehnte.

„Wie wäre es, wenn ich es mit einem Fußtritt in deinen Arsch genehmige", hatte ich geschnauzt. Iris hatte applaudiert. Ich war so voller Wut und Angst um meine arme Tante Ruth, dass ich mein Temperament nicht mehr zügeln konnte.

„Sag mir, wo ich die verdammte Bahre finde, oder du musst Bernards Leiche selbst abholen", hatte ich sie angeschrien. Vielleicht war dabei auch etwas Spucke aus meinem Mund geflogen.

In der Zwischenzeit hatte Iris, meine treue Gehilfin, ihr einen bösen Blick zugeworfen, während sie mit zwei Fingern auf Grace zeigte und sie mit erfundenen Flüchen bewarf, obwohl sie das nicht wissen konnte.

Grace' Gesicht war hässlich rot, fast lila geworden. „Es ist mir egal, wer du bist oder welchen Nachnamen du trägst. So kannst du nicht mit mir sprechen."

„Das habe ich bereits", klärte ich sie auf. „Er fängt an zu stinken. In ein paar Minuten wird die ganze Stadt wie eine riesige Kloake stinken."

Offensichtlich war das die richtige Information gewesen, denn Grace hatte sich schließlich bereiterklärt, uns zu sagen, wo wir eine Bahre finden konnten.

Gemeinsam schoben Iris und ich mit Laken bedeckte Bahre mit Bernards Leiche einen Gang im Untergeschoss der Hollow Cove Security Agency hinunter und durch eine Doppeltür, auf deren rechter Hälfte das Wort LEICHENHALLE in großen, schwarzen Buchstaben aufgemalt war.

Kühle Luft schlug mir entgegen, als wir einen großen laborähnlichen Raum betraten. Es stank nach Desinfektionsmittel und dem süßlichen Geruch von totem Fleisch.

„Verdammt, stinkt das hier", würgte ich und versuchte, durch den Mund zu atmen, was mir schwerer fiel, als ich dachte.

Iris nahm einen tiefen Atemzug. „Es geht nichts über den Geruch von Bleichmittel, um die Nasengänge zu befreien. Habe ich recht?"

Ja, Iris war eine seltsame Person.

Schlichte weiße Wände mit passenden langweiligen weißen Bodenplatten umgaben uns, die von oben mit Leuchtstoffröhren beleuchtet wurden. Das Leichenschauhaus war mit Theken aus Edelstahl ausgestattet, auf denen medizinische Instrumente und Geräte lagen. Alles wirkte kalt und trostlos, und ich konnte es kaum erwarten, hier rauszukommen.

Mit klopfendem Herz schoben wir die Bahre in die Mitte des Raums, neben einen Autopsietisch aus Edelstahl. Daneben stand ein Rollwagen mit glänzenden, scharfen medizinischen Werkzeugen, die aussahen, als gehörten sie einem Metzger.

Ich ließ meinen Blick durch den Raum schweifen, zu den metallenen Kühlschranktüren an der gegenüberliegenden Wand, und fragte mich, wie viele Leichen da wohl noch drin waren. Ich wollte es nicht wirklich wissen.

Obwohl ich noch nie in einem Leichenschauhaus gewesen war, sah es genau so aus, wie ich es mir vorgestellt hatte – dank all der Polizeiserien, die ich im Laufe der Jahre im TV gesehen hatte.

Ich schob meine Tasche nach vorne, öffnete die Klappe und holte zwei Ziploc-Beutel heraus. In dem einen befand sich Bernards leere Tasse, in dem anderen das Fläschchen mit Ruths Gingerweed-Trank. Wahrscheinlich waren auch ihre Fingerabdrücke darauf, aber das spielte keine Rolle. Meine Tante hatte nichts zu verbergen.

Ich ließ die Tüten mit einem Zettel, auf dem Bernards Name und seine Angehörigen vermerkt waren, auf den Autopsietisch aus rostfreiem Stahl fallen und wollte nichts weiter, als diesen Raum so schnell wie möglich zu verlassen.

Iris atmete tief ein und sah sich in dem Raum um. „Gott, ich liebe den Geruch von Leichenhallen. Bei all dem Tod und den vermissten Seelen bekomme ich eine Gänsehaut. Weißt du, was ich meine?“

„Du bist verrückt. Weißt du das?“ Ich lachte und starrte die hübsche, feenhafte Hexe an, die den Raum durchquert hatte und nun eine der Kühlschranktüren öffnete.

„Äh ... Solltest du das tun?“

Iris zuckte mit den Schultern. „Ich weiß nicht, warum die Leute solche Angst vor dem Tod haben. Es ist doch nur ein Übergang an einen anderen Ort.“ Enttäuschung blitzte in ihrem Gesicht auf, als sie die leere Bahre sah.

Ich sah die Dunkle Hexe an. „Du glaubst, es gibt ein Leben nach dem Tod? Einen Ort, an den wir alle gehen, wenn unsere Batterien leer sind? Oben oder unten ... das Licht oder die Dunkelheit?“ Ich hatte mir nie viele Gedanken darüber gemacht. Ich wusste, dass es Engel und Dämonen gibt, warum also nicht auch einen Himmel und eine Hölle? Oder Horizon und Unterwelt, wie wir Paranormalen sie gerne nannten. Das war das Gleiche.

Iris schloss die Tür und ihre Augen weiteten sich. „Natürlich weiß ich das. Du etwa nicht? Ich sage ja nicht, dass man in eine Art Himmel kommt, wenn man ein gutes Leben geführt hat, und dass man in der Unterwelt landet, wenn man seine Frau betrogen hat, um bis in alle Ewigkeit von Dämonen gequält zu werden ... denn die Unterwelt ist das Reich der Dämonen und Teufel. Wusstest du, dass der Handel mit menschlichen Seelen in der Unterwelt ein großes Geschäft ist? Ich meine groß, wirklich riesig.“

Ich starrte sie an. „Ich weiß nichts darüber.“ Wieder einmal war ich froh, Iris bei mir zu haben. Sie war ein wandelndes Wikipedia der Unterwelt.

„Nun“, fuhr die Dunkle Hexe fort, froh, ein Publikum zu haben. „Ich glaube, dass die Seelen nach dem Tod irgendwo hingehen. Und es ist auch nicht so schwarz-weiß." Iris ging hinüber und zog das Laken von Bernards Gesicht. „Schau ihn an. Was glaubst du, wo Bernard jetzt ist? Seine Seele? Sein Körper ist tot, aber seine Seele ... Ich würde gerne glauben, dass seine Seele irgendwo in Sicherheit ist."

Ich blickte in das Gesicht des toten Hexers. „Ich weiß es nicht. Ich bin noch nie gestorben und zurückgekommen – aber wenn ich es jemals tue, werde ich es dich wissen lassen. Versprochen", sagte ich und lächelte. „Aber vielleicht hast du recht. Vielleicht ist seine Seele irgendwo in Sicherheit."

Bernard tat mir leid und zu wissen, dass er eine Frau hatte, bereitete mir ein schlechtes Gewissen. Wahrscheinlich hatte er auch Kinder und Enkelkinder. Aber seit ich gesehen hatte, dass Ruth glaubte, sie hätte etwas mit seinem Tod zu tun, fühlte ich mich schlecht. Nein. Nicht Ruth. Niemals Ruth.

Aber was, wenn ich mich irrte ...

„Was jetzt?" Iris stand mit den Händen in die Hüfte gestemmt da und wirkte in dem kalten, muffigen Leichenschauhaus ganz in ihrem Element.

„Ich rufe den Gerichtsmediziner an." Ich glaubte nicht, dass Grace so hilfreich sein würde, wie meine Tante Dolores gedacht hatte. „Ich sag ihm, dass hier eine Leiche ist. Er wird wissen müssen, wonach er suchen muss." Ich schluckte schwer. „Du weißt schon ... um zu sehen, ob Ruths Trank wirklich seinen Tod verursacht hat." Die Worte kamen mir nur schwer über die Lippen. Mein Magen krampfte sich zusammen, bis ich dachte, ich müsste mich übergeben.

Die Samhain-Feier heute Abend war mir egal. Ich musste Ruth helfen. Ich musste ihr helfen, ihren Namen reinzuwaschen und ihr klarmachen, dass sie nichts mit der Sache zu tun hatte.

Ich sah Iris an. „Ruth hat das nicht getan."

Iris drückte meinen Arm. „Ich weiß, dass sie es nicht war. Wahrscheinlich ist er einfach eines natürlichen Todes gestorben, wie Dolores gesagt hat."

Ich runzelte unwillkürlich die Stirn, als mir ein Gedanke kam. „Ich wünschte, Marcus wäre hier. Nicht wegen mir ... sondern weil er wüsste, wie man das alles angeht", stammelte ich und fühlte mich wie eine Idiotin.

Iris beäugte mich mit ihren weit geöffneten und mit dichten Wimpern umrandeten Augen. „Immer noch kein Wort? Keine sexy SMS? Keine Nacktbilder?" Sie bewegte anzüglich ihre Augenbrauen auf und ab.

Ich lachte. „Nein. Nichts von alledem. Ich glaube ... ich glaube, er ignoriert mich. Vielleicht hat er durch die Distanz gemerkt, dass ich kein geeignetes Date für ihn bin."

„*Du*? Kein Date für ihn?" Iris bewegte sich so schnell, dass ich kaum Zeit hatte, ihre Bewegung zu registrieren, als sie vor mir auftauchte und mit einem Finger auf mein Gesicht deutete. „Fang gar nicht erst damit an", drohte sie. „Du bist sowas von datetauglich. Du bist *perfekt* für ihn."

„Wie hast du das gemacht?" Sie hatte sich bewegt wie ein Vampir. Vielleicht hatte das Beisammensein mit Ronin, auf sie abgefärbt – buchstäblich.

„Marcus steht wirklich auf dich“, fuhr sie fort, als ob sie mich nicht gehört hätte. „Ich habe gesehen, wie er dich ansieht. Als würde er dir am liebsten auf der Stelle alle Kleider vom Leib reißen.“

„Nun, wenn er nur Sex will, verschwendet er seine Zeit.“

Iris seufzte. „Er ist wirklich in dich verliebt, Tessa. Wenn er nicht angerufen oder gesimst hat, dann gibt es sicher einen guten Grund. Er ist ein reifer, sehr männlicher Kerl. Noch mehr Männlichkeit und er wäre ein Höhlenmensch. Er wird anrufen. Vertrau mir.“

Ich nickte stumm. Ich konnte nicht über alle Gründe nachdenken, warum Marcus noch nicht angerufen hatte. Ich musste mich auf meine Tante Ruth konzentrieren. Allein bei der Erinnerung an die Angst in ihrem Gesicht drehte sich mir wieder der Magen um.

„Nun“, sagte ich und atmete tief aus, „wir werden es nicht mit Sicherheit wissen, bis der Leichenbeschauer seine Tests gemacht hat.“

„Mach dir keine Sorgen. Es wird sich alles aufklären.“ Iris zog das Laken über Bernards Kopf und drehte sich zu mir um. „Wir sollten jetzt unbedingt unsere Hintern in den Wicked Witch & Handsome Devil Pub schleppen und etwas Alkohol in uns hineinschütten. Ich will Einzelheiten von deinem ersten Tag. Was meinst du?“

„Klar, warum nicht. Lass uns hier abhauen.“ Iris von meinem Desaster zu erzählen, wäre weitaus weniger schmerzhaft, als es meinen Tanten beichten zu müssen.

Wir verließen Bernard und nahmen die Treppe zurück in den ersten Stock. Ich wollte nicht hier sein, wenn Bernards Frau auftauchte. Wie ich Martha kannte, hatte diese Hexe alles ausgeplaudert. Inzwischen wusste die ganze Stadt, dass Ruth dachte, sie hätte den Bäcker der Stadt getötet. Großartig.

Mit diesem Gedanken im Hinterkopf beeilte ich mich, die Treppe hinaufzugehen. Als wir das Erdgeschoss erreichten, konnte ich durch die Tür Stimmen wahrnehmen. Eine war die von Grace, aber die andere erkannte ich nicht.

„Was jetzt?“, ertönte Iris‘ Stimme neben mir.

„Keine Ahnung.“

Ich riss die Tür auf und wir beide stürmten in den Flur und marschierten zurück in Richtung Rezeption.

Neben Grace stand eine durchtrainiert, langbeinige und schlanke Frau. Sie war schwarz gekleidet und trug dazu flache Stiefel. Die rötlichen Haare fielen ihr in einer wilden Kaskade über den Rücken und bildeten einen attraktiven Kontrast zu ihrer hellen, makellosen Haut, den hohen Wangenknochen und den vollen Lippen. Sie trug nicht viel Make-up, aber das hatte sie auch nicht nötig. Ihr Gesicht hatte eine alterslose Schönheit, ihre großen grünen Augen waren mit schwarzen Wimpern umrahmt. Ich hatte sie noch nie zuvor gesehen.

„Glaubst du, das ist seine Frau?“, flüsterte Iris.

„Wenn sie es ist, konnte er sich glücklich schätzen", flüsterte ich zurück und brachte sie damit zum Lachen.

Als wir uns näherten, drehte sich die Frau um und sah uns an. Sie war nicht nur hübsch. Sie war verdammt gutaussehend. Mit leuchtenden Augen starrte sie uns ein paar Sekunden lang an, genug, um ihre Neugier zu befriedigen, und wandte dann ihre Aufmerksamkeit wieder Grace zu.

„Wo ist die Verdächtige jetzt ...", fragte die Fremde, während sie auf ein Stück Papier hinunterblickte. „... äh ... eine Ruth Davenport? Wo kann ich sie finden?"

Ich zuckte zusammen und mein Herz schlug schneller. „Entschuldigung. Was zum Teufel ist hier los?", sagte ich mit gefährlich lauter und vor Angst triefender Stimme, während ich zu ihr hinüberstapfte. Ja, stapfte.

Die Fremde beäugte mich einen langen Moment lang. „Ruth Davenport. Du kennst sie?"

„Ja. Sie ist meine Tante." Ich blickte Grace an, die sich mit einem wissenden Blick in ihrem dummen Gesicht zurücklehnte und die Arme verschränkte.

Die Fremde blinzelte mich an. „Dann kannst du mir sagen, wo sie wohnt", befahl sie, ihre Stimme war wie eine Peitsche, aber sie gab mir keinen Hinweis darauf, wer sie war.

„Warum?" Ich verschränkte die Arme vor der Brust und Iris kam an meine Seite. „Was willst du von ihr?"

Die Frau starrte mich an, ohne zu blinzeln, was mir wirklich unheimlich war. „Sie hat jemanden umgebracht“, antwortete sie und ihre Stimme klang amüsiert. „Sie ist eine Mörderin.“

Mein Herz pochte, und ich fühlte mich, als stünde ich am Rande einer Klippe und wäre kurz davor zu fallen. „Was? Moment mal.“ Ich stellte mich vor die Frau und stemmte die Hände in die Hüfte. „Meine Tante hat das nicht getan. Das ist ein Missverständnis.“ Ich hatte keine Ahnung, wer diese Fremde war, aber ich hasste sie jetzt schon.

Sie sah mich an, die Augenbrauen hochgezogen, als ob sie mir irgendwie überlegen wäre. „Ich habe schon ein Geständnis bekommen.“

„Sie ist verwirrt.“ Ich wollte sie ohrfeigen. Ich wusste es einfach. „Tratsch über das, was passiert ist, hilft niemandem und dieser Stadt nicht weiter. Lass die Finger davon und halte dich von meiner Familie fern. Es geht dich nichts an.“ Das war's. Ich hätte ihr am liebsten ins Gesicht geschlagen.

Ihr Gesicht war ausdruckslos. „Ich halte mich nicht an Klatsch und Tratsch. Ich halte mich an Fakten.“

„Das ist ein Fakt“, knurrte ich und sah, wie Iris sich vorbeugte und an der Fremden schnupperte. „Meine Tante würde so etwas niemals tun. Sag es ihr, Grace“, sagte ich und schaute die alte Frau hinter dem Schreibtisch an.

Grace schürzte ihre Lippen. „Ruth ist eine gute Seele und eine Freundin. Sie würde Bernard nicht mit Absicht vergiften.“

Die Fremde wedelte mit der Mappe, die sie in der

Hand hielt. „Nun, das hat keiner von euch zu entscheiden."

Meine Augenbrauen hoben sich. „Wer zum Teufel bist du?"

Sie begegnete meinem Blick und schenkte mir ein eisiges Lächeln. „Ich bin die neue Polizeichefin."

KAPITEL 5

„Eine neue Polizeichefin? Wir haben eine neue Chefin? Wie zum Teufel ist das passiert?" Meine Stimme hallte durch die Küche. „Wir haben bereits einen Polizeichef und der heißt *Marcus*."

Ich war mir nicht sicher, warum ich so überfürsorglich war, wenn es um ihn ging. Der Kerl hatte so getan, als würde ich nicht existieren. Dennoch hatte Marcus mir gezeigt, was für ein guter Mann und Wandler er war. Er war für mich dagewesen, hatte an meiner Seite gekämpft und mich nach dem Kampf mit Samara auf seinen Händen nach Hause getragen. Das konnte ich nicht einfach vergessen. Er mochte vielleicht nicht in mich verliebt sein, aber er hatte es nicht verdient, so beiseite geschoben zu werden.

„Marcus ist seit fast zwei Monaten weg, Tess", sagte Ronin. „Und der Kerl hat kein Lebenszeichen von sich gegeben. Was hast du denn erwartet?" Ronin war zehn Minuten, nachdem Iris und ich es nach Hause geschafft hatten, aufgetaucht. Wir hatten den ganzen Weg über geflucht und uns neue Schimpfwörter ausgedacht, die zu dieser neuen Polizeichefin passten. Es war eine *lange* Liste.

Ich biss die Zähne zusammen. „Das nicht.“ Verdammt. Mit diesen Worten aus ihrem Mund hatte ich *nicht* gerechnet. Und dem verschmitzten Lächeln nach zu urteilen, das sie mir gleich danach geschenkt hatte, hatte sie es auch gesehen.

Die Schuldgefühle trafen mich hart und machten mich krank. Ich war so schockiert und bestürzt über die Nachricht von dieser neuen Polizeichefin, dass ich Ruth ganz vergessen hatte.

Als ich mit Iris nach Hause gekommen war und meinen Frust über die neue Polizeichefin rausgelassen hatte, war Ruth wortlos nach oben verschwunden. Na ja, ein paar Antworten zu verlangen, hätte wahrscheinlich besser gepasst. Das war vor einer Stunde gewesen. Ruth war nicht wieder nach unten gekommen.

„Die Sicherheitsbehörde von Hollow Cove hat bestimmte Protokolle zu befolgen“, sagte meine Tante Dolores und schenkte sich eine weitere Tasse Kaffee ein. „Hollow Cove war noch nie ohne einen Polizeichef.“ Sie drehte sich mit der Tasse in der Hand um und lehnte sich gegen den Tresen. „Da Marcus verschwunden ist, mussten sie einen Ersatz schicken. So ist das nun mal.“

Mir fiel die Kinnlade runter. „Ein Ersatz. Ist das euer Ernst? Ihr tut alle so, als ob er tot wäre. Ist er aber nicht.“ Angst überkam mich bei dem Gedanken, dass Marcus vielleicht tot war. Nein, das war eine klare Überreaktion. Marcus war ein starker und mächtiger Wandler. Er war praktisch King Kong. Nichts konnte ihm etwas anhaben ... oder doch?

Dolores starrte mich an. „Ich bin nicht diejenige, die dafür verantwortlich ist. Ich stelle nur die Fakten fest. Es gibt eine neue Polizeichefin. Fakt. Du musst dich damit abfinden." Nachdem Dolores einen Schluck ihres Kaffees genommen hatte, fragte sie: „Hast du den Gerichtsmediziner angerufen?"

„Ja", seufzte ich. „Ich habe ihm alles gesagt. Er ist wahrscheinlich schon da. Er arbeitet an Bernard." Ich strich mit dem Finger über die Maserung des Holzes auf dem Küchentisch und wollte die Frage, die ich stellen musste, nicht aussprechen, aber ich konnte nicht anders. „Was passiert, wenn er herausfindet, dass Ruths Trank ihn getötet hat?" Ruth würde nie jemandem absichtlich etwas antun, aber es bestand eine kleine Chance, dass ihr Trank den Bäcker versehentlich getötet hatte.

Stille trat ein, nur das Surren des Kühlschranks war zu hören.

„Dann werden wir uns darum kümmern", antwortete Beverly schließlich, während sie sich auf ihrem Stuhl neben mir hin und her rutschte. „Bernard könnte eine schwere allergische Reaktion auf Ruths Gingerweed gehabt haben ... oder er könnte einfach an einem Herzinfarkt gestorben sein." Sie klang, als wolle sie sich selbst überzeugen, auch wenn ihre Angst offensichtlich war. „Wir wissen es einfach nicht, bis wir vom Gerichtsmediziner hören."

Mein Blick richtete sich auf Dolores, in der Erwartung, dass sie etwas hinzufügen würde, aber das Gesicht meiner Tante war angespannt und voller Emotionen. Panik war in ihren Augen zu sehen, als sie sich gegen den Tresen lehnte und auf ihre Tasse starrte. Sie hatte Angst. Angst, dass man Ruth die Schuld dafür geben könnte.

Meine Gefühle schwankten zwischen Furcht und Wut. Das einzig Gute an diesem Schlamassel war, dass meine Tanten so sehr damit beschäftigt waren, was mit Ruth geschah, dass keine von ihnen auch nur daran dachte, mich nach dem Verlauf der Hexenprüfungen zu fragen. Allein der Gedanke daran löste eine weitere Welle von Schuldgefühlen aus. Ich war nicht perfekt. Im Moment waren die Prüfungen das geringste meiner Probleme.

Meine Kiefermuskulatur spannte sich, als ich meine Handfläche mit einem lauten Knall auf den Tisch fahren ließ. „Verdammt! Du hättest sie sehen sollen, wie sie sich für was Besonderes hält. Sie denkt, sie ist die Chefin von allen. Wir brauchen sie nicht. Wir kommen auch ohne diese Fremde gut zurecht."

„Adira", korrigierte Ronin mich und ich hörte das ferne Klingeln des Telefons im Flur.

„Was?", knurrte ich und spuckte Ronin, der mir gegenübersaß, fast an.

Ronin lehnte sich in seinem Stuhl zurück, lässig und entspannt, wie nur ein Vampir es tun könnte, die Hände hinter dem Kopf verschränkt. „Ihr Name ist Adira. Die neue Polizeichefin."

Ich starrte ihn an. „Sie ist erst seit ... wie viel ...

zwei Minuten hier? Und du kennst schon ihren Namen?“ Wie ich Ronin kannte, wusste er wahrscheinlich noch viel mehr über diese Adira. Und ich würde ihn später dazu bringen, es mir zu sagen.

„Spiel nicht den Tess-Zilla für mich“, sagte der Halbvampir. „Ich weiß Dinge. Ich bin clever. Das ist Teil meines Charmes.“

„Vampire.“ Iris verdrehte die Augen, aber sie lächelte leicht, als sie einen Schluck von ihrem Kaffee nahm.

Die Tatsache, dass die Fremde nun einen Name hatte, machte es noch schlimmer. Irgendwie dauerhafter.

Ein Klicken ertönte aus dem Flur, als das Telefon abgenommen wurde, gefolgt von Ruths gedämpfter Stimme, als sie sich meldete.

„Nun, es ist mir egal, wie sie heißt.“ Ich rutschte auf meinem Stuhl hin und her und versuchte zu hören, mit wem Ruth sprach, aber ihre Worte waren zu leise, und ich konnte nichts verstehen. „Sie sollte es sich besser nicht zu bequem machen, denn Marcus kommt zurück.“ *Das sollte er besser auch bald tun.*

Die Tatsache, dass die Hollow Cove Security Agency einen Ersatz geschickt hatte, bedeutete, dass etwas nicht stimmte. Entweder konnten sie Marcus nicht erreichen oder sie waren in Kontakt, aber irgendetwas war mit ihm passiert. Wusste sein Büro in Hollow Cave etwas, was wir nicht wussten? War Marcus in Schwierigkeiten?

Ich brauchte Antworten. Und Adira würde sie

mir geben. Entweder das, oder ich würde sie dazu zwingen.

Das Geräusch von Absätzen, die in hoher Geschwindigkeit über den Holzboden klapperten, ließ mich von meiner Tasse aufblicken.

Ruth kam in die Küche gelaufen und schnappte sich ihre Jacke und ihre Handtasche von dem hölzernen Kleiderhaken an der Wand neben der Hintertür.

Ich blickte erschrocken auf. „Wo willst du hin?"

Ruths richtete ihren traurigen Blick auf mich. „Die Polizeichefin hat mich gebeten, ins Büro zu kommen. Sie sagte, sie wolle sich mit mir treffen und darüber reden, was passiert ist. Ich habe gesagt, ich würde gleich kommen."

Adira hatte mit Ruth telefoniert. „Sie ist nicht die Polizeichefin", sagte ich und ging um den Tisch herum, um mich neben Ruth zu stellen. „Das ist sie nicht."

„Jetzt ist sie es." Dolores stellte ihre Tasse in der Spüle ab und wirbelte herum. „Wir gehen besser und bringen das alles in Ordnung. Je länger wir warten, desto schlimmer wird es."

Wut durchströmte mich, genährt von der Erinnerung an Adiras süffisantes Lächeln auf Kosten meiner Tante. Irgendetwas stimmte nicht mit ihr und ich konnte es einfach nicht zuordnen. Vielleicht suchte ich aber auch nur nach Möglichkeiten, sie zu hassen, weil sie Marcus' Job gestohlen hatte.

Ruth sah mich an, ihr Blick war wieder betrübt.

„Ich ... muss gehen ...“, stammelte sie und sah verängstigt und klein aus.

Ich streckte die Hand aus und zog sie in eine Umarmung. „Es wird alles gut“, murmelte ich in ihren weißen Haarschopf und wusste nicht, was ich noch sagen sollte. Ein plötzlicher, überwältigender Drang, Ruth zu beschützen, stieg in mir auf. Meine Tante Ruth war der freundlichste, netteste und liebevollste Mensch, den ich je kennengelernt hatte. Sie so zu sehen, traurig und demoralisiert, ließ mein Herz in Stücke zerspringen.

Ich musste etwas tun. Ich musste meiner Tante helfen.

„Ich komme mit“, sagte ich, als ich sie losließ und einen Schritt zurücktrat. „Es gibt ein paar Dinge, die ich mit der neuen Polizeichefin zu besprechen habe.“ Zum Beispiel, dass ich ihr aus Versehen die Haare in Brand setzen würde.

„Du bleibst hier“, befahl Dolores. Sie warf mir einen strengen Blick zu, als ich die Stirn runzelte. „Du bist im Moment zu wütend und wir müssen mit der neuen Chefin sprechen, ohne einen Wutausbruch von dir befürchten zu müssen. Das Letzte, was wir brauchen, ist, dass diese Adira Ruth wegen etwas einsperrt, was du vielleicht sagen wirst.“

„Ich kann mich beherrschen“, entgegnete ich, woraufhin Ronin schnaubte. „Was?“ Ich warf dem Halbvampir einen finsteren Blick zu. „Du denkst, ich kann das nicht?“

Ronin hob beschwichtigend seine Hände. „Es ist nur ... wenn du aufgeregt bist, neigst du dazu zu handeln, bevor du denkst. Deine Emotionen machen dich ein wenig impulsiv. Weißt du noch, was du Marcus in der ersten Nacht, in der du ihn getroffen hast, angetan hast?"

„Ich habe ihn fliegen lassen", sagte ich und erinnerte mich daran, wie ich ihn mit einer Dosis meiner Magie getroffen hatte, ohne auch nur ein Wort zu sagen. „Ich habe ihm kostenlose Flugstunden gegeben. Und wenn schon. Das ist Schnee von gestern. Ich habe ihm seine schlechte Wortwahl über meine liebste Mama verziehen."

Ronin fuhr sich mit der Hand durch die Haare. „Wir wissen nichts über sie. Das könnte gefährlich sein. Du willst sie doch nicht verärgern."

Ich versteifte mich. „Sie hat nicht das Sagen über mich. Ich bin vielleicht kein Merlin mehr, aber sie kann mir nicht sagen, was ich tun soll." Oder konnte sie das? Ich hatte keine Ahnung.

„Es wird schon gutgehen, Tessa", versicherte mir Ruth. „Ich habe meine Tat bereits gestanden."

„Du hast ihn nicht umgebracht", protestierte ich. Ich spürte, wie mir das Blut aus dem Gesicht wich, als ich sie so traurig und verzweifelt sah.

Ruth schüttelte den Kopf, ihre Augen füllten sich mit Tränen. „Ich weiß es nicht. Ich bin mir nicht sicher. Vielleicht habe ich es getan." Sie schniefte. „Es ist das Beste, wenn ich ihr alles erzähle, was ich weiß." Sie wischte sich über die Augen. „Ich war dumm und unvorsichtig. Ich werde nie wieder einen Zaubertrank brauen."

„Sag so etwas nicht", widersprach Dolores mit

besorgter Miene. „Du weißt nicht, ob dein Zaubertrank ihn getötet hat."

„Doch ich weiß es." Ruths Gesicht verzog sich vor Schmerz. Ihre hellblauen Augen blickten ihre Schwester an und der Schmerz in ihnen war offensichtlich. „Er hat ihn benutzt. Er hat mir vertraut und ich habe ihn getötet."

Ruth ging zur Hintertür hinaus, bevor ich mit etwas Witzigem oder ein paar tröstenden Worten kontern konnte.

Ich schüttelte den Kopf. „Das ist falsch. Es ist alles falsch."

„Wie sieht diese neue Tussi aus?" Beverly stemmte eine Hand in die Hüfte. „Fett? Alt und faltig? Schlecht gefärbte Haare? Ist sie übermäßig botoxbehandelt? Zu viele Filler? Hat sie Würstchenlippen oder ist sie eher von der Sorte Entenschnabel?"

„Sie ist heiß", sagte Iris achselzuckend. „Wirklich heiß."

Beverly runzelte die Stirn. „Verdammt. Ich muss mich umziehen." Sie eilte aus der Küche und ich hörte wie sie die Treppe nach oben nahm. Es klang, als würde sie rennen.

„Warte nicht auf uns, wenn wir heute Abend nicht zurückkommen." Dolores nahm ihre Jacke von einem hölzernen Kleiderhaken an der Wand. „Samhain ist ein wichtiger Teil unserer Kultur. Wenigstens eine Davenport-Hexe muss es feiern. Wenn nicht, ist morgen die Hölle los", sagte sie und knöpfte ihre Jacke zu. „Martha wird sich beschweren. Sie wird nie damit aufhören."

Ich verschränkte die Arme vor der Brust und senkte vor Schreck den Kopf nach unten. „Mir ist nicht wirklich nach Feiern zumute." In diesem Moment hatte ich bedrohlichere und mörderischere Gedanken.

Dolores richtete ihre Schlüssel auf mich. „Du hörst jetzt sofort damit auf. Hast du mich verstanden?" Meine Tante kniff die Augen zusammen. „Das ist nur ein Rückschlag. Es wird sich alles aufklären. Du wirst schon sehen. Wir sind Davenport-Hexen, um Himmels willen. Es wird nichts passieren. Also mach dir keine Sorgen. Ich erzähle dir die Einzelheiten, wenn wir zurück sind."

Ich sah zu, wie meine Tante Dolores die Tür hinter sich schloss. Irgendwie war ich nicht so optimistisch.

„Ich bin bereit!", ertönte plötzlich Beverlys Stimme hinter mir.

Ich drehte meinen Kopf und starrte meine Tante an, die ihre lässige Jeans abgelegt hatte und sich für schwarze Leggings, die wie aufgemalt aussahen, eine tief ausgeschnittene schwarze Bluse, die ihren BH entblößte, und eine kurze schwarze Lederjacke entschieden hatte. Ihr blondes Haar war zu einem unordentlichen Dutt hochgesteckt und ein paar Strähnen umrahmten ihr Gesicht, das aussah, als hätte sie gerade Stunden damit verbracht, sich zu schminken. Ohne Magie hätte sie das auf keinen Fall hinbekommen.

Beverly präsentierte sich und strahlte. „Sehe ich

damit aus wie eine sexhungrige Schlampe, die einen Mann fürs Bett braucht?"

„Definitiv", antwortete ich lächelnd, denn ich wusste, dass dies genau die Antwort war, die sie hören wollte.

Beverlys pralle Lippen verzogen sich zu einem umwerfenden Lächeln. „Danke, Schatz. Wir sehen uns später." Beverly stolzierte in ihren roten High Heels zur Tür hinaus und sah dabei aus wie ein Supermodel.

Mein Lächeln verblasste. Heute Abend war mein Lieblingshexenfest und ich hatte mich wirklich darauf gefreut. Aber jetzt gab es keinen Grund zum Feiern. Nicht, nachdem ich den Schmerz in Ruths Gesicht gesehen hatte.

Und ich hatte das schreckliche Gefühl, dass es alles noch viel schlimmer kommen würde.

KAPITEL 6

Was macht eine Hexe, wenn ihre Hexentanten nicht aus dem Büro der Polizeichefin zurückkommen und man ihr gesagt hat, sie solle zu Hause bleiben?

Sie geht natürlich los, um sie zu suchen.

Es ist ja nicht so, dass ich *versprochen* hätte, zu Hause zu bleiben. Und ich traute Adira irgendwie nicht. Ich kannte sie nicht. Eine kleine Stimme in mir sagte mir, dass sie Ruths Unschuld nicht glauben würde und mein Gefühl sagte mir auch, dass Adira etwas zu beweisen hatte. Sie muss allen zeigen, dass sie das Zeug zur Chefin hat, was bedeutet, dass sie sich zu einer Königinschlampe machen muss.

Und Ruth war ihr erstes Opfer.

Ich eilte die Shifter Lane hinunter. Die Sonne war schon vor einer Stunde untergegangen, was bedeutete, dass die Festivitäten bereits begonnen hatten.

Es sah aus als wäre ein riesiger Zirkus in Hollow Cove eingefallen.

Fackeln säumten die Straßen im Umkreis von hundert Metern und tauchten die Straßen in gelbes und orangenes Licht. Orangefarbene, gelbe und rote Blätter bedeckten die Bürgersteige und Straßen, sodass der Asphalt vollständig bedeckt war, als hätte es ihn nie gegeben. In Pavillons und Zelten waren Tische mit Essen aufgebaut, an denen einige Paranormale ihre Grills bedienten und ihr Fleisch anbrieten. Dutzende von männlichen Paranormalen drängten sich um sie herum, unterhielten sich lautstark, lachten und stritten sich über irgendein Footballspiel.

Musik ertönte von verschiedenen Plätzen und die Beats gingen ineinander über. Laternen und geschnitzte Kürbisse mit breitem Grinsen und großen Augen schmückten Veranden und Gehwege, während Dutzende von Kindern – alle in Kostümen von Spiderman bis Olaf und natürlich der bekannten Hexe mit dem spitzen Hut – ihre Tüten öffneten, um Süßigkeiten entgegenzunehmen, und mit dem gleichen Enthusiasmus zum nächsten Haus rannten. Weitere Kinder rannten in Rudeln durch die Straßen, wobei Schreie der Aufregung und Gelächter zu hören waren.

Ich lächelte. Es war eine Mischung aus dem traditionellen Samhain mit einem modernen Halloween-Flair. Es war für jeden etwas dabei.

Paranormale bevölkerten die Straßen von Hollow Cove in einem Durcheinander aus Farben und Bewegungen, Gerede und Kostümen, wie in einem mittelalterlichen Wimmelbild. Die meisten Hexen trugen mittelalterlich anmutende Gewänder, während andere Halbblüter sich für modernere Zombiekostüme entschieden hatten.

Ich sah mich in der Menge um und entdeckte Ronin und Iris. Ihre Gesichter waren beide sorgfältig mit Blut bemalt, ihre Kleidung zerrissen und mit Schmutz und noch mehr Blut befleckt. Zombies. Ich lachte, als ich das Zombiepaar anstarrte. Ich lachte noch mehr, als ich merkte, dass sie langsam und ruckartig wie Zombies gingen, die Hände vor sich ausgestreckt, während einige Kinder um sie herumliefen und vor Freude schrien.

„Ihr steht *wirklich* auf so etwas“, murmelte ich lachend vor mich hin. Wenigstens hatten sie Spaß an Samhain. Ich überlegte, ob ich rübergehen sollte, um Hallo zu sagen, entschied mich aber dagegen. Ich musste Ruth finden.

Ich überquerte die Straße zu dem langweiligen, grauen Backsteingebäude mit dem Schild HOLLOW COVE SECURITY AGENCY. Meine Brust zog sich zusammen, als mein Blick zum linken Seiteneingang wanderte und ich mich an den Kuss erinnerte, den Marcus mir dort gegeben hatte. Es war ein heißer Kuss gewesen, der mir fast das Höschen vom Leib gerissen hatte. So *gut* war er gewesen.

Ja, ich war heiß auf den Polizeichef. *Heiß auf einen Kerl, der mich ignorierte*. Ja, das war dumm.

Ich verdrängte diese Gedanken für später – denn, seien wir ehrlich, ich würde wieder darüber nachdenken – riss die Glastür auf und ging hinein. Ich blinzelte in das grelle weiße Licht im Eingangsbereich des Gebäudes. Der Duft von frisch gebrühtem

Kaffee wehte mir entgegen, als ich an der Rezeption auf der anderen Seite der Lobby ankam, die sich zu einem größeren Raum hin öffnete.

„Keine Grace, hm?“, sagte ich und lehnte mich an den Schreibtisch, denn ich hatte erwartet, die alte Frau zu sehen. Ihr Stuhl war leer.

Ich schaute mich um. Der Raum war menschenleer. Da Adira an ihre Behauptung glaubte, sie wäre die neue Chefin, hatte ich erwartet, ein paar ihrer stellvertretenden Polizisten zu sehen. Doch ich konnte die Anwesenheit von Menschen spüren ...

Dann hörte ich die Geräusche einer angeregten Unterhaltung.

Ich war erleichtert und gleichzeitig besorgt, dass meine Tanten noch hier waren. Sie waren schon seit Stunden hier. Entweder unterhielten sie sich prächtig oder es war schlimmer, als ich dachte.

Aus der Tür rechts neben der Rezeption drangen Stimmen – Marcus' Büro.

Sie benutzte Marcus' Büro?

Mit pochendem Herzen, als würde Koffein durch meine Adern fließen, stieß ich mich vom Schreibtisch ab und ging zur Tür – und erstarrte.

Als ich das letzte Mal hier gewesen war, hatte der Name MARCUS DURAND auf dem Fenster der Tür gestanden. Jetzt stand dort ADIRA CREEK und darunter die Worte CHIEF OFFICER.

Oh, verdammt, nein.

Ich starrte die Tür an und meine Wut löste meine Magie aus, bis ich spürte, wie sie um und über meine Haut kroch.

Würdet ihr klopfen? Nein? Das hatte ich mir schon gedacht.

Ich stürmte durch die Tür in einem Sturm aus Flüchen, wildem Haar und wütenden Augen. Als ich das letzte Mal hier gewesen war, hatte ich mich mit Ronin hereingeschlichen, um Informationen über Marvelous Myrtle zu finden. Der Raum sah genauso aus wie damals, abgesehen von den drei Hexen, die Adira gegenüber saßen.

Dolores, Beverly und Ruth starrten mich mit offenem Mund und einem gemeinsamen Ausdruck des Unglaubens an, als hätte ich gerade ihre Teeparty gestört. Okay, vielleicht habe ich das auch.

Meine Augen blickten zu Adira und ich blinzelte sie wütend an. „Was zum Teufel denkst du, was du da tust?“, knurrte ich, bevor ich mich zurückhalten konnte. „Das ist Marcus’ Sessel. Das ist Marcus’ Büro. Und das sind seine Sachen. Das sind seine Akten. Und seine Stifte. Das ist seine Tasse. Wehe, du fasst seine Tasse an.“ Ich klang wie eine Wahnsinnige, aber es war zu spät.

Adira saß hinter Marcus’ Schreibtisch und schenkte mir ein kaltes Lächeln. „Das ist mein Büro. Und ich sitze in *meinem* Sessel. Und wenn ich mich recht erinnere, warst du nicht eingeladen.“

Ich stürmte nach vorne, bis mein Oberschenkel gegen Marcus’ Schreibtisch stieß. „Ich sehe deinen Namen nicht darauf. Ha-ha!“ Ja, ich drehte definitiv durch. Was zum Teufel war los mit mir? Warum machte ich mir überhaupt Gedanken?

„Tessa, ich habe dir gesagt, du sollst zu Hause

bleiben." Dolores stand von ihrem Stuhl auf, sah blass aus und zog die Augenbrauen zusammen. „Wir haben das unter Kontrolle. Du solltest gehen."

„Wirklich?" Ich drehte mich zu ihr um. „Hast du gesehen, was sie mit seiner Tür gemacht hat? Sie hat seinen Namen ausgelöscht. Seinen verdammten *Namen*. Als ob ihr der Laden gehören würde."

„Der Laden gehört mir", ertönte Adiras Stimme und ich wollte ihr das Lachen, das ich darin hörte, aus dem Gesicht schlagen.

Langsam drehte ich mich wieder um und meine Magie kribbelte in den Fingerspitzen. „Was hast du gesagt?", fragte ich, meine Stimme war gefährlich leise.

Adiras Lächeln war wirklich böse, aber sie sagte nichts. An ihrem süffisanten Lächeln konnte ich erkennen, dass es ihr Spaß machte, mich zu ärgern.

„Bitte, Tessa", flehte Beverly und ihr sonst so zuversichtliches Lächeln wurde durch etwas ersetzt, das wie Angst aussah. „Mach es nicht noch schlimmer."

Ich holte tief Luft, als ich die Sorge in Beverlys Stimme hörte. „Was meinst du mit schlimmer? Was ist denn passiert? Ich weiß, dass etwas passiert ist. Aber was? Was ist es?"

Mein Blick fiel auf Ruth. Ihre Augen waren rot, als hätte sie geweint – sehr geweint. Sie saß auf ihrem Stuhl, die Hände unter ihrer Jacke auf dem Schoß versteckt, und sah mich nicht an.

Dolores stand immer noch da und beobachtete mich, als würde sie mich jeden Moment angreifen.

Doch ich konnte die Angst und die Anspannung in ihren Augen sehen.

Meine Tanten sahen niedergeschlagen aus. Sie sahen aus, als ... als hätten sie verloren. Aber was verloren?

Ich richtete meinen Blick auf Adira und die Spannung ließ mich erstarren. „Hast du sie bedroht? Was zum Teufel hast du getan?"

„Tessa", sagte Dolores warnend.

Adira verschränkte ihre langen Finger auf dem Schreibtisch. „Meinen Job."

Meine Magie pochte in meinem Innern, bis sie zu einer dicht gepackten Energiegranate wurde, die bereit war, zu explodieren. „Was zum Teufel soll das bedeuten?"

Adiras Körperhaltung wirkte bedrohlich. Ihr Gesicht war ein eisiger Ausdruck entschlossenen Zorns, scharf wie ein Dolch, und ihre Zuversicht ärgerte mich auf so vielen Ebenen. Sie glaubte, sie stünde über mir, über uns. Ich hasste Menschen wie sie. Sie war keine Hexe. Dessen war ich mir sicher. Aber sie *war* etwas – etwas Gefährliches, sogar Urzeitliches.

Aber ich beschloss, dass ich mich davon nicht einschüchtern lassen würde.

Ich lehnte mich über den Schreibtisch und verzog das Gesicht zu einer Grimasse. Verdammt, ich hätte ihr fast meine Zähne gezeigt. „Womit hast du ihnen gedroht?" Wut durchströmte mich wie ein glühender Lavastrom. Wenn sie glaubte, sie könnte meine gesetzestreuen Tanten angreifen und einschüchtern, ohne dass ich mich einmischte, war sie ein Trottel. Ich kümmerte mich nicht um Regeln, denn ich liebte es, sie zu brechen. Genauso wie ich es liebte, auf meinen Gefühlswellen zu reiten.

Es schien, je wütender ich wurde, desto breiter wurde das Lächeln auf Adiras Gesicht. Sie wollte, dass ich Mist baute. Ich wollte ihr eine Ohrfeige geben. Zwei. Okay, vielleicht drei. Na gut, vier.

„Tessa, hör auf. Ist ja gut. Ich habe schon gestanden“, meldete sich Ruth zu Wort. Ich wandte meinen Blick von Adira ab und sah meine Tante an. „Es gibt nichts mehr, was du tun kannst.“

„Ja. Wir sind hier fast fertig“, fügte Beverly hinzu, obwohl ihre Stimme leicht zitterte. „Alle sind draußen und feiern. Du solltest mit ihnen draußen sein. Du bist jung. Du solltest draußen sein und Spaß haben. Wir werden uns gleich zu dir gesellen.“

Mein Blick wanderte von Beverly über Ruth zu Dolores. „Ihr verschweigt mir etwas. Es steht in euren Gesichtern geschrieben. Was ist es? Womit hat sie euch gedroht? Was verschweigt ihr mir?“

„Du solltest gehen, Tessa.“ Ruth rutschte auf ihrem Stuhl hin und her, und ihre Jacke fiel auf den Boden. Sie griff danach und ich bemerkte die Metallarmbänder, die um ihre beiden Handgelenke geschlungen waren. Nur waren das keine gewöhnlichen Armbänder.

Ich spürte, wie das Blut mein Gesicht verließ. Die Armbänder waren Handschellen aus Stahl.

Sie sahen genauso aus wie die Handschellen der menschlichen Polizei, aber sie dienten dazu, die

Magie einer Hexe zu schwächen oder sogar zu unterdrücken oder jeden, der Magie anwendete, daran zu hindern. Wenn man die Handschellen trug, konnte man keine Magie ausüben. Doch die Handschellen an Ruths Handgelenken waren anders. Zum einen waren sie nicht in der Mitte mit einer Kette zusammengebunden. Sie waren einzeln an jedem Handgelenk. Sie sahen zwar anders aus, aber der leichte Energieimpuls, der von ihnen ausging, war nicht zu übersehen.

Adira hatte meiner Tante Ruth verboten, Magie zu benutzen.

„Du hast meiner Tante Handschellen angelegt? Du psychotisches Miststück!“, heulte ich, außer mir vor Wut. Ich spürte, wie sich mein Haar von meinen Schultern löste und um meinen Kopf herumschwebte.

Adiras Körper versteifte sich und ihre Augen wurden schwarz.

Und dann legte sich irgendwo in mir ein Schalter um.

Wut elektrisierte mich und ich zapfte die Elemente um mich herum an.

„Tessa! Nein!“, schrie Dolores, aber ich hörte sie kaum. Ich wollte diese Schlampe einfach nur in Stücke reißen. Niemand behandelte meine Tante Ruth so. Niemand.

Ein Energiestrom schwappte auf mich zu, und ich streckte meine Hände aus und schrie: „Inflitus!“

Ein Schwall kinetischer Kraft schoss aus meinen Handflächen.

Ein Fleck aus Rot und Schwarz bewegte sich vor meinen Augen.

Die kinetische Kraft schlug in die Wand hinter dem leeren Stuhl ein und verursachte eine Explosion, bei der sich Holz und Gips löste.

Ich starrte auf das klaffende Loch. Aber da war keine Adira.

Als ich die Präsenz hinter mir spürte, war es bereits zu spät.

Meine Arme wurden mit einem plötzlichen, schmerzhaften Ruck nach hinten gezogen und ich spürte, wie kaltes Metall über meine Handgelenke glitt.

Oh.

Verdammt.

Adira hatte auch mir Handschellen angelegt.

KAPITEL 7

„Du hast mir Handschellen angelegt? Du Schlampe!“, knurrte ich und kämpfte mit meinen Fesseln.

Die Hände in meinem Rücken schoben mich vorwärts und ich stolperte gegen den Schreibtisch. Plötzlich wurde ich mir der Handschellen um meine Handgelenke bewusst und das ernüchterte mich sofort. Ich war noch nie mit menschlichen Handschellen gefesselt gewesen, geschweige denn mit magischen.

Instinktiv sandte ich meine Sinne aus, zapfte die Elemente um mich herum an –und spürte nichts. Nada. Null. Nix. Nichts reagierte. Es war ein seltsames Gefühl. Die Elemente waren da, ich konnte sogar die Ley-Linien spüren, aber ich konnte sie nicht erreichen.

„Nimm sie ab!“ Ich rang mit meinen Handschellen, versuchte, meine Arme freizubekommen, und fühlte mich wie ein Tier in einer Falle. Das war's. Die Schlampe würde jetzt sterben.

Marcus' blauer Kugelschreiber lag auf der Kante des Schreibtischs. Ich beugte mich vor und schnappte ihn mit den Fingern. Mit dem Daumen schaffte ich es, ihn in meinen Ärmel zu schieben. Er könnte später vielleicht nützlich sein.

„Was ist denn los mit dir?", brüllte Dolores neben mir.

Ich sah zu ihr hinüber und wollte mir eine Ausrede einfallen lassen, aber Dolores starrte Adira an. Nicht mich.

Adira stemmte die Hände in die Hüfte und sah selbstgefällig aus. „Sie hat gerade versucht, mich zu töten. Ich hatte jedes Recht, ihre Magie auszulöschen."

„Offensichtlich hat sie einen Fehler gemacht", drängte Dolores. „Sie ist ein emotionales Wesen. Zu sehen, wie ihre Tante in Handschellen gefesselt ist, hat starke Emotionen ausgelöst. Sie ist nicht sie selbst."

Ich zog eine Augenbraue hoch. „Danke."

So hätte das alles nicht ablaufen sollen. Aber ich hatte gerade versucht, die neue Polizeichefin zu töten. *Ups.* Ich verlor in letzter Zeit viel zu leicht die Beherrschung. Das musste aufhören oder ich würde mich selbst umbringen oder jemanden, der mir wichtig war.

Ich hatte es geschafft, alles gründlich zu vermasseln. Wie könnte ich Ruth jetzt noch helfen? *Gut gemacht, Tessa.*

Beverly schoss auf die Beine und begann, durch den Raum zu laufen und sich die Schläfen zu reiben. „Das ist schlecht. Das ist schlimm. Das ist sehr, sehr schlimm."

„Dein Wortschatz könnte eine Erweiterung gebrauchen", kommentierte Dolores mit einem genervten Ausdruck in ihren dunklen Augen.

Beverly stellte sich vor Dolores hin. „Ach, halt die Klappe. Wenigstens hatte sie den Mut, das zu versuchen, was wir alle tun wollten ..."

Es gab ein scharfes Klatschen und Beverlys Kopf flog zur Seite. Ein großer roter Handabdruck erschien auf ihrer Wange.

„Reiß dich zusammen", sagte Dolores, deren Wangen genauso rot waren wie der Handabdruck im Gesicht ihrer Schwester.

Beverly presste die Lippen zu einem schmalen Strich zusammen. „Du hast mich geohrfeigt!" Ihre Augen verengten sich gefährlich. „Du taugst zu nichts, du Mist ..."

Klatsch!

Dolores' Kopf schnappte durch die Wucht von Beverlys Hand zur Seite.

Oh je.

Das Geräusch von Händen, die auf Wangen schlugen, explodierte um uns herum, als die beiden Schwestern sich weiter schlugen.

„Leute. Hört auf." Ich humpelte vorwärts, was sich seltsam anfühlte, da meine Hände mit eisernen Handschellen hinter meinem Rücken gefesselt waren. „Tut das nicht. Bitte! Es ist meine Schuld."

Das Letzte, was ich wollte, war, einen Streit zwischen meinen Tanten anzuzetteln.

Dolores rieb sich die Seite ihrer Wange. „Das war eine Menge Kraft für jemanden mit so kleinen Brüsten."

Beverly sah selbstgefällig aus. „Es hat sich noch nie jemand über die Größe beschwert."

Mein Blick schoss zu Adira, die am Bücherregal lehnte und den Austausch mit einer kranken Art von Vergnügen beobachtete. Ich atmete tief durch die Nase ein und aus und versuchte, mein wild pochendes Herz unter Kontrolle zu bekommen. Aber je länger ich Adira anstarrte, desto wütender wurde ich und desto schneller pochte mein Herz.

Als Beverly sich von Dolores entfernte, richtete sich mein Blick auf Ruth. Sie sah mich nicht an, ihr Gesicht war schmerzverzerrt. Ich bemerkte, dass sie ihre Handgelenke wieder mit ihrer Jacke bedeckt hatte.

Ich schluckte schwer. „Meine sind anders." Ich konnte meine Arme nicht auseinander ziehen, meine Handschellen waren in der Mitte mit einem Kettenglied verbunden. Ich zerrte an meinen Handgelenken und meine Arme taten weh, weil ich versuchte, sie in einem seltsamen Winkel zu bewegen. Ich sah Adira wieder an. „Warum sind meine anders?" Ich erwartete nicht, dass sie antworten würde, aber einen Versuch war es wert.

Adira lächelte, als hätte ich ihr eine wichtige Frage gestellt. „Du trägst die üblichen gegenmagischen Handschellen." Sie löste sich vom Bücherregal.

„Die benutzen wir bei gefährlichen Kriminellen, die eingesperrt werden sollen, ... manchmal für immer."

Ich warf ihr einen finsteren Blick zu. „Oh, großartig." Sie legte es wirklich drauf an. Ich fühlte mich sehr verpflichtet, ihr zu geben, was sie verdient hatte.

Adira sah mich einen langen Moment lang an. „Die um die Handgelenke deiner Tante Ruth sind nur zur Kontrolle."

„Kontrolle?"

„Sie darf in ihrem Haus bleiben", antwortete Adira, ohne dass ihr Gesicht eine Regung zeigte. „Sie kann ihren Geschäften in der Stadt nachgehen, aber sie darf nicht zaubern. Nicht bis zu ihrem Gerichtstermin."

„Ihr Gerichtstermin?" Ich merkte, dass ich Adira wie eine Idiotin nachplapperte. Und als ich den angespannten Gesichtsausdruck meiner Tanten sah, wusste ich, dass sie genau das besprochen hatten, bevor ich hereingeplatzt war. Ich merkte, wie mein Körper zusammensackte. Es musste furchtbar gewesen sein, ihre Schwester in Handschellen wie eine Verbrecherin zu sehen. Angesichts Dolores' ständigem finsteren Blick, war ich mir sicher, dass sie alles in ihrer Macht Stehende getan hatte, um Adira zu überreden, Ruth nicht anzuklagen. Aber es hatte nicht geklappt.

Ruth war unschuldig. Wenn sie Bernard vergiftet hatte, war es nicht vorsätzlich. Das System würde erkennen, dass es ein Unfall war. Zumindest hoffte ich es.

„Reden wir über das Gericht der Weißen Hexen?"

Hoffnung keimte in mir auf. Wenn Ruth sich einem Gremium hoher Hexen stellen müsste, hätte sie eine Chance. Sie würden sie verstehen und sich auf ihre Seite stellen. Da war ich mir sicher.

„Das würde dir gefallen. Oder etwa nicht?" Adira verzog ihr Gesicht zu einem Schmollmund. „Und dass sie ihr eine Ohrfeige geben, weil sie eine böse, böse Hexe ist?" Ihr Gesichtsausdruck verhärtete sich und der kleine Hoffnungsschimmer, den ich gehabt hatte, verschwand. „Eine Anklage wegen Mordes geht bis zum Grauen Rat. Sie geht durch die richtigen Instanzen. Keine Ausnahmen. Es ist mir egal, ob du zu den Gründerfamilien von Hollow Cove gehörst oder ob du die größte Hexe bist, die es je gab. Keiner steht über dem Gesetz."

Das klang auf seltsame Art genauso, wie Greta es ausgedrückt hatte.

Ich runzelte die Stirn. Der Graue Rat war das elitäre Führungsgremium von Halbblütern wie uns und Engelgeborenen. Er bestand aus je einem Mitglied aus jeder Halbblut-Gemeinschaft – Vampire, Feen, Werwölfe und Hexen – und umfasste auch die Anführer der Engelgeborenen. Das war schlimm. Das Allerschlimmste.

„Wann?", fragte ich, denn je länger es dauerte, desto schlimmer würde es für Ruth werden.

„Sobald ich den Papierkram eingereicht habe und je nachdem, wie die anderen Fälle vor ihrem laufen ... wahrscheinlich in der ersten Dezemberwoche."

„Dezember!", rief ich. „So lange kann sie nicht warten. Das ist doch verrückt."

Dolores drehte sich zu mir um. „Wenn du dich nicht beruhigst, werde ich dich persönlich einsperren!“

Ich klappte meinen Mund zu. Es hatte keinen Sinn, meine Tanten gegen mich aufzubringen. Für einen Abend hatte ich genug Mist gebaut.

Mein Blick richtete sich wieder auf Ruth und ich sah, wie ihre Lippen zitterten. „Aber sie kann doch Zaubertränke machen. Oder?“ Ihr die Fähigkeit zu nehmen, Zaubertränke zu machen, wäre, als würde man ihr die Luft zum Atmen wegnehmen. Sie würde ohne sie sterben. Oder in eine schwere Depression fallen, was noch schlimmer wäre.

Die neue Chefin schien sich diebisch zu freuen, als sie verkündete: „Keine Magie jeglicher Art. Kein Herumhantieren mit Zaubersprüchen, kein Mischen von Tränken, kein Kanalisieren von Energie in Talismanen oder Zauberstäben. Das Gesetz ist eindeutig.“

Eine Lawine unkontrollierbarer Wut entlud sich in mir und mein Herz pochte wie wild. „Du bist so was von tot.“

„Tessa, halt die Klappe“, rief Beverly. „Ich glaube, wir hatten genug Drama für einen Tag.“

Ich hielt meinen Blick auf die neue Polizeichefin gerichtet, während ich ihr drohte: „Du hast mir vielleicht meine Magie und die Bewegungsfreiheit meiner Hände genommen ... aber ich kann dir immer noch den Kopfstoß des Jahrhunderts verpassen.“

Adira lachte. Das Miststück lachte tatsächlich. „Das würde ich zu gern sehen, kleine Hexe.“

„Mit Vergnügen." Ich wollte es durchziehen, aber ein Blick in Ruths Richtung ernüchterte mich sofort.

Sie zitterte wie Espenlaub und sah so zerbrechlich und klein aus, als sie auf ihrem Stahl saß und schluchzte. Ich war ein Arschloch. Ich musste mich unter Kontrolle bringen.

Ich schenkte Adira mein bestes Lächeln. „Vielleicht später? Ich würde dir gern in den Arsch treten, aber mir sind im Moment gerade die Hände gebunden. Verstehst du das?"

Adira zuckte mit den Schultern. „Es ist deine Beerdigung."

Ich warf ihr einen strengen Blick zu und sah, dass ihre Augen tiefgrün waren, wie ein dunkles Waldgrün. Hatte ich nicht vor einem Moment gesehen, wie ihre Augen schwarz waren? Kurz bevor ich mich zum Narren machte?

„Du bist keine Hexe", stellte ich fest, wobei mein Blick ihr lächelndes Gesicht nicht verließ. „Wenn du eine wärst, würdest du nicht so verächtlich über Hexen sprechen. Und was bist du? Du hast dich schnell bewegt ... fast wie ..."

„Ein Vampir", antwortete Adira und lächelte, ohne ihre Zähne zu zeigen.

Mein Inneres kribbelte. Verdammt! Die neue Chefin war ein Vampir. Das erklärte ihre Schönheit und ihre Fähigkeit, in einem Moment an einem Ort zu sein und dann in einem Wimpernschlag an einem anderen.

Ich hatte sie einmal unterschätzt, aber ich würde es kein zweites Mal tun.

Mir kam auch in den Sinn, dass Ronin, der halb Vampir und verdammt neugierig war, gewusst haben musste, dass sie ein Vampir war, als er sie gesehen hatte. Aber er hatte es mir nicht gesagt.

„Schön. Ein Vampir. Das ist ja großartig." Ich seufzte. „Also. Was wird mit mir passieren? Wirst du mich zu deinen Vampirfreunden schicken, damit sie mich aussaugen können? Mich in irgendeinen Sarg sperren?" Ja, ich war ein bisschen melodramatisch. Ich hatte einen furchtbaren Tag. Ich hatte ein Recht auf ein bisschen Drama.

„Ich dachte, ich würde dich mit einer Verwarnung gehen lassen."

„Wirklich?" Das kam unerwartet.

Ruth drehte den Kopf, ihre feuchten Augen blickten in meine und flehten mich an, mein Glück nicht weiter zu strapazieren. Sofort sank meine Anspannung und ich spürte, wie sich meine Eingeweide verknoteten.

„Wirst du dich benehmen?", fragte Adira und drehte den Schlüssel für die magischen Handschellen in ihren Fingern.

Ich schenkte ihr ein strahlendes Lächeln. „Wie wär's, wenn du mir die Handschellen abnimmst, dann finden wir es heraus, Vampir."

„Tessa", knurrte Dolores. „Bei der Liebe der Göttin, genug ist genug. Bitte, um unser aller willen. Lass sie sie einfach abnehmen. Sie ist jetzt die Polizeichefin. Tu, was sie sagt."

Ich seufzte und fühlte mich leicht schuldig. „Gut. Ich werde mich benehmen. Ich werde dir heute

Abend nicht den Hintern versohlen. Zufrieden? Du bist die vorrübergehende Polizeichefin."

Adira packte mich unsanft am Arm und zog mich herum. „Du solltest wissen", sagte sie, als ich ihre Hände an den Stahlmanschetten spürte, „Marcus arbeitet immer noch an einem Fall."

„Woher willst du das wissen?" Es gab ein leises Klicken von Metall und das Gewicht der Handschellen um meine Handgelenke fiel ab. „Niemand hat etwas von ihm gehört", sagte ich, drehte mich um und rieb meine Handgelenke, als ich spürte, wie die Magie in einem warmen Rausch in mein Inneres zurückkehrte.

Ich spürte, wie etwas Kleines an meinem rechten Handgelenk heruntergliitt. Der blaue Kugelschreiber rutschte aus seinem Versteck und ich fing ihn auf, bevor er herunterfiel, und steckte ihn in meine Tasche, bevor Adira etwas bemerkte.

„Doch, ich", antwortete Adira, und ein Gefühl der Enge legte sich um meinen Brustkorb. „Ich habe erst heute Abend mit ihm gesprochen. Kurz bevor deine Tanten aufgetaucht sind." Sie ging zum Schreibtisch und ließ die Handschellen in eine der obersten Schubladen fallen.

Meine Welt geriet ins Wanken und ich kämpfte darum, das Gleichgewicht zu halten. Außerdem färbte sie sich hässlich rot.

Marcus.

Der Mann, den ich seit Wochen versuche zu erreichen, der mich nie zurückgerufen hat, nicht ein einziges Mal, der nie auf meine Anrufe reagiert hatte und der mich das Schlimmste befürchten ließ ... ihm geht es gut.

Es geht ihm mehr als gut und er hat sich entschieden, Adira anzurufen. Nicht mich. Anscheinend habe ich keinen Rückruf verdient.

Nun, dann. Marcus kann mich mal.

KAPITEL 8

In den folgenden Wochen wurde es nicht besser. Im Gegenteil, es wurde noch schlimmer.

Ruth verließ kaum noch ihr Zimmer. Ihre Mahlzeiten nahm sie in ihrem Zimmer ein, wenn sie überhaupt etwas aß. Im Laufe der Wochen schien sie immer mehr zu verkümmern. Ich wusste, dass sie sich die Schuld dafür gab, was mit Bernard passiert war. Und egal, wie oft Dolores, Beverly, Iris oder ich sie eines Besseren belehrten, es war, als ob sie uns nicht hörte – oder nicht hören wollte.

In den letzten vier Wochen hatte ich Grace jeden Tag angerufen, um mich nach dem Bericht des Gerichtsmediziners zu erkundigen. Und jedes Mal hatte sie geantwortet: „Es tut mir leid. Aber ich habe keine neuen Informationen. Die Polizeichefin wird anrufen, wenn sie es für nötig hält, dir etwas zu mitzuteilen."

Es war egal, wie laut ich wurde oder wie viele Obszönitäten ich Grace zurief, sie wollte mir keine

Auskunft geben. Und ich hatte auch nicht vor, Adira anzurufen. Diese Vampirschlampe verursachte mir eine Gänsehaut.

Und in diesen vier Wochen kam und ging der Gedanke an Marcus. Ich werde nicht lügen. Ich war wütend gewesen, nachdem ich das Büro verlassen hatte. Die Tatsache, dass er Adira angerufen hatte, hatte mich in Rage versetzt. Die Wut war so stark, dass mir übel wurde.

Marcus hatte Adira angerufen, aber nicht mich.

Und immer noch hatte ich keine Nachricht von ihm bekommen.

Alle rationalen Gedanken flohen aus meinem Kopf. Der Kuss, sein fürsorglicher Schutz, dass er mich nach Hause getragen hatte – alles war eine Lüge. Entweder das, oder ich hatte ein ernsthaftes Problem mit meiner Einbildung. In meinem Liebesleben hatte man mich mehr als einmal zum Narren gehalten, und ich dachte, in meinem Alter – in ein paar Wochen würde ich dreißig werden – müsste ich es besser wissen.

Offensichtlich war dem nicht so.

In mir kochte die Wut hoch. Ich wollte schreien, treten, auf etwas einschlagen – am liebsten auf Marcus' Gesicht. Stattdessen musste ich mich damit begnügen, mir vorzustellen, wie seine Eier explodierten.

Schlimmer noch, Adira hatte es sich in Marcus' altem Büro und in seiner Heimatstadt gemütlich gemacht. Sie hatte ihr eigenes Team von vier

Vampiren mitgebracht – drei Männer und eine Frau. Es war, als hätte es Marcus nie gegeben.

Aber ich konnte jetzt nicht an Marcus denken. Ich hatte dringendere und wichtigere Probleme in meinem Leben, wie meine Tante Ruth und die Hexenprüfungen.

Schweren Herzens sah ich zu, wie meine geliebte Tante Ruth sich immer mehr zurückzog und in eine tiefe Depression verfiel, und ich wusste, dass ich nichts dagegen tun konnte. Ich fühlte mich hilflos. Wenn man ihr doch nur erlaubt hätte, einige ihrer Zaubertränke zu brauen, das hätte ihr etwas Freude bereitet und sie auf andere Gedanken gebracht, während sie auf diesen verdammten Gerichtstermin warten musste.

Ja, wir hatten einen Gerichtstermin. Am siebten Dezember. Ruth sollte vor dem Grauen Rat hier in Hollow Cove erscheinen. Und da sie nicht wusste, was der Gerichtsmediziner herausgefunden hatte, ging sie blindlings hinein. Aber sie würde nicht allein sein. Ich würde dort sein. Genau wie ihre Schwestern, Iris und Ronin.

Ich wusste nicht, wie oder wann, aber ich würde das irgendwie in Ordnung bringen. Das hatte ich mir geschworen.

Es genügt zu sagen, dass meine vier Wochen Training auch nicht so gut liefen, wie ich es geplant hatte. Mit diesem schrecklichen Schlamassel um Ruth war ich auf mich allein gestellt, um mich auf meine allererste Hexenprüfung vorzubereiten, die genau jetzt stattfand.

Meine Tanten hatten schon letzten Monat ihr Bestes gegeben. Jetzt lag es an mir. Und ich würde ihnen zeigen, dass ich es wert war, den Namen Davenport zu tragen.

Der Morgen des ersten Dezembers war kalt, als ich nach High Peak Wilderness zurückkehrte. Ein eisiger Wind strich durch die blattlosen Äste der Bäume des dichten Waldes, der mich meilenweit umgab. Der Wald sah ohne sein Laub nackt aus, als ob ihm etwas fehlte. Als ich den Schotterweg entlangschritt, der zu dem großen Haus führte, bemerkte ich die dünne Eisschicht, die einen Teich zu meiner Linken bedeckte. Schwere graue Wolken verdeckten die Sonne und die Luft roch nach Schnee. Er war im Anmarsch. Eine ganze Menge davon.

Ich mochte eine Närrin sein, wenn es um Männer ging, aber ich war keine Närrin, wenn es um das Wetter ging.

Ich hatte mich für das Wetter im Norden gekleidet. Ich hatte meine hohen Merrell-Winterstiefel angezogen und trug eine schwarze Cargohose über einer Strumpfhose, und ich hatte mich in meine mit Daunen gefüllte Winterjacke von North Face eingemummelt. Sie war lang genug, um meinen Hintern warm zu halten, aber kurz genug, um mich nicht zu behindern, wenn ich mich schnell bewegen musste.

Ich hatte keine Ahnung, wo die Prüfungen stattfinden würden. Wenn sie drinnen stattfanden, würde ich einfach ein paar Schichten ausziehen. Ich wollte kein Risiko eingehen.

Trotz des kalten Windes fühlte ich mich wohl und

erreichte nach einem kurzen Fußmarsch Montevalley House, das riesige Herrenhaus, in dem die Prüfungen stattfanden. Nervös erklomm ich die Eingangstreppe und wartete, bis sich die massiven, doppelten Holztüren für mich öffneten.

Kaum war ich über die Schwelle getreten, durchfuhr mich derselbe kalte, harte Impuls des Körperscanners des Schlosses. Ich schüttelte das seltsame Gefühl ab und trat in das große Foyer.

„Wo sind denn alle?" Ich drehte mich auf der Stelle, lauschte auf Stimmen, hörte aber nur das Pochen meines eigenen Pulses in meinen Ohren.

Ich holte mein Handy heraus und schaute auf die Uhr. „Sieben Uhr zweiundfünfzig. Ich bin zu früh. Wo sind denn alle?" Ja, ich führte Selbstgespräche wie eine Verrückte, aber es war niemand da, der mich hören konnte.

Ein Gefühl des Grauens stieg von meinen Zehen bis in meinen Nacken. Hatte ich mich im Datum geirrt? Ich hatte mich genau daran erinnert, dass Greta den ersten Dezember um Punkt acht Uhr morgens gesagt hatte.

Panik ergriff mich und ich setzte mich in Bewegung. Ich ging zu dem Saal, wo sich letzten Monat alle Hexen versammelt hatten. Ich schob mich durch die Schwingtüren und blinzelte ... in einen dunklen und leeren Raum.

„Scheiße! Scheiße! *Scheiße*!"

Ich rannte zurück ins Foyer, passierte die große Treppe aus poliertem Holz, die in die oberen Stockwerke führte, und stürmte zum rechten Flügel des

Herrenhauses in den großen Gemeinschaftsraum. Der Raum war mit rustikalen Möbeln, viel Holz und großen, bequemen Sofas und Stühlen eingerichtet, die um einen großen Steinkamin angeordnet waren.

Der Raum war schön. Groß. Und verdammt leer.

„Das kann doch nicht wahr sein."

Ich stand in dem großen Raum und fühlte mich klaustrophobisch. Plötzlich gab es nicht mehr genug Luft, nicht mehr genug Platz. Wie hatte ich das nur vermasseln können? Das Grauen drohte mich zu ersticken. Eine Faust griff nach meinem Herzen und drückte es fest zu einer schmerzenden Kugel zusammen.

Ich hatte versagt und dabei hatte ich noch nicht einmal angefangen.

Ich nahm die Mischung aus Schuldgefühlen und Angst, die mich zu verschlingen drohte, und stopfte sie weg, tief in die hintersten Ecken meines Geistes. Ich musste mich konzentrieren.

Nein, ich hatte weder das Datum noch die Zeit vermasselt. Warum war dann niemand hier?

Ein Schrei von draußen erregte meine Aufmerksamkeit.

Er kam aus Richtung des Fensters mir gegenüber. Mit klopfendem Herzen stürzte ich zum Fenster und schaute hinaus.

Etwa hundert Hexen standen in der Mitte eines großen offenen Feldes, etwa fünfhundert Meter vom Schloss entfernt und drängten sich in einem Kreis um eine Person. Die Person war so groß wie mein Daumen, aber wenn ich raten sollte, war es Marina.

„Verdammt."

Ich hatte keine Zeit, mich zu fragen, warum das passiert war. Ich sprintete durch das Schloss und durch die Vordertür hinaus. Meine Stiefel trafen auf den Kiesweg und ich beschleunigte mein Tempo und rannte um die rechte Seite des riesigen Gebäudes herum. Ich erreichte das Feld im Sprint, das Adrenalin verlieh mir mehr Kraft.

Ich hatte es in weniger als vierzig Sekunden bis zur ersten Reihe der Hexen geschafft. Nicht schlecht.

Außer Atem lehnte ich mich vor und atmete ein paar Züge eiskalter Luft ein.

„Wie schön, dass du dich uns anschließt", sagte eine Stimme.

Ich richtete mich auf und merkte, dass die Aufmerksamkeit aller versammelten Hexen auf mich gerichtet war. Die Gruppe löste sich auf, als eine blonde Hexe mit halb kahlgeschorenem Kopf auf mich zukam.

„Ich hätte nicht gedacht, dass du es schaffst", sagte Marina mit einem Lächeln im Gesicht. „Du hast schon die schriftliche Prüfung verpasst."

„Was?" Ich keuchte, die kalte Luft brannte in meiner Lunge. „Aber ich bin doch pünktlich hier. Es ist zwei Minuten vor acht. Greta hat acht Uhr gesagt und ich bin hier. Ich bin pünktlich."

Die Hexen um mich herum tuschelten miteinander und einige von ihnen lachten.

„Was?", knurrte ich.

Marina legte den Kopf schief und machte einen falschen Schmollmund. „Du hast offensichtlich die E-

Mail nicht gelesen“, sagte sie, und mein Herz schien zu implodieren.

„Welche E-Mail?“, fragte ich, mein Mund war trocken und meine Zunge klebte an meinem Gaumen, als wäre mein Mund voller Wattebällchen. „Ich habe nie eine E-Mail bekommen.“

„Offensichtlich“, sagte Marina, und eine Handvoll Hexen lachte laut auf. „Vor zwei Wochen wurde eine E-Mail über die Terminänderung verschickt. Die schriftliche Prüfung wurde für sieben Uhr morgens angesetzt. Du bist nicht erschienen.“

Ich zitterte vor Adrenalin oder Wut, vielleicht auch vor beidem. „Aber ich habe diese E-Mail nie erhalten. Jemand hat vergessen, sie mir zu schicken. Schau in deinen Unterlagen nach.“ Ich warf ihr einen strengen Blick zu. „Ich habe *keine* bekommen.“ Ich hatte das ungute Gefühl, dass sie es mit Absicht getan hatte. Aber sie konnte doch nicht ... oder doch?

Marina hob ihren Kopf. In ihren Augen blitzte Macht auf. Sie sah königlich aus, wie eine arrogante Göttin. Das musste ich ihr lassen. Sie wusste, wie man eine Show abzieht.

„Jeder hat eine bekommen“, sagte sie. „Du auch, aber du hast sie nicht gelesen. Und warum? Denkst du, du hast es nicht nötig? Denkst du, du bist besser als alle anderen hier?“

Die Hitze der Empörung stieg mir ins Gesicht. Nicht das schon wieder. „Nein. Das denke ich überhaupt nicht. Ich habe nur die verdammte E-Mail nicht bekommen.“

„Hier gibt es keinen zweiten Versuch“, sagte Marina. „Die Hexenprüfungen sind ernst. Wenn du sie nicht als solche behandeln und respektieren kannst, ist das deine Sache. Und wenn du deine E-Mails nicht lesen kannst ... nun ... das ist nicht mein Problem. Die schriftliche Prüfung war Teil der ersten Prüfung. Du musst eben ohne sie auskommen.“ Sie drehte sich um und ging zurück zu einem Platz auf dem Feld.

Jap. Sie hatte das mit Absicht gemacht.

Ich klappte meinen Mund zu, bevor ich etwas sagte, was alles noch schlimmer machen würde. Okay, ich hatte also die schriftliche Prüfung verpasst. Aber ich war immer noch im Spiel, das hatte sie gerade gesagt.

Ich spürte Augen auf mir und ich entdeckte den Hexer Willis, der mir ein kleines Lächeln schenkte, bevor er sich mit einem Notizblock und einem Stift in seinen eiskalten roten Fingern umdrehte. Die anderen entfernten sich von mir, als wäre ich eine wandelnde Plage.

„Hört gut zu“, rief Marina. „Hier gibt es keine Teams, keine Freundschaften. Ihr seid euch gegenseitig Feinde, denn, nun ja, nur eine Handvoll von euch wird es schaffen. Wozu also die Mühe? Ihr seid auf euch allein gestellt. Die Prüfungen sind hart und nur die Besten werden Erfolg haben. Wenn ihr diese Prüfung nicht besteht, könnt ihr genauso gut aufgeben, denn von hier an wird es nur noch schwieriger.“ Sie ließ ihren Blick über die wartenden Hexen schweifen. „Je nachdem, wie ihr bei der schriftlichen

Prüfung abgeschnitten habt, wird eure Tür euch auswählen. Viel Glück."

„Tür? Welche Tür?" Mein Magen krampfte sich zusammen, als ich mich umsah, aber alles, was ich sah, waren sanfte Hügel und weite Wälder. Es war sinnlos, jemanden zu fragen. Es schien, als hätte ich viel mehr als nur den schriftlichen Test verpasst.

Marinas Lippen bewegten sich in einem Singsang, während lateinische Worte aus ihrem Mund kamen. Ein Gefühlsblitz durchzuckte mich, als Marina Kraft schöpfte. Sehr viel Kraft.

Magie floss in die Worte und sie hallten vor Kraft wider, hallten vom umliegenden Wald wider und brachten den Boden zum Vibrieren, auf dem ich stand. Ein kräftiger Wind kam auf und ich blinzelte durch den Sturm aus Blättern und Staub, als er sich zu drei riesigen Trichtern formte.

Der Wind flaute ab, und die Blätter und der Schutt regneten zurück auf den Boden.

Und dort, in der Mitte des offenen Feldes, waren drei Türen zu sehen.

KAPITEL 9

Alle Hexen setzten sich in Bewegung und rannten wie wild auf die drei Türen zu, als wäre es ein Wettrennen. Alle außer mir.

Ja, ich hatte das Wichtigste total verpasst. Und ja, ich hatte keine Ahnung, was ich tun sollte.

Sobald meine Beine funktionierten, folgte ich den anderen Hexen und eilte hinüber.

Die drei Türen standen etwa drei Meter voneinander entfernt auf einem flachen Stück des Feldes. Keinerlei Balken stützten sie, aber dennoch standen sie aufrecht. Sie waren einfach ... da.

Die erste Tür war weiß gestrichen. Die mittlere Tür war grau. Und die letzte Tür war schwarz.

Das Nächste, was passierte, war wirklich seltsam, aber schließlich waren ja gerade eben auf magische Weise drei Türen aufgetaucht. Seltsam war meine neue Normalität.

Ich wurde langsamer, als ich näher kam, und sah,

wie die erste Hexe – eine junge Frau mit einem Gesicht voller Akne – vor den Türen stand. Ich hielt den Atem an, als sich die weiße Tür plötzlich öffnete.

Sie eilte hindurch und die Tür schloss sich hinter ihr.

Okay, seltsam. Aber ich konnte auch seltsam sein.

Als ich hinter der Hexenschar stand, wippte ich auf den Zehen und versuchte zu sehen, was hinter der Tür war. Aber da sich alle bewegten, konnte ich nichts sehen.

Als Nächstes ging eine Handvoll Hexen durch die graue Tür und dann durch die schwarze Tür. Nach etwa einer Minute waren alle Hexen, einschließlich Willis, der durch die graue Tür gegangen war, durch die Türen gegangen.

Ich war die Einzige, die noch übrig war.

Deine Tür wird dich wählen ...

Ich machte einen Schritt auf die weiße Tür zu und hielt inne. Ich wusste nicht warum, aber ich schaute hinter mir zu Marina. Sie starrte mich mit einem triumphierenden Lächeln an, so wie ein selbstbewusster Gegner, wenn er sich des Sieges sicher ist.

„Also, was verbirgt sich hinter Tür Nummer eins?“, sagte ich mit meiner Gameshow-Moderatoren-Stimmenimitation. Ich lachte. Sie lachte nicht zurück. „Türchen Nummer zwei?“ Ich versuchte es erneut. „Ich schätze, du wirst auch nicht verraten, was sich hinter Tür Nummer drei befindet. Hm?“, fragte ich, obwohl ich wusste, dass es sinnlos war.

Marina starrte mich nur ausdruckslos an.

„Also gut. Vergiss es." Ich holte tief Luft und versuchte, meine Nerven zu beruhigen. „Drei Türen. Drei Möglichkeiten. Und meine Tür wird mich wählen." Wenn die Türen einen auf Basis der vorherigen Prüfung auswählten, war ich am Ende.

Ich war schon an meinem ersten Tag zu spät gekommen und hatte die schriftliche Prüfung nicht bestanden. Wie konnte es noch schlimmer werden? Nun, weil alles immer schlimmer werden konnte.

Im Zweifelsfall sollte man auf sein Bauchgefühl hören.

Und mein Bauchgefühl sagte: Die schwarze Tür.

Mein Herz versuchte, ein Loch in meinen Brustkorb zu schlagen, als ich mich vor die schwarze Tür stellte und wartete. Sie öffnete sich nicht.

Stattdessen schwang die graue Tür daneben auf.

„Das habe ich nicht erwartet." Ich neigte meinen Kopf zur Seite und starrte durch die Öffnung. Ich blinzelte und sah die gleichen sanften Hügel und Wälder. Kein magisches Land. Keine geheime Kammer, nur das gleiche alte Feld. Es war nur ein Türrahmen, der auf einem Feld stand. Und doch war es das nicht.

„Okay. Ich habe keine Ahnung, was das bedeutet. Aber wen kümmert's. Oder? Die graue Tür dann eben."

Ich ging durch sie hindurch.

Mein Körper wurde nach vorne gezogen und ich spürte, wie meine Füße festen Boden verließen. Ich hatte damit gerechnet, also geriet ich nicht in Panik, und es war mir irgendwie vertraut. Es war so ähnlich, wie in eine Ley-Linie zu springen. Mein Atem wurde aus meinen Lungen gedrückt und ich spürte, wie ich fiel. Ein Kribbeln durchströmte mich, als sich meine Lungen wieder mit kühler Luft füllten.

Einen Moment später trafen meine Stiefel auf festen Boden und ich richtete mich auf. Mein Herz pochte, als ich mich mit einem Machtwort auf den Lippen bereitmachte.

Ich stand mitten auf einer Straße in einer Art kleinem Stadtzentrum mit kleinen Geschäftsgebäuden, die aus Platzmangel zusammengepfercht waren. Ich war nicht mehr auf dem Feld.

Ich sah mich um. Nach ein paar Herzschlägen kamen mir die Häuser, die Straßen und sogar die blattlosen Bäume bekannt vor.

„Was zum Teufel?“

Ich war in Hollow Cove. Meiner Stadt. Aber sie war nicht so, wie ich sie kannte.

Der Himmel war pechschwarz und von oben leuchteten die Sterne. Der Mond stand tief und war außergewöhnlich groß und hell.

Ich befand mich in einer anderen Realität, einer anderen Version von Hollow Cove – einer erfundenen Version, einer falschen Version. Marinas Version. Super.

Sie war die Architektin dieser Scheinwelt. Ich kannte die Hexe nicht. Hätte ich sie gekannt, hätte ich eine Ahnung gehabt, was mich erwartete. Im Moment wusste ich nur, dass es scheiße werden würde.

„Das ist ein Teil der Hexenprüfungen“, erinnerte ich mich. „Sie wollen dir nur Angst machen.“

Ich dachte mir, dass ich mich besser auf den Weg machen sollte und lief Marinas Version der Shifter Lane entlang, wobei ich versuchte, irgendetwas Ungewöhnliches zu entdecken – einen Laternenpfahl, eine Bank, eine Straße oder ein Geschäft, aber nein. Alles war auf unheimliche Art und Weise identisch mit meiner echten Stadt. Aber in meiner richtigen Stadt gab es Menschen. Dieser Ort war menschenleer.

Das Mondlicht beleuchtete die Stadt in kristallklarer Klarheit. Ich ging die Straße entlang, schaute alle paar Sekunden über die Schulter, meine Sinne waren in höchster Alarmbereitschaft, ich lauschte auf das plötzliche Scharren eines Schuhs oder auf ein Geräusch, das verriet, dass jemand auf mich zukam. Irgendjemand oder irgendetwas konnte von überall gleichzeitig auf mich zukommen.

Ich lauschte. Ich wartete. Ich beobachtete.

Ich war immer noch wütend auf Marina, weil sie meine Hexenprüfung absichtlich sabotiert hatte – denn wir alle wussten, dass sie es getan hatte. Aber ich hatte keine Beweise und ich erwartete auch nicht, dass Greta mir glauben würde. Sie alle wollten, dass ich scheiterte.

Ich ging schweigend weiter. Keine Bewegung. Kein Geräusch. Auch keine nützlichen Gerüche. Nada. Es war wie in diesem Film, in dem der Schauspieler aus einem Koma aufwacht und feststellt, dass er der letzte Mensch auf der Erde ist. Nur dass ich diesmal der Schauspieler war.

„Hallo?“ rief ich, ohne eine Antwort zu erwarten, aber ich dachte mir, ich versuche es trotzdem.

Eine schwere, unheimliche Stille lag über die Stadt.

„Hallo“, antwortete eine Stimme.

Ich hielt inne und ein Adrenalinstoß durchfuhr mich. Ich drehte mich zum Klang der Stimme um.

Und fluchte.

Was ich sah, traf mich völlig unvorbereitet.

Eine Person stand auf der Straße. Eine Person, die genauso aussah und sich genauso anhörte wie ich. Sie trug sogar genau dieselbe Kleidung, bis hin zu der gleichen Umhängetasche, die ich hatte, und sie hatte denselben hohen Pferdeschwanz. Ein Klon. Mein Klon.

Ich war im falschen Hollow Cove und starrte meine Doppelgängerin an.

Heilige Scheiße.

Ein unheimliches, kühles Frösteln lief über meine Haut und meine Wirbelsäule entlang und hinunter zu meinen Beinen, bis ich es in jedem einzelnen Zentimeter meines Körpers spürte.

Wenn Marina mich verunsichern wollte, hatte sie es geschafft.

Ich hatte keine Ahnung, ob alle Hexenprüfungen gleich waren, aber ich wusste ohne Zweifel, was meine war. Meine erste Hexenprüfung war, dass ich gegen *mich* selbst kämpfen musste.

Unglaublich.

Ich warf einen Blick auf meine Doppelgängerin. „Ich soll gegen dich kämpfen. Nicht wahr?"

Mein Klon lächelte. Der Gesichtsausdruck war so falsch und doch so vertraut. Es war wie in diesen Horrorfilmen, in denen die Hauptfigur sich im Spiegel betrachtet und in Sekundenbruchteilen erkennt, dass ihr Spiegelbild nicht sie selbst ist, sondern ein dämonisches Abbild, das sie anlächelt. Doch die Bewegungen der beiden sind nicht ganz identisch. Gruselig.

„Du hast recht", antwortete meine Doppelgängerin mit genau meiner Stimme.

Ich zitterte und bekam eine Gänsehaut. „Das ist in vielerlei Hinsicht falsch", antwortete ich und zerbrach mir den Kopf über all die Zaubersprüche und Machtworte, die ich auf mich anwenden wollte.

Meine Doppelgängerin zog eine Augenbraue hoch. „Oh, nein. Nicht falsch. Das ist genau das, wie es sein sollte."

Ich zog ebenfalls eine Braue hoch. „Was soll das denn heißen?"

Meine Doppelgängerin lächelte mich so an, wie ich Marina angelächelt hätte, nachdem ich ihr einen Kopfstoß verpasst hatte. „Du wirst nie ein Merlin sein", informierte sie mich in spöttischem Ton. „Ich bin hier, um dafür zu sorgen."

„Ausgezeichnet." Ich grinste und knackte mit den Fingerknöcheln. „Zeig, was du drauf hast, Klon."

Wenn es ein Wort gäbe, das die Seltsamkeit und Unheimlichkeit eines Gesprächs mit sich selbst beschreiben könnte, stände es mir in großen Buchstaben ins Gesicht geschrieben.

„Darauf kannst du wetten.“ Meine Doppelgängerin grinste genauso wie ich. „Inspiratione!“, rief sie.

Mir blieb der Mund offen stehen. „Hey. Das ist *mein* neues Machtwort …“

Der Schmerz durchzuckte mich, als Fragmente roter Energie mich trafen, jede Zelle meines Körpers in Brand setzten und mich in die Luft warfen. Ich schrie vor Schmerz auf. Ich schlug hart auf dem Boden auf und rollte mich ab, mein Herz pochte laut und erfüllte meine Ohren mit seinen schnellen Schlägen. Mein Körper zuckte und schlug um sich, als Wellen des Schmerzes durch ihn hindurchströmten.

Durch meine Tränen hindurch beobachtete ich mein Pseudo-Ich, das sich über meine Schmerzen amüsierte.

Auch ich konnte dieses Spiel spielen. Es war noch nicht vorbei, bei Weitem nicht. Wenn Marina dachte, ich würde mich nicht wehren, war sie so dumm wie ihre dämliche Frisur.

Nachdem der Schmerz größtenteils verschwunden war, kam ich wieder auf die Beine, rief die Magie der Elemente herbei und brüllte ein Machtwort.

„Accendo!“

Zwei Feuerbälle schossen aus meinen Handflächen und flogen geradewegs auf den Kopf meines falschen Ichs zu.

„Cataracta!", rief sie, und ein Vorhang aus Wasser erhob sich vor ihr.

Die Feuerkugeln trafen auf das Wasser und lösten sich in zischendem Rauch auf.

„Okay", rief ich wütend. „Du kannst also ein bisschen zaubern. Aber ich bin immer noch die Schönere von uns beiden."

Ich stampfte mit den Füßen auf und rief: „Fulgur!"

Ein weiß-violetter Blitz schoss in Richtung der Brust meiner Doppelgängerin.

Aber sie wich in letzter Sekunde aus. Der Blitz schlug auf dem Bürgersteig ein und schleuderte Asphaltbrocken in die Luft.

Genervt versuchte ich es erneut. „Inflitus!", brüllte ich, zapfte die Elemente an und schickte eine Explosion kinetischer Kraft auf sie.

Und wieder drehte sich meine Doppelgängerin und duckte sich, sodass die Explosion sie um ein Haar verfehlte.

Was zum Teufel? Auf keinen Fall hätte sie sich so bewegen können, außer sie hätte meinen Zauber vorausgesehen, als hätte sie gewusst, was ich tun würde, noch bevor ich es tat. Das war irre. Und auch ein bisschen unheimlich.

Keuchend taumelte ich, als die Magie einen Teil meiner Energie, meiner Lebenskraft als Bezahlung, abzog. Mein Blick glitt über meine Doppelgängerin. Sie stand aufrecht, und wirkte stark und konzentriert, als ob der Gebrauch von Machtwörtern ihr nichts anhaben konnte. Natürlich konnten sie das nicht. Sie war nicht real, sie war nicht aus Fleisch und Blut. Sie war ein magisches Abbild meiner selbst. Sie hatte alle meine Stärken und keine meiner Schwächen.

Eine verschwommene Bewegung erregte meine Aufmerksamkeit und der Klang einer Stimme, die einen Zauberspruch sprach, erreichte mich.

Verflucht.

Ich warf mich zur Seite. Aber nicht schnell genug.

Der Schmerz traf mich in einer Flut von Qualen, als hätte ich mir den Bauch aufgeschlitzt und einen Klumpen meiner Eingeweide herausgerissen. Mir wurde schwarz vor Augen und ich schmeckte Blut. Einen Moment lang war ich blind und hatte Angst, mich zu bewegen. So etwas macht der Schmerz mit einem Menschen. Aber dann ließ der Schmerz nach und die Nachbeben der Qualen durchzuckten mich und verebbten schließlich.

Ich wusste nicht, welchen Zauber oder welches Machtwort sie auf mich angewandt hatte, aber es tat höllisch weh.

Ich blinzelte, um den Schleier vor meinen Augen zu verdrängen und sah meine Doppelgängerin mitten auf der Straße stehen und darauf warten, dass ich aufstand, damit wir es noch einmal probieren konnten. Sie war eingebildet. Sie war dreist. Sie dachte, sie könnte mich besiegen. Sie *war* ich.

Aber ich war nicht besiegt und ich wollte ihr in den falschen Arsch treten. Ja, das hörte sich seltsam an.

Wenn sie ich wäre, würde sie nach dieser Logik

genauso reagieren wie ich. Deshalb konnte sie meine Bewegungen vorhersehen. Mit diesem Gedanken im Hinterkopf musste ich etwas tun, was ich normalerweise *nicht* tun würde. Anders sein. Anders denken. Was würde also das Gegenteil von mir in einem Zauberkampf tun?

Überhaupt nichts.

Und so stand ich da, stemmte die Hände in die Hüfte und wartete.

Meine Doppelgängerin beäugte mich misstrauisch, als wäre ich ein fünfjähriges Kind, das bei einer Lüge ertappt wurde. „Was tust du da?"

Ich schenkte ihr mein bestes Selfie-Lächeln. „Was meinst du? Ich tue gar nichts."

Sie kniff die Augen zusammen und ich sah, wie ihr Gesicht so dunkel wurde wie die Straße. „Warum greifst du mich nicht an?"

„Warum greifst *du* mich nicht an?"

„Ich warte auf dich", antwortete meine Doppelgängerin mit einem Achselzucken.

„Nun, ich warte auch auf *dich*."

Meine Doppelgängerin stemmte eine Hand in die Hüfte. „Ich kann das den ganzen Tag machen."

„Ich auch, Schwester."

„Du bist erbärmlich."

Ich zuckte mit den Schultern. „Nun, in diesem Fall ... wenn *ich* erbärmlich bin und du meine Doppelgängerin bist ... bedeutet das, dass *du* auch erbärmlich bist." Ich lachte.

Meine Doppelgängerin blinzelte, ihr Ausdruck

war eine Mischung aus mürrischem Misstrauen und Wut. „Du bist eine Idiotin."

„Nein, *du* bist die Idiotin."

Ich war wirklich dabei, den Verstand zu verlieren. Aber das hier machte so viel Spaß.

Ich neigte den Kopf. „Hier ein Tipp, da wir gerade beim Plaudern sind. Alle Beleidigungen, die du mir an den Kopf wirfst ... nun ... du könntest sie genauso gut dir selbst an den Kopf werfen. Denn du bist ich."

Das Gesicht meiner Doppelgängerin verzerrte sich zu etwas wirklich Hässlichem, ihre Wangenknochen waren zu hoch und ihre Nase zu klein, um auch nur annähernd menschlich auszusehen, bevor sie sich wieder in mein kleines Ich zurückverwandelte. Ich konnte sehen, wie sich die Pläne hinter ihren dunklen Augen formten – meinen Augen.

Das war gut. Sie war dabei, die Fassung zu verlieren. Genau wie ich es tun würde. Zeit, einen Gang höher zu schalten.

Ich verzog mein Gesicht. „Verdammt. Sehe ich so aus, wenn ich wütend bin? Ich muss sagen, ich sehe ziemlich dumm aus. Hm?"

Ihre Augen verdunkelten sich, bis sie fast schwarz waren.

„Nichts zu sagen?" Ich schärfte meine Sinne, als ich sah wie meine Doppelgängerin einen Atemzug machte, ich sah das Machtwort auf ihren Lippen.

„Evorto!", rief sie.

Aber ich war schon in Bewegung.

Ich bewegte mich mit einer Geschwindigkeit, auf

die Ronin stolz gewesen wäre, ließ mich zu Boden fallen, rollte mich ab und kam hinter ihr wieder auf die Beine.

„Verdammt. Es hat funktioniert", hauchte ich überrascht. Ich war sogar noch fantastischer, als ich dachte.

Meine Doppelgängerin bewegte sich, das Bild von ihr verschwamm, als wäre sie aus Wasser gemacht. Aber ich saß ihr im Nacken.

Mit meinem neu gewonnenen Selbstvertrauen sammelte ich meine Energien und rief: „Accendo!"

Die Gestalt von meiner Doppelgängerin verfestigte sich. Ruth stand an ihrem Platz, ihre Augen waren geweitet und feucht von Tränen.

„Ruth?" Ich zuckte zusammen. Meine Feuerbälle flogen an Ruths Kopf vorbei, sie flogen durch die Luft, bis sie die Schaufenster von Gilberts Lebensmittelladen trafen, und die gesamte Wand ging in Flammen auf.

In diesem Sekundenbruchteil hatte ich gewusst, dass es nicht Ruth war, aber mein Verstand hatte gerade genug Zweifel, um mein Ebenbild zu verfehlen.

Ruth grinste und brüllte: „Fulgur!"

„Leck mich!"

Ich hatte keine Zeit mehr, mich zu bewegen. Es gab keinen Grund, sich zu bewegen. Ich blinzelte, als das Feuer der herannahenden Feuerbälle mein Gesicht versengte, bevor sie auf meiner Brust explodierten.

Sengende Schmerzen überkamen meinen Körper

und ließen mich qualvoll zu Boden sinken. Gerade als ich dachte, ich würde lebendig verbrennen, hörte der Schmerz auf.

Ich blinzelte und sah Marinas lächelndes Gesicht über mir.

„Tessa Davenport“, sagte sie mit einem Lächeln in der Stimme. „Du hast versagt.“

KAPITEL 10

„Du hast versagt!“, schrie Ronin mit einem ungläubigen Ausdruck in seiner Stimme und lehnte sich in dem alten Sessel meiner Mutter nach vorne, der jetzt in meinem Schlafzimmer stand.

„Pssst!“ Ich rannte zur Zimmertür und schlug sie zu. Die gedämpften Stimmen, die aus der Küche im Erdgeschoss kamen, erkannte ich als die von Dolores und Beverly.

Ich stand mit dem Rücken zur Tür und drehte mich um. „Ich will nicht, dass meine Tanten das hören. Besonders nicht Ruth.“

Meine Gedanken schweiften zu Ruth und mein Herz schien mir bis in die Hose zu rutschen. Als ich nach der Prüfung nach Hause gekommen war, hatte ich zunächst nach Ruth gesehen. Ihre Schlafzimmertür war geschlossen gewesen und egal, wie oft ich geklopft und gerufen hatte, sie hatte mir nicht geantwortet, geschweige denn die Tür geöffnet.

Ronin war kurz darauf aufgetaucht, ganz aufgeregt und hibbelig wegen meiner ersten Prüfung. Er hatte zur Feier des Tages eine Flasche Champagner mitgebracht. Echten Champagner und drei Gläser.

Ich hatte ihm die Flasche abgenommen. „Bist du verrückt? Es ist elf Uhr morgens."

Ronin hatte mir eines seiner berüchtigten, lässigen, sexy Lächeln zugeworfen, das die Frauen dazu brachte, ihn sofort in ihr Höschen zu lassen. Doch sein Charme prallte an mir ab und außerdem wusste ich, dass seit Iris in Hollow Cove angekommen war, seine ganze Aufmerksamkeit ihr galt.

„Aber irgendwo ist es schon nach Mittag", hatte er sich gerechtfertigt. „Jeder weiß, dass die Mittagzeit eine akzeptable Zeit ist, um mit dem Alkohol zu beginnen."

Zu dem Zeitpunkt hatte er noch gelächelt. Der Schock, der sich jetzt in seinem Gesicht zeigte, gefiel mir nicht. Und auch nicht das Mitleid. Mitleid? Mitleid war etwas für Verlierer. Ich war kein Verlierer.

Der Gedanke, dass meine Tanten von meinem Scheitern erfahren könnten, dass Marina oder Greta ihnen davon berichtet haben könnten, machte mir große Sorgen. Bis jetzt hatten sie es nicht getan, aber das hieß nicht, dass sie es nicht tun würden.

Ich war so sicher gewesen, dass ich diese Prüfung meistern würde, und meine Selbstüberschätzung hatte sich ins Gegenteil gewendet und mir buchstäblich in den Hintern getreten.

Ich war eine Närrin mit einem übermäßig ausgeprägten Ego und ich hatte teuer dafür bezahlt.

„Tessa hat recht.“ Iris, die es sich auf meinem Bett bequem gemacht hatte, bewegte sich und ihr glattes schwarzes Haar fiel nach vorne. Sie fixierte mit den Augen eine Stelle auf dem Boden neben dem Bett. Ihre gesamte Körperhaltung war Ausdruck ihrer Traurigkeit. „Ruth ist an einem düsteren Ort. Ich weiß es. Ich war schon dort. Ich weiß, wie sie sich fühlt.“

Iris meinte damit den Fluch, den Adan ihr auferlegt hatte, und wie beängstigend es für sie gewesen sein musste, in einem Ziegenkörper gefangen zu sein, allein und machtlos, und nicht in der Lage, mit jemandem zu kommunizieren, der ihr helfen konnte. Erst als sie mich durch einen Zufall gefunden hatte, gab es eine Rettung für sie. Und ich musste nun auch für meine Tante Ruth eine Rettung finden.

„Wie kriege ich sie da raus?“ Die Vorstellung, dass Ruth langsam in diese Dunkelheit hinabgezogen wurde, gefiel mir nicht. Die Depression war real und ich hatte keine Ahnung, wie ich ihr helfen konnte.

„Das kannst du nicht“, antwortete Iris. „Sei für sie da, aber sie muss sich selbst herausziehen. Raus aus der Dunkelheit. Sie muss es *wollen*. Denn alles, was du oder wir tun, wird nicht helfen, wenn sie nicht darauf eingeht. Wenn sie nicht bereit ist. Und im Moment ist sie das leider nicht.“

Ich wusste mittlerweile nicht mehr, ob Iris sich ausschließlich auf die Zeit bezog, in der sie den Fluch aushalten musste, oder ob es um etwas ganz anderes ging. Aber ich drängte sie nicht.

Wir alle wussten, dass Ruth sich die Schuld an

Bernards Tod gab. Sie nahm etwas auf sich, für das sie nicht die Schuld trug, sie ging damit zu weit und das machte mir eine Heidenangst. Meine Tante Ruth war immer die fröhliche gewesen, diejenige, die immer lächelte und ein unbekümmertes Verhältnis gegenüber ihrem Umfeld hatte. Ihre wertschätzende Liebe zu Tieren und zur Natur hatte mich immer tief beeindruckt. Sie so gebrochen und verloren zu sehen, war erschreckend. Ich hatte Angst, sie für immer zu verlieren, wenn wir nicht schnell etwas unternahmen.

„Tess", sagte Ronin und als ich den Kopf hob, bemerkte ich, dass er mich mit einem Stirnrunzeln in seinem schönen Antlitz anstarrte.

„Was?"

Der Halbvampir stieß einen Seufzer aus. „Was soll das heißen, du ...", sagte er und flüsterte dann, „... hast die Prüfung nicht bestanden? Was zum Teufel ist passiert? Du warst wirklich gut vorbereitet. Du hast dich einen ganzen Monat lang vorbereitet. Wir haben dich kaum gesehen. Du warst entweder in deine Bücher vertieft oder hast deine Hexerei praktiziert."

Ich hob eine Braue. „Meine Hexerei? Warum klingt das aus deinem Mund so abwertend?"

Ronin warf mir einen genervten Blick zu, ohne auf meine Frage einzugehen. „Das kann nicht sein. Du bist ein Magie-Champion. Du bist der Muhammad Ali der Hexen. Ich habe gesehen, wie du unglaubliche Hexereien gemacht hast. Verdammt, ich war dabei, als du sie gemacht hast."

„Sie macht sich nur über uns lustig. Stimmt's, Tessa?", fügte Iris mit einem flehenden Lächeln hinzu. „Es ist unmöglich, dass du nicht bestanden hast." Sie lachte leise. „Ausgerechnet du. Eine knallharte Hexe wie du könnte diese dämlichen Prüfungen locker bestehen. Stimmt's? Stimmt's, Tessa?"

Mein Blick wanderte zwischen ihnen hin und her, meinen einzigen beiden Freunden in dieser Stadt, wenn man von meinen Tanten absah. Die Tatsache, dass keiner von ihnen glauben konnte, dass ich versagt hatte, machte es für mich noch schlimmer – als hätte ich auch sie enttäuscht.

Mein Magen zog sich zusammen, als mich eine weitere Welle der Verlegenheit überkam. „Ja, nun. Das habe ich nicht. Ich bin bei der ersten Prüfung tatsächlich durchgefallen."

„Schwer zu glauben", kommentierte Ronin. „Also, was zum Teufel ist passiert?"

Ich sah ihn mit einem finsteren Blick an. Meine Demütigung war körperlich. Ich spürte sie überall, in meinen Knochen und auch durch die Nachwirkungen der mir zugefügten Schmerzen. Ich hatte Erfahrungen aus dem wirklichen Leben. Ich hatte gegen Dämonen gekämpft. Böse Zauberinnen ... und in der Prüfung hatte ich trotzdem versagt. Ich war eine verdammte Schattenhexe.

Ja, ich hatte versagt.

Ich lachte kurz auf, aber es war kein glückliches Lachen. „Ihr werdet es nicht glauben, aber Marina – die mit dem halb rasierten Kopf, von der ich euch erzählt habe – hat dafür gesorgt, dass ich beim schriftlichen Test durchgefallen bin." Ich erzählte ihnen schnell von der E-Mail, die ich nie erhalten hatte, und schließlich von meinem Kampf gegen das falsche Ich und meine Niederlage.

„Im Grunde", stellte ich fest und atmete ich tief durch, als ich aufstand und mich in die Mitte des Raumes begab, „wurde ich von mir selbst geschlagen."

Ronin und Iris schwiegen für eine lange Zeit.

Schließlich brach Ronin das Schweigen. „Sie können das nicht gelten lassen. Du bist reingelegt worden. Diese Marina hat dafür gesorgt, dass du die E-Mail nie bekommen hast. Sie hat die ganze Sache inszeniert."

„Du solltest es melden", fügte Iris hinzu, ihr blasses Gesicht war vor Anteilnahme leicht gerötet.

„Wem denn?" Ich schüttelte den Kopf, als ich versuchte, meine aufflammende Wut zu zügeln.

„Bei der Verantwortlichen", antwortete Iris.

„Greta?" Ich lachte bitter auf. „Greta ist die Leiterin der Ausbildungsabteilung der Prüfungen. Und zufälligerweise hasst sie mich abgrundtief. Sie will, dass ich durchfalle. Das ist ihre Rache dafür, dass meine Tanten mich in die Merlin-Gruppe aufgenommen haben. Glaubt mir, wenn ich sage, dass sie meinem Wort nicht mehr glauben wird als dem von Marina. Es steht Aussage gegen Aussage." Meine Stimme war leise und kontrolliert, aber innerlich brodelte es in mir.

Ich gebe nicht vor, als wäre ich perfekt, oder als

hätte ich nie bei einem Test geschummelt oder gelogen. Denn das *wäre* eine Lüge. Aber mich mit Absicht falsch oder nicht zu informieren, war einfach nur böse. Das war kein Schummeln. Es war Sabotage.

„Es ist vorbei und es lässt sich nicht ändern“, erklärte ich nach einem Moment. „Ich habe den ersten Test nicht bestanden. Und es gibt nichts, was ich dagegen tun kann.“

Iris’ Augen blitzten hell auf, sie sah wütend aus. „Das ist nicht fair. Du hattest nie eine Chance.“

Ich zuckte mit den Schultern. „Das Leben ist nicht fair. Bla-bla-bla-bla. Aber es ist noch nicht vorbei. Ich habe noch zwei Prüfungen vor mir. Und ich habe nicht vor, sie zu verpassen.“

Marina hatte vielleicht meine erste Prüfung sabotiert, aber ich werde mich verdammt ins Zeug legen, damit ich bei der nächsten pünktlich sein werde. Vielleicht würde ich sogar dort übernachten, nur um sicher zu sein, dass ich am frühen Morgen da war.

Iris richte sich in meinem Bett zum Sitzen auf. „Glaubst du, sie wird es wieder versuchen? Sie wäre doch verrückt, wenn sie es versuchen würde.“

„Ich weiß, dass sie alles tun wird, um mich von den Prüfungen auszuschließen.“ Ich wusste es in meinem Bauch, in meinem Innersten. „Diese miese Schlampe wird auch versuchen, meine anderen Prüfungen zu sabotieren. Ich weiß nur nicht, was sie beim nächsten Mal vorhat.“

„Es wird nicht noch einmal dasselbe sein“, sagte Ronin. „Es sei denn, sie ist wirklich dumm.“

Ich stemmte meine Hände in die Hüfte. „Sie ist nicht dumm. Es wird etwas anderes sein."

Bei dem Gedanken an die nächste Prüfung zogen sich meine Eingeweide zusammen. Ein Zittern in der Mitte meines Bauches setzte ein, dazu bildete sich ein dumpfer Schmerz. Und er wurde immer schlimmer.

„Verdammt." Ich rieb mir mit den Fingern über die Augen, weil ich immer noch nicht verarbeitet hatte, was heute Morgen bei der Hexenprüfung passiert war. „Ich kann jetzt nicht an die zweite Prüfung denken. Ich muss mich auf Ruth konzentrieren. Sie braucht mich. Sie braucht uns. Ruth kann nur gesund werden, wenn wir herausfinden, was wirklich mit Bernard passiert ist. Ich muss herausfinden, wie er gestorben ist. Dann kann sie wenigstens aufhören, sich die Schuld zu geben."

„Ich dachte, du hättest gesagt, dass sie diese Informationen nicht vor dem Prozess herausgeben", sagte Ronin, wobei sich echte Besorgnis in seinem hübschen Gesicht zeigte.

Ich presste die Lippen zusammen, während ich kurz nachdachte. „Das habe ich. Das heißt aber nicht, dass ich sie nicht auf andere Weise erhalten kann."

Ronin strahlte, als er sich in seinem Stuhl zurücklehnte und die Arme vor der Brust verschränkte. „Mir gefällt, worauf du hinaus willst. Du machst wieder einen nicht gesetzestreuen Plan. Stimmt's?"

„Ooh! Sind wir hinter Adira her?" Iris' dunkle Augen funkelten im Licht, das durch das Fenster fiel und sie fügte sichtlich amüsiert hinzu: „Weißt du...

Ich habe einen fiesen Hefepilzfluch mit ihrem Namen drauf."

Ich lachte und spürte, wie ein Teil meiner Anspannung von mir abfiel. „Gute Idee. Ruths Gerichtstermin ist am Montag, dem siebten Dezember. Das hat Dolores mir gesagt. Das gibt uns sechs Tage Zeit, um unsere eigenen Nachforschungen anzustellen und herauszufinden, was wirklich mit Bernard passiert ist."

„Und wie sollen wir vorgehen?", fragte Ronin.

„Ganz einfach". Ich zuckte mit den Schultern und lächelte. „Wir haben das schon mal gemacht."

Ronin sprang auf die Beine und hob seine Hand in der Luft. „Bitte sag mir, dass das ein Scherz ist. Bitte sag mir, dass du nicht vorhast, da noch einmal einzubrechen. Glaub mir. Du willst dich nicht mit Adira anlegen."

„Wobei wir beim Thema wären", knurrte ich und deutete mit dem Finger auf Ronin. „Warum hast du mir nicht von Anfang an gesagt, dass Adira ein Vampir ist? Das hätte mir eine Menge Peinlichkeiten erspart." Ich hatte Ronin oder Iris nicht erzählt, dass Adira mich bei unserer ersten Begegnung überwältigt und mir Handschellen angelegt hatte. Ich hielt es für das Beste, diesen Teil auszulassen.

Ronin hob die Hände. „Ich habe dir ihren Namen genannt", antwortete er, als wäre das schon Erklärung genug.

„Ich kann helfen." Aus ihrer Jeanstasche zog Iris einen kleinen Lederbeutel. Sie tauchte ihre Finger hinein und zupfte an einem langen roten Haar. „Ich habe schon mal Vampire verflucht. Es ist ziemlich einfach, wenn man hat, was man braucht."

Ich hob beeindruckt die Brauen. „Ich weiß wirklich nicht, wie und wann du das hinbekommen hast", sagte ich. „Aber du bist eine fantastische Dunkle Hexe, Iris."

Sie strahlte mich an. „Ich weiß."

Ronin fuhr sich mit der Hand durch seine Haare. „Seid ihr beide in der letzten Stunde verrückt geworden? Wir reden jetzt von Vampiren. Ausgewachsene Blutsauger. Raubtiere. Nicht der knuddelige Wandler-Affe von nebenan. Vampire spielen nicht nach den Regeln. Sie spielen nach ihren *eigenen* Regeln."

Ich zuckte mit den Schultern. „Was willst du damit sagen?"

Ronin stieß ein schrilles, hysterisches Lachen aus. „Sie sind *Vampire*. Du weißt schon... Superstärke, Schnelligkeit und übernatürliche Fähigkeiten. Sie trinken Blut. Sie haben wahnsinnig große Zähne. Klingelt's da bei euch?"

„Ich habe auch einmal Blut getrunken", sagte Iris, und ihr Augenausdruck wurde etwas verklärt. „Ich habe mit Blutmagie experimentiert." Sie kicherte. „Es hat *wirklich* nicht so geschmeckt, wie ich es mir vorgestellt hatte. Ich habe erst danach gemerkt, dass ich das Blut nicht hätte trinken sollen."

Ich sah Iris an und wusste nicht, was ich dazu sagen sollte. Ich beschloss zu schweigen.

Ronin schritt im Zimmer umher und rieb sich den Nacken. Er blieb stehen und sah mich an. „Hattest du schon einmal mit einem Vampirclan zu tun?"

„Nein. Und ich habe es auch nicht vor." Ein Plan formte sich in meinem Kopf. Ich wusste, was ich zu tun hatte. „Es gibt andere Wege, an diese Informationen zu kommen", ich sah Ronin in die Augen, „und dazu gehört nicht, sich mit Adira anzulegen."

Ronin warf mir einen skeptischen Blick zu und verschränkte die Arme vor der Brust. „Wie? Wie willst du das denn machen?"

„Marcus", antwortete ich und Iris klatschte aufgeregt in die Hände und sprang auf die Bettkante.

Marcus mochte mich abserviert haben, aber er liebte meine Tanten – vor allem Ruth, die ihn regelmäßig mit irgendeiner blauen Flüssigkeit versorgt. Es war wichtig, was auch immer es war. Ich bin sicher, er würde nicht wollen, dass es aufhört. Er würde helfen.

„Marcus?", fragte Ronin. „Aber wir wissen nicht, wo er ist." Seine Anspannung löste sich, anscheinend war er dankbar, dass ich nicht vorhatte, in Adiras Büro einzubrechen.

Ich ging an Ronin vorbei zu meinem Schreibtisch und nahm den blauen Kugelschreiber demonstrativ in die Hand. Es war der, den ich in meinem Ärmel verborgen hatte, nachdem Adira mir Handschellen angelegt hatte. Ich wusste, dass er mir auf die ein oder andere Weise nützlich sein würde „Damit", sagte ich und ein Lächeln erschien in meinem Gesicht

Der Halbvampir lachte. „Du willst ihm einen Liebesbrief von Hand schreiben?"

Ich schaute ihn genervt an. „Nein, Dumpfbacke. *Das* ... ist *sein* Stift." Ich sah meine Freunde an, mein

Puls raste vor Aufregung bei der Vorstellung dessen, was ich gleich tun würde. „Und ich werde einen Ortungszauber sprechen, um ihn damit zu finden. Und dann", fügte ich mit klopfendem Herzen hinzu, „bringe ich seinen Arsch hierher."

KAPITEL 11

Sowohl Weiße Hexen als auch Dunkle Hexen hatten ihre eigenen Versionen von Ortungs- oder Verfolgungszaubern. Iris' Version für Dunkle Hexen war ausgezeichnet, aber sie erforderte stundenlange Vorbereitungen und Aura-Erkennungszauber, und falls ich das hinbekäme, müsste ich noch eine Kompassfunktion zu Marcus' Stift hinzufügen. Dann müsste ich die ganzen Puzzleteile zusammenfügen und sie mit einem Amulett verbinden, das wie ein echter Kompass wirken würde, der dann den Weg weisen würde.

Ich hatte nicht stundenlang Zeit, um mit Zaubersprüchen herumzuspielen. Ich musste Marcus so schnell wie möglich finden. Je mehr Zeit wir mit Zaubern verschwendeten, desto länger würde es dauern herauszufinden, was mit Bernard passiert war, und desto schlechter würde es meiner Tante Ruth gehen.

Sechs Tage hörten sich nach viel Zeit an, aber das

war es wirklich nicht. Nicht, wenn das Leben von jemandem auf dem Spiel steht.

Also entschieden wir uns für die Methode der Weißen Hexen.

Mein *Hexenhandbuch* lag zu meiner Rechten auf dem Boden und ich beugte mich vor, um die Karte von Pennsylvania flach auf den Boden zu legen, die wir in einem großen gebundenen Buch mit dem Titel *Atlas von Nordamerika* in der Bibliothek meiner Tanten entdeckt hatten.

Iris kniete sich neben mich auf den Boden. „Danke, dass du mir hilfst", sagte ich zu ihr. Obwohl ich selbst noch nie einen Ortungszauber versucht hatte, war er mit Iris' Hilfe in Rekordzeit fertig. Sie war verdammt gut, wenn es um Zaubersprüche ging.

Iris' dunkle Augen leuchteten auf. „Ich bin so aufgeregt, dass du mir die Weiße Magie überlässt. Das ist wie Weihnachten ... nur besser, ohne den gruseligen fetten Kerl mit dem Bart und dem roten Anzug. Aber die Elfen und Rentiere sind eine nette Idee."

Ich lachte. „Du bist verrückt."

Ronin gab einen seltsamen Laut von sich und ich wandte mich kurz von meiner Tätigkeit ab, um ihn anzusehen.

„Warum lächelst du so?"

„Es gibt nichts Geileres als zwei Frauen auf den Knien vor sich zu sehen", antwortete Ronin.

Iris lachte, aber ich warf ihm ein Stück Kreide an den Kopf. „Du bist widerlich!"

„Aua“, lachte er. „Ich stelle nur das Offensichtliche fest.“

„Hör auf, das Offensichtliche zu sagen“, ermahnte ich ihn. „Ich muss mich konzentrieren. Ich kann jetzt nicht gebrauchen, dass du dein Vampir-Mojo anwendest, während ich versuche zu arbeiten.“

Während Ronin lachte, beugte ich mich vor und setzte Marcus’ Kugelschreiber auf die Karte von Pennsylvania, bevor ich mich zurücklehnte und meinen Blick wieder auf mein Zauberbuch richtete. „Okay. Ich habe das greifbare Stück von Marcus’ Besitz mit seiner Aura auf der Karte platziert.“ Ich atmete aus. „Jetzt kommt der Zauberspruch.“

Iris stieß einen Freudenschrei aus und klatschte in die Hände. „Das ist soooo viel besser als Sex.“

„Hey“, rief Ronin. „Nichts ist besser als Sex ... außer ... sagen wir ... noch mehr Sex.“

Ich strich mir eine Haarsträhne hinters Ohr, während mein Puls immer schneller schlug. Dann nahm ich einen kleinen Behälter in der Größe eines Salzstreuers, drehte den Deckel auf und streute etwas von seinem Inhalt über die Karte. Das blaue Pulver erinnerte an Make-up-Glitter und schimmerte im Licht, als es sich absetzte und die Karte und den Stift bedeckte.

Ich atmete langsam ein. Indem ich meinen Willen mit den Elementen verband, ließ ich meinen Blick über den Zauberspruch schweifen und rief mit klarer Stimme: „Macht der Elemente, ich rufe dich an. Ich bitte dich um Hilfe bei der Suche nach dem, der sich Marcus nennt und sich versteckt.“

Die magische Energie strömte durch mich. Ich versteifte mich und atmete zischend durch die Nase aus. Der Energieausstoß der Elemente verschmolz mit meiner Aura, und ich fiel fast hin, als ich durch die Kraft der Elemente ins Wanken geriet. Ich biss die Zähne zusammen und verspürte ein kribbelndes Gefühl von meinen Fingern bis zu den Zehen.

Ich stützte mich mit einer Hand auf dem Boden ab, um mich zu stabilisieren, während die einströmende Energie sich weiter aufbaute und mich wie ein Fieber erhitzte.

Ein grelles Licht blitzte vor unseren Augen auf, als die Magie den Raum durchzog. Auf der Karte drehte sich Marcus' Stift um die eigene Achse.

„Sollte das passieren?“ Ronin beugte sich hinter mir herunter und ich spürte seinen heißen Atem in meinem Nacken.

Ich starrte auf den Stift. „Keine Ahnung.“

„Ooooh! Ich fühle es!“, sagte Iris mit großen Augen und einem breiten Grinsen im dem Gesicht. Sie sah aus, als hätte sie gerade ihren schwärzesten Fluch überhaupt ausgesprochen, während sie sich die Arme rieb.

Mit einem weiteren Lichtblitz hob sich der blaue Staub von der Karte ab und schwebte wie eine Wolke über ihr. Ich sah erstaunt zu, wie sich der Staub zu einem Pfeil zusammenfügte und sich über der Karte bewegte. Dann verdichtete sich der Staub zu einer einzigen winzigen Kugel von der Größe einer Erbse – und fiel flach auf die Karte.

„Heilige Scheiße“, hauchte ich.

„Verdammte Heilige Scheiße“, sagte Ronin.

Ich beugte mich vor. „Der Punkt ist in einem Gebiet namens Allegheny National Forest. Und er befindet sich genau auf dem Allegheny Tionesta Creek Campingplatz.“

„Marcus macht einen Campingausflug?“, fragte Ronin mit ungläubigem Unterton in der Stimme. „Die ganze Zeit ist der Kerl gewandert, hat Lagerfeuer gemacht, gegrillte Würste gegessen und Kumbaya gesungen?“

Er hatte nicht ganz unrecht. Stirnrunzelnd starrte ich auf den blauen Punkt, während sich die Gedanken an Marcus in meinem Kopf drehten. Emotionen überschlugen sich in mir, Dinge, die ich jetzt nicht vor meinen Freunden fühlen und erleben wollte. Ich hasste es, dass er mich so fühlen ließ.

Aber ich hatte jetzt Wichtigeres zu tun, und hier ging es nicht um mich oder meine Gefühle.

„Camping oder nicht“, sagte ich, während ich meine Gefühle unterdrückte und mein Buch *Die Ley-Linien von Nordamerika* aus meiner Tasche auf dem Boden neben mir hervorzog. „Ich werde ihm in seinen Hintern treten und ihn um sich schlagend und schreiend hierher zurückbringen. Sein Urlaub ist mir im Moment wirklich egal.“

Iris stieß ein unheimliches Lachen aus. „Ich liebe es, wenn sie um sich schlagen und schreien“, sagte sie, während ein seltsames Lächeln über sie hinwegflackerte. „Das bedeutet, dass es funktioniert.“

Meine Augen trafen die von Ronin und er zuckte mit den Schultern.

Okay. Ich wollte nicht darüber nachdenken, was sie damit meinte …

„Ich wünschte, ich könnte mit dir kommen.“ Iris faltete die Hände in ihrem Schoß. „Ich will Ruth helfen, wo ich nur kann, aber ich will nicht lügen. Ich will Marcus einfach nur sehen, wie er um sich tritt und schreit.“

„Ich auch“, antwortete ich, gerührt, dass meine neue beste Freundin mitkommen wollte. „Aber ich weiß nicht, wie die Ley-Linien wirklich zum Transport funktionieren. Also, bei mir schon. Aber ich habe keine Ahnung, ob und wie ich andere mitnehmen kann. Es könnte nicht funktionieren. Es könnte dich sogar umbringen.“

„Aber ich bin eine Hexe“, protestierte Iris, was ihre blassen Wangen erröteten ließ. „Es wird funktionieren. Ich weiß, dass es klappen wird.“ Ihr Gesicht nahm einen hoffnungsvollen Ausdruck an, während sie ihre Arme vor der Brust verschränkte.

Schweren Herzens musste ich ihr die Hoffnung nehmen. „Und du bist meine Freundin. Ich will nicht, dass dir etwas zustößt.“

Iris blickte auf die Karte hinunter. „Versprich mir, dass du es mir eines Tages beibringst. Darf ich dann mit dir in einer Ley-Linie reisen?“

„Versprochen“, sagte ich, als Iris mich mit einem Lächeln auf ihrem hübschen Elfengesicht ansah. Ich senkte meinen Blick wieder auf mein Ley-Linien-Buch. „Ich hab’s. Ich muss zwei Ley-Linien benutzen, aber in der Nähe des Campingplatzes gibt es eine Haltestelle. Ich muss etwa eine Meile laufen, aber mit den richtigen Stiefeln ist das keine große Sache." Ich klappte mein Buch zu, steckte es in meine Tasche und sprang auf. „Apropos Stiefel. Ich muss los."

„Was?" Ronin richtete sich auf. „Jetzt sofort?"

„Jap." Ich rannte ins Bad und schloss die Tür. Ich wollte definitiv keinen Harndrang haben, während ich in einer Ley-Linie reiste. Die Vorstellung, was mein Pipi einem Passanten antun könnte, während man mit Lichtgeschwindigkeit reist, war eine ziemlich beunruhigende Vorstellung ... wenn auch eine lustige.

Als ich fertig war, stürmte ich aus dem Bad, schnappte mir meinen Wintermantel vom Haken und zog ihn zusammen mit meiner schwarzen Wollmütze und den dazu passenden Fäustlingen an. Dann wickelte mir einen dicken Schal um den Hals und stürmte in den Hausflur. Ich starrte einen Moment lang auf Ruths geschlossene Zimmertür, bevor ich auf die Treppe im Flur zuging. Iris und Ronin schlossen sich mir an.

„Hey, Flash Gordon", rief Ronin und benutze den Namen einer Science-Fiction Figur aus den 1980er Jahren. „Nicht so schnell. Willst du deinen Tanten nicht sagen, wo du hingehst?", fragte er, während er hinter mir die Treppe hinunter rannte.

„Nein." Eine anregende Mischung aus Aufregung und Pflichtgefühl überkam mich. Ich würde die Sache mit Ruth in Ordnung bringen. Jetzt sofort.

Ich rannte den Flur entlang zum Eingang und zog meine hohen Winterstiefel an. Nachdem ich meinen Mantel zugeknöpft und meine Mütze noch einmal gerichtet hatte, wandte ich mich an meine Freunde. „Sagt ihnen nichts, bevor ich zurück bin“, warnte ich sie, als ich Dolores' und Beverlys Stimmen aus der Küche hörte. „Wir wollen ihnen keine Hoffnungen machen, es könnte ja sein, dass es nicht funktioniert. Kapiert?“

„Es wird schon klappen“, ermutigte mich Iris. „Er wird kommen, wenn er von Ruth erfährt. Ich weiß, dass er das tun wird.“

Aus irgendeinem Grund war ich mir nicht ganz so sicher, aber ich hoffte, dass sie recht hatte.

Ronin trat vor. „Mach dir keine Sorgen. Wir werden die alten Tanten ablenken, bis du zurückkommst.“

Ich nickte und atmete geräuschvoll aus. „Bin bald zurück.“

Ich drehte mich um und wandte mich der Eingangstür zu. Die Aussicht auf die Jagd, der Nervenkitzel und die Gelegenheit, Marcus in den Hintern zu treten, wenn er mir nicht nach Hause folgte, ließen mein Herz schneller schlagen.

Ja, es würde Spaß machen.

Mit pochendem Puls rief ich die Magie in mir auf und streckte die Hand aus, um die Ley-Linie zu spüren. Ein Energiestoß traf mich, und ich spürte, wie sie unter dem Davenport House vibrierte.

Meine Finger krallten sich um den Türgriff, ich riss die Tür auf und sprang.

KAPITEL 12

Meine Stiefel knirschten auf dem Schotter des Feldwegs. Die Luft war kalt und als ich ausatmete, kam mein Atem in einer langen, frostigen Wolke heraus. Ein eisiger Wind schlug mir ins Gesicht, als ich den Weg einen kurzen Anstieg hinaufschritt. Aber mir war warm. Wenn man eine halbe Stunde lang ununterbrochen und zielstrebig läuft, wird einem trotz eisiger Kälte warm.

Ich fühlte mich gut. Voller Energie. Bereit für alles.

Ich erklomm den Hügel. Unten, am Ende des kurvenreichen Feldwegs, befand sich ein großer Campingplatz. Mindestens dreißig Blockhütten waren in großen Abständen auf dem Gelände verteilt, das von hohen Bäumen und Sträuchern umgeben war. Ich nahm an, dass jedes Platz für eine kleine Familie bot. In der Mitte der Hütten befand sich ein viel größeres Gebäude, das an ein Gasthaus oder Hotel erinnerte. Der Allegheny Tionesta Creek

Campingplatz war sehr schön. Und wäre ich nicht so wütend und in Eile gewesen, hätte ich mir die Zeit genommen, mich umzusehen und die Schönheit dieses Ortes zu bewundern. Es gab einige Menschen, die sich trotz der Kälte im Freien aufhielten, aber keiner von ihnen war Marcus, soweit ich sehen konnte.

Ich beschleunigte das Tempo als ich den Hügel hinunterging, während ich an Ruths Gesicht dachte und daran, wie entmutigt und gebrechlich sie aussah, was mir half, auch nach einer Meile mein Tempo zu halten.

Ich hatte nicht darüber nachgedacht, was ich Marcus sagen würde, wenn ich ihn traf. Dafür war keine Zeit gewesen. Er würde sich das anhören müssen, was auch immer aus meinem Mund kam. Es würde nicht schön sein, aber das war mir egal.

Das Gelände wurde flacher, als ich schließlich den Campingplatz erreichte. Aus den Schornsteinen einiger Hütten stiegen Rauchschwaden auf. Der Geruch von verbranntem Holz stieg mir in die Nase und stand im krassen Gegensatz zu der kalten, eisigen Luft von vorhin. Mein Blick erfasste einen Aschehaufen von der Größe eines kleinen Hauses. Als ich näherkam, entdeckte ich die Überreste von Holzstühlen, ein paar Stämmen, einer Couch und Tischen. Dunkelgrauer Rauch quoll aus der noch roten Glut.

Ich ging um den großen Aschehaufen herum und erblickte fünf große Bäume, bei denen es sich um Eichen oder Ahornbäume gehandelt haben könnte –

so genau konnte ich das ohne die Blätter nicht erkennen – in der Nähe auf dem Boden liegen. Einige waren entwurzelt, und andere waren in zwei Hälften gespalten, als hätte sie ein Blitz getroffen oder als hätte ein Riese sie mit seiner Axt in Längsrichtung geteilt. Als ich mich den Hütten näherte, bemerkte ich, dass bei einigen die Fenster eingeschlagen waren, bei einigen fehlten die Eingangstüren, und bei einer war die gesamte Veranda mitsamt den Holzpfosten zusammengebrochen.

Seltsam. Entweder war der Campingplatz gerade von einem riesigen Sturm oder einem Tornado getroffen worden, oder es war etwas Schlimmeres passiert.

Ich wandte meine Aufmerksamkeit wieder den Blockhütten zu. Ich hatte keine Ahnung, welche von ihnen von Marcus bewohnt wurde. Es war nicht so, dass der Zauber eine genaue Adresse lieferte – daran würde ich noch arbeiten müssen — und die Leute, die ich kurz zuvor gesehen hatte, waren mittlerweile verschwunden. Da ich niemanden nach seinem Aufenthaltsort fragen konnte, sah es so aus, als müsste ich alle Hütten durchsuchen.

Aber als ich näherkam, wurde mir klar, dass ich das nicht musste.

Ein burgunderroter Jeep Grand Cherokee stand auf dem Parkplatz von Hütte Nummer zwei.

Marcus' Jeep.

Mein Herz machte einen kleinen Hüpfer. „Du liegst besser im Bett und stirbst“, knurrte ich ganz im Stil von Dolores, während ich auf die Hütte zuging.

Als mein Blick auf den Rauch fiel, der aus dem Schornstein aufstieg, stieg noch mehr Wut in mir auf, und ich ballte meine Hände zu Fäusten, na ja, zu Fausthandschuhen.

„Es ist okay. Bleib ruhig. Ruth braucht ihn. Es geht nicht um mich“, erinnerte ich mich und versuchte, mir das einzureden, indem ich es laut aussprach. Ruth brauchte ihn wirklich. Ich? Nun, ich würde darüber hinwegkommen. Genau wie über alles andere in meinem Leben. Das Leben hatte mich hart gemacht und damit hatte ich kein Problem.

Die Zeit heilt nicht alle Wunden. Man wurde nur besser darin, mit ihnen umzugehen.

Das Herz schlug mir bis zum Hals, als ich die Stufen zur Veranda hinaufstieg, wo ein Stapel Holzscheite an der Wand neben der Haustür lehnte. Bevor ich wusste, was ich tat, klopfte ich mit der Faust an die Eingangstür der Hütte. Hart. Härter als nötig.

Ich trat einen Schritt zurück und wartete.

Nichts.

Ich klopfte erneut.

Und wartete.

Immer noch nichts. Ich dachte daran zu gehen. Vielleicht war er nicht da drin? Aber sein Jeep war direkt vor dem Haus geparkt. Vielleicht war er wandern? Dafür kamen die Leute doch hierher. Oder nicht? Sogar Paranormale gingen Wandern, um Eins mit der Natur zu werden, und all den Scheiß.

Ich konnte nicht hier draußen in der Kälte bleiben. Früher oder später würde ich zu einem Hexeneiszapfen werden und ich musste es immer noch schaffen, zurück zur Ley-Linie zu kommen. Wenn ich mich nicht bewegen konnte, konnte ich nicht nach Hause zurückkehren.

Mein Blick wanderte zu der größeren Hütte in der Mitte des Camps. „Vielleicht weiß jemand da drinnen, wo er ist."

Gerade als ich mich umdrehte, ertönte eine Stimme durch die Tür, unverkennbar weiblich, kehlig und sinnlich.

Mir blieb die Luft weg und ich schaffte es nicht, meinen Brustkorb zu heben, um wieder Luft zu holen. Marcus hatte seine Stadt verlassen, um sich mit einer Frau auf einem Campingplatz zu vergnügen?

Das war's. Es war an der Zeit, den Kastrationszauber zu zücken.

Die Wut als mein vertrautes Siegergefühl ergriff von mir Besitz. Ich wandte mich der Tür zu, während ich endlich mit einem Keuchen die Luft einsog. Mit einer schnellen Bewegung griff ich nach dem Türknauf und drehte ihn. Als ich merkte, dass sie nicht verschlossen war, stieß ich sie auf.

Das Stöhnen und Ächzen, das mich empfang, gab mir das Gefühl, als wäre ich gerade in einen Pornofilm-Dreh gestolpert.

Ein Paar hatte Sex.

Streicht das. *Marcus* hatte Sex mit einer Frau.

Der Verrat brodelte wie siedendes Öl in meinen Eingeweiden. Mein Mut sank, als ich so dastand, unfähig mich zu bewegen. Ich versuchte, meine Gedanken zu etwas Sinnvollem zusammenzufügen.

Ich fühlte mich, als hätte ich eine außerkörperliche Erfahrung, als sähe ich das Geschehen mit den Augen eines anderen.

So wie der Herzschmerz begann, endete er abrupt. Ich zitterte – nicht vor Kälte, sondern vor Wut.

Die Emotionen überschwemmten mich in beängstigender Schnelligkeit: Wut, Verrat, Bestürzung. Aber ich hatte nicht vor, wegen eines Mannes zusammenzubrechen. Außerdem waren Marcus und ich kein monogames Paar. Genau genommen waren wir gar nichts.

Ich konzentrierte mich darauf, warum ich diese Reise gemacht hatte. Die einzige Person, die hier wichtig war, war Ruth.

Ruth brauchte Marcus, aber der war zu sehr mit dem Austausch von Körperflüssigkeiten beschäftigt, um sich darum zu kümmern oder es überhaupt zu bemerken.

Ich stand auf der Schwelle und starrte wie eine Spannerin – oder wie eine Serienmörderin auf die Szene, die sich mir bot. Das ineinander verschlungene Paar hatte mich nicht hereinkommen hören. Kein Wunder, bei all dem Lärm, den es machte. Die Frau war mit dem Rücken zu mir, während sie auf und ab hüpfte wie ein Cowgirl beim Rodeo.

Ich konnte Marcus' Gesicht nicht sehen, aber ich erkannte die goldene Haut, die ich gesehen und gefühlt hatte. Dieselben starken Arme, die mich gehalten hatten, hielten die Taille der Frau fest umschlossen.

„Oh, ja, Baby", stöhnte sie. „Hör nicht auf. Nicht aufhören."

Das war's.

Und das erste, was aus meinem Mund kam, war: „Sie *tut* nur so." Ich sagte es laut und deutlich. Vielleicht hatte ich es sogar geschrien. Ich war mir nicht sicher.

Die Frau schrie aus Leibeskräften und warf sich in einem Durcheinander aus Laken auf die Matratze, wobei sie immer noch schrie – sie hatte wirklich einen langen Atem. Dabei entblößte sie ihren Sexpartner, der auf dem Rücken mit immer noch erigiertem Schwanz lag.

Mir fiel die Kinnlade herunter und ich riss die Augen auf. Nicht wegen des großen, erigierten Penis, der kaum zu übersehen war, sondern weil ich in ein nicht gerade ansehnliches Gesicht mit kleinen Kulleraugen, einem dichten Bart und einem Schopf von kurzen braunen Haaren starrte.

Oh je.

„Du bist nicht Marcus", sagte ich mit zittriger Stimme und kicherte dann verlegen. *Oh je, oh je, oh je.*

„Wer zum Teufel bist du? Was zum Teufel willst du?", brüllte der Kerl, sein Gesicht war rot und verschwitzt, und er machte sich nicht einmal die Mühe, seine maskuline Rakete zu bedecken.

„Nicht Marcus", sagte ich wieder, als eine weitere Welle des Kicherns über mich hereinbrach. Verdammt. Ich war am Durchdrehen.

Die Frau starrte mich von ihrer Position auf dem Bett aus an. „Ich habe nicht gelogen."

Ein weiteres Kichern brach aus meinem Mund hervor. „Die Tatsache, dass du das klären musstest, deutet auf etwas anderes hin.“ Warum redete ich überhaupt mit ihr?

Wenn ich Mist baute, baute ich immer wirklich großen Mist.

Zeit zu gehen.

Ich hob meine Hände zu einer entschuldigenden Geste. „Sorry, falsche Hütte.“ Ich lachte, als ich mich halb verbeugte und zurückwich. „Macht weiter ...“ fügte ich hinzu, was mir irgendwie angemessen erschien.

„Tessa?“, ertönte plötzlich eine mir vertraute Stimme hinter mir.

Ich drehte mich um.

Ein breitschultriger Mann mit schwarzen Haaren stand auf der Veranda. Graue, von dunklen Wimpern umrahmte Augen waren auf mich gerichtet. Der Mann hatte ein kantiges Kinn, eine perfekt gerade Nase und volle, kussbereite Lippen.

Marcus.

KAPITEL 13

„Tessa? Was machst du denn hier?", fragte Marcus, als er an mir vorbei in den Raum trat und ich seinen Moschusduft und seine Seife roch. „Tut mir leid, Anthony", entschuldigte er sich, und zog mich am Ärmel aus dem Raum auf die Veranda. Er schloss die Tür und wir waren allein.

Er trug eine schwarze Daunenbomberjacke, die seine schlanke Taille betonte, über einer Jeans, die seine kräftigen Oberschenkel perfekt in Szene setzte. Sein Haar war länger als sonst und fiel ihm in schwarzen, üppigen Wellen auf die Schultern.

Er sah großartig aus. Mehr als großartig. Ich hatte vergessen, wie gut er aussah, oder besser gesagt, welche Wirkung es auf mich hatte, ihn von Angesicht zu Angesicht zu sehen. Tagträume wurden ihm nicht gerecht. Nicht im Entferntesten.

„Nun", sagte ich mit glühendem Gesicht und löste meinen Blick von ihm, bevor ich anfing zu sabbern. Ich ließ meinen Blick zu seinem Jeep schweifen. „Komisch, dass du fragst. Es ist ja nicht so, dass ich geplant hätte, hier zu sein, aber ich bin trotzdem gekommen. Du hast mir keine andere Wahl gelassen."

„Warte? Was?", fragte Marcus und ich begegnete seinem Blick. Er schüttelte den Kopf. „Wovon redest du? Warum bist du bei Anthony reingeplatzt?" Er lachte.

Hmm, lecker. Ich könnte den ganzen Tag hier stehen und mir dieses Lachen anhören. Ich bemühte mich, ernsthaft zu werden. „Ich dachte, Anthony wärst du."

Er lächelte mich an und zog dabei seine dichten Augenbrauen hoch. „Was?"

„Ist doch egal." Mein Puls schlug nur eine Nuance schneller, während ich so tat, als würde ich mich für das Geländer der Veranda interessieren.

Marcus betrachtete mich einen Moment mit einem nachdenklichen Ausdruck in seinem Gesicht. Dann verwandelte sich seine Miene in ein leichtes Grinsen. „Du bist verärgert", sagte er und ein Hauch seines üblichen, selbstbewussten Wesens war in seiner Stimme zu hören. „Das bist du. Du dachtest, ich wäre das da drinnen." Er lehnte sich näher in meine Richtung, seine grauen Augen musterten mein Gesicht. „Du magst mich. Magst mich wirklich. Gib es zu."

Ich verdrehte die Augen. „Bitte ..."

„Du stehst auf mich", sagte er provozierend, seine Lippen öffneten sich und seine Zähne blitzten hervor, als sein Lächeln breiter wurde.

Verdammt. Er war wieder der supermaskuline Mann – ein großes, starkes Prachtexemplar von einem Mann.

„Bilde dir bloß nicht ein", sagte ich, obwohl mein Herz vor Freude fast zersprang. Ich war sowas von in Schwierigkeiten. Wäre es schlimm, wenn ich anfangen würde zu sabbern?

„Du siehst toll aus", bemerkte Marcus, und der Klang seiner Stimme in Verbindung mit diesem verdammt superheißen Lächeln im Gesicht verursachte ein Kribbeln in meinem Bauch. Am liebsten hätte ich diese Stimme in eine Lotion verwandelt, mit der ich meinen ganzen Körper einreiben konnte.

„Hör auf."

„Womit aufhören?" Sein Lächeln wurde breiter und eine weitere Kribbelwelle fuhr durch meinen Körper.

„Hör auf, mich so anzuschauen." *Nein. Bitte hör nicht auf. Hör nicht auf. Hör nicht auf.*

Marcus zuckte mit den Schultern. „Ich kann nicht anders. Du bist so schön. Besonders, wenn du wütend bist. Dann verdunkeln sich deine Augen. Wusstest du das? Das ist verdammt sexy." Sein vielsagendes Lächeln machte ihn zu einer Mischung aus Bad Boy und Polizeichef – eine gefährliche und berauschende Ausstrahlung.

Ich stand auf dem Treppenabsatz und wusste nicht mehr, warum ich hier war oder warum ich wütend auf ihn sein sollte.

Ein neues Lächeln erschien in Marcus' Gesicht, als er mich betrachtete. Ich wollte ihn verprügeln. Nur begann ich zu zittern, so sehr, dass sich meine Lippen wie gefrorene Würste zu verhärten begannen, während meine Zähne klapperten. Ich schätze, mein Adrenalinschub war vorbei, jetzt, da ich wusste, dass es nicht Marcus mit Rodeo Barbie im Bett war.

„Dir ist kalt." Marcus streckte seine Hand aus und berührte meine rechte Wange. Sie war warm und ich wich nicht zurück.

„Mmmm, hmmm." Die sanfte Berührung seiner Hand auf meiner Haut brachte mein Blut zum Summen. Ich bewegte mich nicht.

Marcus nahm seine Hand von meiner Wange und strich mit beiden Händen über meine Arme. „Komm. Du musst dich aufwärmen. Carol macht ein tolles veganes Chili."

Ich war nicht hierhergekommen, um mit Marcus ein Chili zu essen, aber ich war kurz davor, wie Frosty die Schneehexe zu werden, wenn ich nicht in den nächsten Sekunden an einen warmen Ort kam. Ein paar Minuten an einem warmen Ort mit einer warmen Mahlzeit könnten nicht schaden. Außerdem konnte ich meine Lippen nicht mehr spüren.

Ich ließ mich von Marcus die Treppe hinunter und zu der größeren Blockhütte führen. Als ich eintrat, traf mich ein Hitzeschwall, als wäre ich gerade in eine Sauna getreten. In der Luft überlagerten sich die Gerüche von Hühnersuppe, Chili und brennendem Holz. Am Ende des Raumes befand sich ein großer Steinkamin, in dem ein loderndes Feuer brannte. Ein Schaukelstuhl quietschte, als sich die Person darin bewegte.

Der Raum war nicht sehr groß, aber er war wie ein Restaurant oder eine Kneipe eingerichtet. Ein Dutzend kleiner runder Tische mit Stühlen waren im Raum verteilt. Zwei Männer saßen an dem Tisch, der uns am nächsten war, und eine Frau und ein Mann saßen an dem Tisch in der Nähe eines Fensters. Alle blickten auf, als wir eintraten, und musterten mich mit strengem Blick. Aber ihre Blicke wandten sich ab, als sie Marcus hinter mir sahen. Was hatte das zu bedeuten?

ICH ZITTERTE IMMER NOCH, also legte Marcus seine Hand auf meinen unteren Rücken und führte mich sanft zu einem barähnlichen Tresen aus poliertem Holz.

Er zog einen Hocker für mich heran. „Hier. Setz dich. Ich werde dir etwas zu essen holen.“

Ich tat, wie mir geheißen, da mir zu kalt war, um etwas anderes zu tun, und beobachtete, wie Marcus den Tresen entlangging und eine ältere Dame ansprach, deren faltiges Gesicht sich bei seinem Anblick zu einem breiten Grinsen verzog.

Ihr Haar langes, weißes Haar war zu einem langen Zopf zurückgebunden, und sie trug eine Schürze über ihrer karierten Bluse. Ihre Haut war wie gegerbtes Leder, durchzogen von feinen Nähten und Falten. Sie tätschelte Marcus' Hand, schenkte ihm eine frische Tasse Kaffee ein und verschwand durch eine Tür hinter der Theke.

„Hier ist schon einmal der Kaffee. Das Chili ist

unterwegs“, sagte Marcus, während er die dampfende Tasse vor mir auf den Tresen stellte, sich einen Barhocker schnappte und sich neben mich setzte.

Ich zog meine Fäustlinge aus und legte meine eiskalten Finger um die Tasse. Die Haut an meinen Fingern brannte, als sie die Keramik berührten, aber es fühlte sich trotzdem gut an. Ich führte die Tasse an meine Lippen und nahm einen Schluck. Dann noch einen. Und noch einen. Der bittere Geschmack des Kaffees war göttlich und ich stöhnte auf, als die heiße Flüssigkeit meine Kehle hinunterfloss.

Ich fühlte mich sofort besser.

Als meine Lippen aufgetaut waren, fragte ich: „Was ist das für ein Ort?“ Ich stellte die Tasse auf den Tresen, meine Finger waren noch immer darum gewickelt.

„Es ist eine Wandler-Kolonie“, antwortete Marcus, in dessen Augen immer noch etwas von dem Lächeln von vorhin zu sehen war.

„Wirklich?“

„Silberrücken-Gorillas“, sagte er.

Ich ließ meinen Blick hinter ihm zu dem Paar schweifen, das am Fenster saß. Sie sahen mich beide an und hatten das gleiche Stirnrunzeln im Gesicht. „Ist jeder hier ein Wandler?“

„Ja. Wergorillas“, antwortete Marcus, und ich richtete meine Aufmerksamkeit wieder auf ihn. „Die meisten von ihnen trauen Außenstehenden nicht ... Nicht-Wandlern.“

„Anthony ist also auch ein Wergorilla?“

„Ja“, sagte Marcus, sein unerschütterlicher Blick

war durchdringend. „Und mein Cousin." Er öffnete den Reißverschluss seiner Jacke und ließ sie auf den leeren Hocker neben sich fallen. Unter seinem enganliegenden schwarzen Hemd zeichneten sich seine Muskeln ab und ich konnte nicht wegsehen, weil ein Teil von mir es am liebsten heruntergerissen hätte, um zu erkunden, was darunter war.

Ich atmete tief durch meine Nase ein und versuchte, seine männliche Präsenz auszublenden. Seit drei Monaten hatte er nicht einmal versucht, sich bei mir zu melden. Das tat weh. Aber es war die Wahrheit. Ich hatte es satt, ihn zu hassen und ihn zu begehren. Das war ein Vollzeitjob für sich. Genug war genug.

„Ich hatte keine Ahnung, dass es Wandler-Kolonien wie diese gibt", entgegnete ich, während ich in meinen Gefühlen schwankte. „Und du hast hier Familie, lebst aber in Hollow Cove?"

„Meine Familie stammt aus der Stadt. Aber manche von uns ziehen es vor, abseits der modernen Welt zu leben. Sie bevorzugen weite, offene Räume, umgeben von Natur. Sie wollen nichts mit Menschen zu tun haben ... oder mit anderen Paranormalen."

„Wie ich." Ich nickte. „Also, es ist wirklich schön hier. Muss im Sommer spektakulär sein."

Marcus rutschte auf seinem Hocker hin und her, unsere Schenkel berührten sich. Er beugte sich zu mir. „Ich bin froh, dich zu sehen." Seine hypnotisierenden grauen Augen ließen mich alles Mögliche fühlen, was ich im Moment nicht fühlen sollte – wie Hitzewallungen.

Ich hob eine Augenbraue. Ich wollte ihm in diesem Moment so viele Dinge sagen, über die ich in den letzten drei Monaten nachgedacht hatte. Ich öffnete den Mund, um zu loszulegen, als die ältere Dame aus der Küche kam und an die Bar trat.

„Bitte sehr, meine Liebe", sagte sie und stellte lächelnd eine Schüssel mit dampfendem und berauschend riechendem veganem Chili hin.

„Danke", antwortete ich, steckte meine Nase über die Schüssel und schnupperte daran. „Es duftet köstlich."

Die ältere Dame lachte. Es war ansteckend und zum ersten Mal, seit ich auf diesen eiskalten Campingplatz gekommen war, lachte ich und entspannte mich. Ich nahm den Löffel in die Hand und schaufelte eine große Portion des Chilis in meinen Mund.

„Wow", sagte ich mit vollem Mund. „Das ist gut. Du solltest es in Dosen abfüllen und verkaufen." Ich steckte mir einen weiteren Löffel Chili in den Mund.

„Danke, Carol", sagte Marcus, während er ihr mit den Augen eine Information zukommen ließ, die ich nicht entschlüsseln konnte.

Carol stützte sich mit den Ellbogen auf der Theke ab. „Sie kommt, um dich abzuholen. Nicht wahr? Hmmm. Sie muss über eine Stunde gelaufen sein, um so durchgefroren zu sein", sagte sie mit einem Lächeln in ihrem faltigen Gesicht. „Sie ist noch jung und im gebärfähigen Alter."

Ich verschluckte mich an dem Chili in meinem Mund. „Wie bitte? Was?"

Carol stieß ein Lachen aus und verschwand wieder im Küchenbereich hinter der Bar.

„Tessa, warum bist du hierhergekommen?“ Marcus’ Frage lenkte meine Aufmerksamkeit wieder auf ihn. Er neigte den Kopf und starrte mir in die Augen.

Ich sah ihn einen langen Moment lang an und versuchte, die Blase aus Verrat und Wut zu unterdrücken, die zu platzen drohte. Es gelang mir nicht.

„Warum hast du mich nie zurückgerufen?“, platzte es aus mir heraus, wobei mein Herz etwas schneller schlug, und ich hasste es. Ich hasste es, dass ich mich jetzt von meinen Gefühlen leiten ließ, aber ich konnte nicht anders.

„Ich konnte nicht“, antwortete er beiläufig, als wäre es etwas ganz Normales, so als würde er die Menge des Zuckers in seinem Kaffee kommentieren. „Handys funktionieren hier oben in den Bergen nicht. Und es gibt keine Telefone. Keine Festnetzanschlüsse. Ich hätte dich angerufen, wenn ich gekonnt hätte.“ Marcus lehnte sich zurück. „Ich hätte nie gedacht, dass ich noch hier sein würde, um ehrlich zu sein. Die Dinge sind hier ziemlich aus den Fugen geraten.“

„Hat es etwas mit dem brennenden Trümmerhaufen draußen zu tun?“

„Ja“, antwortete er. „Hier werden die Wergorillas von einem Alpha angeführt. Wie ein Häuptling. Der Alpha ist der Stärkste und kümmert sich um seine Kolonie, seine Familie.“

„Und was ist das Problem?“

„Zu viele Alphas.“

„Zu wenig Zeit“, lachte ich. „Sorry. Schlechter Scherz.“

Marcus betrachtete mich einen Moment. „Ein jüngeres Männchen fordert den Alpha-Gorilla heraus. Ein anderes Männchen. Sie streiten schon seit drei Monaten.“

„Dauert das normalerweise immer so lange?“

„Nein. Normalerweise unterwirft sich das ältere Alphatier dem jüngeren. Aber Stan ist ein sturer alter Kerl. Er will sich nicht unterwerfen. Er glaubt, dass er weiterhin das Alphatier sein kann, aber sein Körper ist nicht mehr das, was er einmal war.“

Ich nahm einen weiteren Bissen von meinem Chili. „Wer ist stärker?“

„Das ist schwer zu sagen. Beide sind riesig. Aber es kann nur einen Alpha pro Clan geben.“

„Stimmt.“

Wir sahen uns an und die Luft zwischen uns knisterte.

Ich wandte meinen Blick ab, bevor ich etwas Dummes tat, wie direkt in der Bar über ihn herzufallen. Ja, wenn ich nicht aufpasste, war ich verloren.

„Du hast mir immer noch nicht gesagt, warum du gekommen bist“, drängte Marcus, als sich unsere Blicke wieder trafen. Seine Lippen verzogen sich zu dem Lächeln eines Mannes, dem gefiel, was er sah. „Ich wünschte, ich könnte davon ausgehen, dass du gekommen bist, weil du mich vermisst hast“, fuhr er fort, „aber deine Augen sagen etwas anderes.“

Wie scharfsinnig. „Ruth“, sagte ich mit fester

Stimme. „Ich bin hierhergekommen, um dich wegen Ruth abzuholen."

Marcus' Augenbrauen zogen sich in der Mitte seiner Stirn zusammen. „Ruth? Ist ihr etwas zugestoßen? Geht es ihr gut?"

Ich schüttelte den Kopf, während sich mein Inneres vor Kummer verkrampfte. „Nicht wirklich. Sie ist ..."

Die Tür zum Gasthaus flog auf. Ein großer, stämmiger Mann mit den muskulösesten Armen, die ich je gesehen hatte, stürmte herein. Er sah aus wie eine Figur aus einem Superhelden-Comic.

„Sie tun es schon wieder", sagte der Fremde, den Blick auf Marcus gerichtet, als er an die Bar kam. „Du musst etwas tun. Sie werden sich gegenseitig umbringen."

Das konnte ja heiter werden.

KAPITEL 14

Ich hatte Marcus schon öfter in seinem King Kong Alter Ego gesehen, aber es verblüffte mich immer wieder aufs Neue.

Sein Hemd war in dem Moment verschwunden, als er vom Hocker sprang, und er riss sich die Jeans herunter und zog seine Stiefel aus. Sein durchtrainierter, goldbrauner Körper war wie eine römische Statue, und an seinem nackten Körper wölbten sich die Muskeln.

Verdammt. Wie konnte ich nur vergessen, wie prächtig er nackt war?

Aber ich hatte keine Zeit, seine Nacktheit zu bewundern.

Er ging auf alle Viere und ich hörte ein schreckliches Reißen und das Brechen von Knochen, als sich sein Gesicht und seine Haut verzogen und dehnten, bis sein Körper dreimal so groß war. Sein Kiefer verlängerte sich und offenbarte Raubtierzähne von der Größe meiner Küchenmesser. Und dann war er kein Mensch mehr, sondern ein vierhundertpfündiger Silberrücken-Gorilla.

Er war herrlich und beängstigend zugleich. War es seltsam, dass mich das erregte?

Marcus, der Gorilla, stand auf allen Vieren, seine Hände stützten sich auf den Boden. Die Muskeln auf seiner Brust spannten sich an und der Gorilla brüllte, während er mit seinen großen Fäusten auf den Boden schlug und das Gasthaus erzittern ließ. Ich spürte das Zittern an der Theke.

Und dann bewegte er sich.

Auf allen Vieren sprang der Gorilla davon und rannte zur Vordertür hinaus, während der Fremde hinter ihm herlief.

„Sieht so aus, als würde ich nicht so bald nach Hause gehen." Ich sprang von meinem Stuhl auf und rannte ihnen hinterher. Ich wollte auf keinen Fall verpassen, was auch immer hier passierte. Auch wenn es gefährlich klang.

Ich rannte durch die Eingangstür und sprang vom Treppenabsatz.

Und lief mitten in einen Gorillakampf hinein.

Ein großer Ring aus Gorillas und humanoiden Gestalten umgab zwei riesige Gorillas, die Baumstämme als Keulen benutzten.

„Oh verdammt", murmelte ich.

Beide waren Silberrücken-Gorillas, beide riesig, ihre riesigen Zähne gebleckt. Je näher ich kam, desto besser konnte ich erkenne, dass der eine mehr graues Fell auf dem Rücken, am Kopf und an den Unterarmen hatte, während das Fell des anderen fast vollständig schwarz war. Ich vermutete, dass der mit dem grauen Fell das ältere Alphamännchen namens Stan war, der gegen das neue kämpfte, das seinen Platz einnehmen wollte.

Es war schwer zu erkennen, wer von den beiden größer war, und es war noch schwieriger zu erkennen, wer von den beiden stärker war.

Stan, der ältere Gorilla, stürmte vor und holte mit seinen Baumstamm aus. Er schlug ihn gegen die Seite des jüngeren Gorillas.

Der jüngere Gorilla fiel zur Seite, stand aber fast im gleichen Moment wieder auf und schlug seinen Baumstamm gegen Stan, der daraufhin zur Seite taumelte. Eine hässliche Grimasse verzerrte das Gesicht des jüngeren Gorillas, als er seinen Baumstamm fallen ließ und zum Angriff überging.

Er schlug auf Stan ein wie ein Presslufthammer auf einen Zementboden und die beiden stürzten in einem Durcheinander aus um sich schlagenden Fäusten, Knurren, Fauchen, Zähnen und dunklem Fell zu Boden. Jeder Gorilla trommelte sich mit den Fäusten gegen die Brust und dann verfielen sie in einen wilden Rausch von Schlägen. Der Boden unter meinen Füßen zitterte und bebte. Bei jedem brutalen Schlag stieg mir die Galle in die Kehle.

Die Luft roch nach Blut, Schweiß und Tier.

Es war der brutalste und animalistischste Kampf, den ich je gesehen hatte. Um mich herum brüllte die Menge, begeistert von der Aussicht auf den Tod von einem der Gorillas. Einige waren in ihrer Tierform, während andere in ihrer menschlichen Form blieben.

„Das geht schon viel zu lange so", sagte ein männlicher Gorilla.

„Stan muss sich fügen", sagte ein weiblicher Gorilla mit langen schwarzen Haaren und dunklen Augen neben ihm. „Er ist seit achtzig Jahren das Alphatier. Es ist Zeit für Fredrik."

„Sag das mal Stan", sagte der andere männliche Wergorilla.

„Stan, Stan, er ist unser Mann. Wenn er es nicht kann, kommt niemand an ihn ran", sang ich und merkte zu spät, dass meine Gedanken in Form von verbaler Kotze aus meinem Mund kamen.

Der weibliche Gorilla drehte sich um und starrte mich an, ihre Augen sagten mir, dass ich hier nichts zu suchen hatte, und sie mir mit ihren mädchenhaften Gorillafäusten am liebsten den Kopf einschlagen würde.

Ich hob meine Hände. „Ich werde bald gehen. Versprochen", versicherte ich ihr, und sie wandte ihre Aufmerksamkeit wieder dem Kampf zu.

Ja, ich würde gehen. Aber nicht ohne Marcus.

Marcus in seiner Gorillagestalt ging langsam um die kämpfenden Gestalten herum, als wäre er der Schiedsrichter bei einem Boxkampf, der darauf wartete, den Sieger zu bestimmen oder sie auseinander zu ziehen, wenn es für einen von ihnen hässlich wurde.

Würden die Wergorillas bis zum Tod kämpfen? War es das, worum es ging? Wenn ja, würde ich mir das nicht wirklich anschauen wollen.

Aber ich konnte mich auch nicht losreißen.

Ich war eine Hexe, also wusste ich nicht viel über Wergorillas oder Werwölfe oder irgendeine andere Wandler-Spezies, wenn wir schon dabei waren. Und ich wusste noch weniger darüber, wie ihre Alphastrukturen funktionierten. Und doch wusste ich, dass ich Zeuge von etwas Außergewöhnlichem war, in das wir Hexen normalerweise nicht eingeweiht wurden.

Ich bekam einen Einblick in eine Welt, von der die meisten Paranormalen nur träumen konnten.

Ich konnte mir vorstellen, wie leicht sie mit so viel brutaler Kraft Bäume und Häuser zerstören konnten. Und Marcus war hier, um dafür zu sorgen, dass sie sich nicht gegenseitig umbrachten. Er wollte sicherzustellen, dass sie beide am Leben blieben, egal wie der Kampf ausgehen würde.

Marcus hatte mich nie abserviert. Er wollte nur verhindern, dass seine Verwandten sich gegenseitig die Kehle rausrissen. Denn genau das ist die Art von Mann, Wergorilla und Polizeichef, die er war.

Stan wich dem nächsten Angriff des jüngeren Alphas aus, aber die Spitze einer Krallenhand traf seinen Oberschenkel. Blut tränkte den mit Frost bedeckten Boden in roten Sprenkeln. Stan wirbelte herum und der Schock stand ihm ins Gesicht geschrieben. Offensichtlich war Fredrik schneller.

Fredrik ging in die Hocke, die Augen auf Stans blutigen Oberschenkel gerichtet.

Stans Gesicht verzerrte sich vor Wut und seine Augenbrauen zogen sich zusammen. Ein wildes Licht tanzte in seinen dunklen Augen.

„Jetzt geht's los", murmelte ich, und wieder drehte sich dieselbe weibliche Gestalt zu mir um.

O-o-o-okay. Zeit, meinen Mund zu halten. Ich zog meine Jacke fest um mich, während ich halb erschrocken, halb erstaunt beobachtete, was passierte.

Mit einem furchtbaren Gebrüll warf sich Stan mit schwingenden Armen auf den jüngeren Gorilla.

Ohne Zögern griff Fredrik an.

Sie schlugen mit einer furchtbaren Heftigkeit zu und ich wich instinktiv einen Schritt zurück, obwohl ich das nicht musste.

Der jüngere Gorilla drehte sich und warf Stan mit einem Fußtritt zu Boden. Mit wildem Gesichtsausdruck ballte er seine Hände zu riesigen Fäusten und schlug sie wie einen Hammer auf Stans Schädel. Die Knochen knirschten.

Bäh. Ich stand da und war entsetzt, als Fredrik weiter auf den armen alten Stan einschlug.

„Das ist nicht richtig", sagte ich mit lauter Stimme. Aber niemand schien mich zu hören, denn ihre Aufmerksamkeit galt dem Kampf.

Und gerade als ich dachte, dass das Hämmern niemals enden würde, bis Stans Kopf wie ein zertrümmerter Kirschkuchen aussah, brüllte Marcus und schlug seine Faust mit überraschender Kraft auf den Boden. Blitzschnell richtete sich Marcus auf, baute sich vor dem jüngeren Alpha auf und stand auf zwei Beinen, wobei er die Arme an seine Seiten schlug.

Fredrik hörte auf, die Schläge auf seinen Gegner einprasseln zu lassen.

Zu meiner Überraschung war Marcus' Bestiengestalt größer als die des Jüngeren. Er hatte mindestens hundert Pfund mehr an Muskelmasse und es war offensichtlich, dass Marcus, wenn er gewollt hätte, beide pulverisieren könnte. Natürlich könnte er ihr Alpha sein, wenn er wollte, aber Marcus war der Polizeichef von Hollow Cove. Er war unser Alpha.

Es machte also Sinn, warum Marcus hier war. Er war der Einzige, der die beiden dummen Affenärsche zur Raison bringen konnte.

Der jüngere Alpha packte Stan an der Kehle und riss ihn auf die Beine.

Das erregte schnell die Aufmerksamkeit aller, denn er brauchte nur zuzudrücken, und sie hatten ihren neuen Alpha.

Aber Marcus knurrte und starrte den jüngeren Alpha mit seinen grauen Augen an, die ihm verrieten, dass er erledigt wäre, wenn er Stan nicht loslassen würde.

Schließlich gab Fredrik nach und mit einem dumpfen Aufprall fiel Stan zurück auf den Boden. Wütende Augen starrten zu dem jüngeren Alphatier hinauf, doch dann senkte Stan ganz langsam seinen Blick und verneigte sich vor dem neuen Alphatier.

Und einfach so war es vorbei.

„Sieht so aus, als hätten wir unser neues Alphatier", sagte das Weibchen.

Aufgeregt begann ich zu klatschen und bemerkte meinen Fehler erst, als ich die entsetzten und wütenden Blicke der umstehenden Clanmitglieder sah.

„Mein Fehler", sagte ich und steckte meine Hände in die Manteltaschen.

Die Wergorillas unterhielten sich miteinander, ihre Gesichter zeigten einen glücklichen und erleichterten Ausdruck, während sie sich vom Kampfplatz entfernten,. Ich vermutete, sie hatten schon lange darauf gewartet.

„Tessa."

Ich sah auf und entdeckte Marcus in seiner menschlichen Gestalt, der auf mich zukam, was fantastisch war, abgesehen von dem nackten Teil. Nicht, dass es nicht toll war, ihn nackt zu sehen – denn es war wirklich toll – aber ich wollte ihn nicht im Beisein der anderen betrachten.

In der kalten Luft stiegen Dampfschwaden von seinem Schweiß um ihn herum auf, als wäre er gerade aus einer heißen, dampfenden Dusche getreten.

Es war schwer, seinen perfekten Körper nicht anzuschauen, das war es wirklich – und ein bisschen ärgerlich, wenn dieses perfekte Mannsbild einen mit einem verruchten Lächeln anstarrte, weil er wusste, dass einem gefiel, was man sah – aber ich schaffte es, meine Augen abzuwenden, als derselbe große Kerl, den ich im Gasthaus gesehen hatte, Marcus seine Kleidung reichte.

„Entschuldige bitte. Was hast du über Ruth gesagt?"

Ich drehte mich wieder um, froh und vielleicht auch ein bisschen enttäuscht, dass er wieder Kleidung trug. „Sie steckt in Schwierigkeiten." Ich spürte plötzlich, wie die kalte Luft durch meine Jacke drang. „Bernard ist tot."

„Der Bäcker?"

„Ja. Und Ruth wird dafür verantwortlich gemacht. Sie hat es sogar gestanden."

„Was?" Ein kurzer Anflug von Panik war in seinem Gesicht zu sehen, als er mich ansah.

Ich atmete geräuschvoll aus, und der Atem kam in Form von weißen Nebelschwaden aus meiner Nase heraus. „Sie hat einen Zaubertrank für ihn gemacht. Und man hat ihn am Tatort gefunden. Ich weiß nicht, was es war – Gingerweed oder sowas – aber sie glaubt, dass es ihn damit getötet hat."

Marcus schwieg lange, und ich konnte das Bedauern und die Frustration in seinem Gesicht sehen. „Okay. Ich werde mit Ruth reden und ich bin sicher, dass wir das alles aufklären können."

„Nicht, wenn es nach Adiras Willen geht."

„Adira? Warum kommt mir der Name bekannt vor?"

„Weil sie die neue Polizeichefin ist."

Marcus fluchte. „Na klar. Sie haben einen Ersatz geschickt, während ich weg war."

Ich starrte ihn an. „Das wusstest du nicht? Sie sagte, sie hätte mit dir gesprochen." In diesem Moment erinnerte ich mich daran, dass er gesagt hatte, es gäbe hier keine Telefone. Die Vampirschlampe hatte mich angelogen.

„Ich habe nie einen Anruf von Adira erhalten und ich habe sie auch nie angerufen."

„Diese verlogene, sargliebende Hure."

„Sargliebend?"

„Sie ist ein Vampir."

Marcus sah mich an. „Ich werde Hollow Cove nie wieder verlassen."

Ich lächelte. „Also, kommst du zurück?"

„Wie bist du hierhergekommen, Tessa." Marcus schaute mich an. „Bist du mit dem Auto hierhergefahren?"

„Ich habe eine Ley-Linie genommen."

„Oh-kay." Marcus lächelte. „Ich würde dir gerne alles zeigen, aber ich glaube, ich muss so schnell wie möglich zurück nach Hollow Cove." Er schwieg und fragte dann: „Kannst du dieselbe Ley-Linie nach Hause nehmen?"

„Nicht dieselbe", antwortete ich. „Ich brauche die, die nach Osten führt, aber ich weiß, wo sie ist. Es ist nicht weit von hier."

Marcus nickte. „Gut. Okay, dann. Wir sehen uns morgen früh", sagte er und joggte zu seinem Jeep, barfuß und halbnackt, als ob ihm die kalte Dezemberluft nichts ausmachen würde.

„Morgen früh?", rief ich ihm hinterher. „Aber Hollow Cove ist weit weg." Ich wusste, dass die Fahrt von hier nach Hollow Cove zehn Stunden dauerte, und das nur, wenn er wirklich schnell fuhr und keine Pausen machte.

„Ich fahre die ganze Nacht durch, wenn es sein muss", sagte er und schaute über seine Schulter. „Ich werde morgen früh da sein. Wir sehen uns morgen, Tessa."

Ich grinste. „Bis morgen."

KAPITEL 15

Ich lief unruhig in der Küche umher, mein Herzschlag passte sich meinen Schritten an, während ich mehrfach in der Minute auf mein Handy schaute, nur für den Fall, dass ich eine SMS von Marcus verpasst hatte.

Er hatte mir heute Morgen um 7:30 Uhr eine SMS geschickt.

Marcus: *Ich bin nun im Büro. Ich spreche um acht mit Adira. Die Details erzähle ich dir später.*

Und ich hatte zurückgeschrieben.

Okay, super. Wir sprechen uns später.

Der Schlaf war letzte Nacht ein Kampf mit dem Kissen gewesen, da meine Gedanken von Marcus zu Ruth und dann wieder zu Marcus gewandert waren.

Die Begegnung mit dem Wergorilla-Clan war für mich eine außergewöhnliche Erfahrung gewesen. Selbst der Kampf zwischen den beiden Alphas war beeindruckend gewesen, auf eine brutale, gewalttätige Weise. Aber am meisten hielten mich diese verdammten grauen Augen und die Art, wie Marcus mich ansah, wach – als wäre ich ein Stück Käsekuchen, in das er seine Zähne versenken wollte.

Ich will nicht lügen, aber von einem so heißen Kerl wie ihm begehrt zu werden, wirkte Wunder auf mein Ego.

Und ich hatte mich so sehr in ihm getäuscht.

Ich hatte vorschnell geurteilt und ich hatte meiner Fantasie freien Lauf gelassen mit Szenarien und Unterstellungen darüber, wer er war und was er für mich empfand. Ja, ich hatte mich geirrt. Aber die drei Monate, in denen ich nichts von ihm gehört hatte, waren eine lange Zeit gewesen. Ich bin mir ziemlich sicher, dass jeder in meiner Situation dasselbe gefühlt hätte – dass er nicht interessiert war.

„Setz dich endlich hin", ermahnte mich Dolores entnervt, die mit gerunzelter Stirn und einem hellgrauen Rollkragenpullover gekleidet am Küchentisch saß. „Du wirst mir noch ein Aneurysma verpassen."

„Lass das arme Mädchen in Ruhe", schnauzte Beverly, während sie sich eine Tasse Kaffee einschenkte. Sie drehte sich um, so dass sie sich mit dem Rücken an den Tresen anlehnen konnte. Sie nahm einen Schluck ihres Kaffees und sagte: „Es ist nicht ihre Schuld. Ihr Körper hat *Bedürfnisse*."

Mir blieb der Mund offenstehen. „Wie bitte, was?" Der Hexenkessel möge mir beistehen.

„Gott, ich liebe es, hier zu leben." Iris lachte, während sie Himbeermarmelade auf ihrem Toast verteilte. „Es ist, als würde man eine Sitcom im echten Leben erleben. Oder ist das Reality-TV? Naja, egal." Sie war ganz in Schwarz gekleidet und hatte ihre Augen zu perfekten Katzenaugen geschminkt. Sie sah aus wie ein Grufti-Mädchen.

Beverly rückte den tiefen Ausschnitt ihres rosa Kaschmirpullovers zurecht. „Das ist die ganze *sexuelle* Energie, die du in dir aufgestaut hast, Schatz", sagte sie zu mir und ich erschauderte. „Ich erkenne es. So geht es mir auch, wenn ich drei Tage keinen Sex hatte." Ihre grünen Augen weiteten sich. „Das sind die heißen, sexuellen Schübe."

„Das ist es nicht", sagte ich gedemütigt. Oder war es das? „Ich bin nur gespannt auf die Antwort von Marcus. Das ist alles."

„Genau", stimmte Beverly zu, wobei ihre strahlend weißen Zähne zwischen ihren perfekt roten Lippen hervorschimmerten. „Sexuelle Frustration ist ein hässliches Monster. Es knurrt und brüllt ... es will einfach raus aus ihrem Käfig. Und wenn es das tut ... kämpfe ich wie eine Wildkatze. Ich schnappe mir den erstbesten Junggesellen und habe leidenschaftlichen Sex mit ihm, zur Not auf dem Boden."

Dolores verschluckte sich an ihrem Kaffee. „Ich glaube, ich habe mir bei deinen Worten gerade eine Geschlechtskrankheit eingefangen."

Ich ging zum Tisch und zog mir den Stuhl neben Ruth heran. „Können wir über etwas anderes reden?" Mit einem Seufzer ließ ich mich auf den Stuhl fallen. Es war viel zu früh, um dieses Gespräch mit meinen Tanten zu führen.

„Bitte nicht. Es macht so viel Spaß." Iris kicherte und nahm einen Bissen von ihrem Toast.

Ich blickte zu Ruth. Sie starrte auf ihren Toast, ohne einen Bissen zu nehmen, und trank auch keinen Schluck von ihrem Kaffee. Sie sah schwach und verloren aus, und ich hatte plötzlich das Bedürfnis, alles für sie zu tun, um sie zu beschützen. Ein Teil von mir wollte sie in die Arme nehmen, aber ich war mir nicht sicher, ob sie das wollte. Das Letzte, was ich wollte, war, die Situation für sie noch schlimmer zu machen.

Ruth war so aufgeregt gewesen, als ich gestern nach Hause gekommen war. Sie war aus ihrem Zimmer gekommen, als ich ihr durch die geschlossene Zimmertür verkündet hatte, dass Marcus auf dem Weg wäre und dass er alles in Ordnung bringen würde. Als sie die Zimmertür öffnete hatte ich ein Leuchten in ihren Augen gesehen, wie ich es seit Wochen nicht mehr gesehen hatte.

„Marcus ist ein guter Mann“, hatte sie zu mir gesagt und den ganzen Abend ein kleines Lächeln auf ihrem Gesicht behalten.

Aber heute Morgen war es so, als hätte es dieses Licht nie gegeben. Sie war in sich gekehrt, ihr Gesicht war voller Sorgenfalten, der Ausdruck ihrer Augen war leer und gequält.

Deshalb ging ich auf und ab, und mein Herz raste, als wäre ich gerade zehn Meilen gejoggt. Es ging nicht um Sex, obwohl Sex mit Marcus wahrscheinlich eine Menge Spannungen abbauen würde. Es ging um Ruth und Marcus würde ihr helfen. Ich wusste, dass er das tun würde.

„Wenn du meinen Rat willst“, fing Beverly wieder

an, und als ich zu ihr blickte, hatte sie ein anzügliches Lächeln im Gesicht. „Du musst mit ihm schlafen."

Sie wollte einfach nicht aufgeben. „Okay. Wie wär's, wenn wir über etwas anderes reden?"

„Das habe ich doch gesagt", sagte Iris mit einem teuflischen Schimmer in ihren Augen. Sie leckte sich die Marmelade von den Fingern. „Sie muss sich auf ihn stürzen, bevor sie explodiert."

„Ich werde nicht explodieren."

Iris nickte. „Doch. Doch, das wirst du. Du bist wie eine tickende Sexbombe."

Ein Lachen entkam Dolores und ich warf ihr einen finsteren Blick zu. „Was?", rechtfertigte sie sich und zuckte mit den Schultern. „Das war irgendwie lustig."

„Weißt du", fuhr Beverly fort, „in deinem Alter hatte ich viel, viel Sex." Sie hob in einer arroganten Geste ihr Kinn an. „Ich schätze, das ist der Fluch, wenn man so *umwerfend* schön ist."

„Oder du hast als Nutte gearbeitet", warf Dolores ein. „Hattest du in den Achtzigern nicht ein T-Shirt mit der Aufschrift OPEN FOR BUSINESS?"

Beverly strahlte. „Hatte ich." Sie blickte stolz. „Das hatte ich wirklich."

Meine Augenbrauen zogen sich bis zu meinem Haaransatz hoch. „Das wollte ich alles gar nicht wissen."

Beverly wies meinen Einwand mit einer Handbewegung ab. „So etwas wie zu viel wissen gibt es nicht, Schatz. Und jemand in deinem Alter sollte Sex haben. Sehr viel Sex."

Ich zitterte. „Ich fühle mich gerade irgendwie schmutzig, und ich habe noch gar nichts getan."

„Hör mir zu", sagte Beverly. „Du musst mit dem Zug fahren und sehen, ob die Schienen und die Räder *zufriedenstellend* funktionieren", sagte sie und ihre Augenbrauen bewegten sich anzüglich auf und ab. „Glaub mir, du willst nicht, dass irgendetwas an diesem Zug kaputt ist. Ein kaputter Zug kann nirgendwo hinfahren."

Ich schüttelte den Kopf und stieß einen langen Seufzer aus. „Warum passiert das ausgerechnet mir?"

„Schatz", sagte Beverly, die offensichtlich nicht aufgab, als wäre ich eine Jungfrau in Not, weil ich keinen Sex hatte. „Es ist in Ordnung, dass du über seine Fähigkeiten im Bett fantasierst. Fantasieren ist gesund. Aber du könntest schwer enttäuscht sein, wenn du weiter fantasierst, ohne die Realität zu erleben. Du musst jetzt auf diesen Zug aufspringen."

„Du denkst, der Zug mit Marcus wird keine sanfte Fahrt sein?", sagte ich, schockiert über die Worte, die aus meinem Mund kamen.

„Es könnte eine holprige Fahrt werden", sagte Beverly.

Das bezweifelte ich. Irgendetwas an der Art, wie Marcus sich bewegte, sagte mir, dass er ein sehr guter Liebhaber sein würde. Nennt es meine Hexenintuition. Trotzdem hatte ich nicht vor, dieses Gespräch mit meinen Tanten zu führen, vor allem nicht, bevor ich mit ihm ins Bett gegangen war.

Es klopfte an der Haustür und das bewahrte mich vor einer weiteren Demütigung.

„Herein!", riefen wir alle gleichzeitig.

„House. Mach Marcus die Tür auf", befahl Dolores. Woher sie wusste, dass er es war, war mir ein Rätsel.

Ich sprang auf, als dem knarrenden Geräusch der sich öffnenden Haustür das unverwechselbare Geräusch von schweren Stiefeln folgte, die über den Parkettboden schritten. Mein Herz pochte bei dem Gedanken, Marcus wiederzusehen. Mein Puls beschleunigte sich allein durch die Erinnerung an den Kuss des heißen. Warum nur musste ich immer daran denken, sobald ich seinen Namen hörte?

Ganz zu schweigen davon, dass er den ganzen Tag und die Nacht gefahren war, nur um heute Morgen hierherzukommen und Ruth zu retten. Ich wünschte nur, ich wäre dabei gewesen, als er Adira gesagt hatte, sie solle aufhören und ihre Sachen packen. Tja, was soll's. *Man kann nicht alles haben.*

Ich machte ein paar Schritte, um mich neben Ruth zu stellen. „Marcus ist hier", sagte ich ihr und drückte sanft ihre Schulter, obwohl sie nicht aufblickte. „Jetzt wird alles gut."

Die Schritte kamen näher und als ich meinen Blick hob, sah ich Marcus in die Küche eintreten.

Obwohl ich ihn erst ein paar Stunden zuvor gesehen hatte, musste ich mich davon überzeugen, dass er so gut aussah wie gewohnt. Ich konnte nie genug davon bekommen, dieses Gesicht zu betrachten, und er sah kein bisschen müde aus. Das musste an seinen Wergorilla-Kräften liegen.

Er trug denselben schwarzen Wintermantel, darunter ein weißes T-Shirt und eine Jeans. Seine grauen Augen fanden meine, und das Funkeln in seinen Augen ging mir direkt ins Herz. Ein kleines Lächeln umspielte seine Lippen, bevor sein Blick zu meinen Tanten und Iris wanderte.

„Meine Damen", begrüßte er uns und blieb kurz vor dem Küchentisch stehen, wobei er wie ein Polizeichef aussah, aber auch verdammt sexy.

Dolores schob ihre Kaffeetasse zur Seite und verschränkte ihre Finger auf dem Tisch. Ihr Gesicht hatte einen strengen Ausdruck, wie das einer Lehrerin, die jemanden nachsitzen lassen will, weil er den Unterricht gestört hat. „Du warst so lange weg ... Ich hatte vergessen, wie du aussiehst." Dolores' Tonfall war freundlich, aber die Bedeutung hinter ihren Worten war eine klare Kritik.

Ich widerstand dem Drang zu lachen, denn das wäre unangemessen gewesen. Doch dann entkam Iris' Kehle ein leises Lachen und ersparte mir damit die Peinlichkeit.

„Ich wäre schon früher zurückgekommen, wenn ich gekonnt hätte", sagte Marcus und steckte die Hände in die Taschen. „Ich hatte nie geplant, so lange weg zu sein. Die Dinge wurden ... kompliziert. Wenn ich das gewusst hätte ..." Sein Blick huschte zu Ruth hinüber und ich verstand nicht, was ich in seinem Gesicht sah.

„Sind dir die Menschen in dieser Stadt nicht mehr

wichtig?", unterbrach ihn Dolores. Ihr Blick war kalt und hart, als wollte sie ihn am liebsten verfluchen.

Marcus sah verblüfft aus. „Natürlich sind sie das. Dies ist meine Stadt. Jeder einzelne Mensch in meiner Stadt bedeutet mir etwas."

Dolores machte einen missbilligenden Laut tief aus ihrer Kehle. Sie kniff die Augen zusammen. „Du brauchst einen Haarschnitt", sagte sie, woraufhin Iris schallend auflachte und mit der flachen Hand auf den Tisch schlug.

„Mir gefällt es", säuselte Beverly und ihre Augen funkelten. „Ich würde da gerne mit den Fingern durchfahren."

Okay. Das war genug. „Also, wie ist es mit Adira gelaufen?"

„Ist die Vampirschlampe weg?", fragte Beverly, während sie sich eine weitere Tasse Kaffee einschenkte. Sie drehte sich um und sagte: „Ich mag es nicht, sie hier zu haben."

„Was ist los, Beverly?", fragte Dolores mit einem spöttischen Lächeln im Gesicht. „Magst du die Konkurrenz nicht?"

Beverly warf ihrer Schwester einen finsteren Blick zu, aber sie sagte nichts.

Marcus sah sie an. „Nein. Adira ist noch hier."

„Aber nicht mehr lange. Oder?", fragte ich und er sah mich direkt an. „Du hast sie nach Hause geschickt. Sie packt gerade ihre Sachen, geht und kommt nie wieder zurück. Habe ich recht?"

„Nicht ganz." Marcus holte tief Luft. „Adira bleibt ... bis zu Ruths Gerichtstermin."

„Warte. Was?“, rief ich und das einschießende Adrenalin ließ meinen Kopf schmerzen. „Du hast sie nicht weggeschickt? Nach dem, was sie Ruth angetan hat!“ Mein Schlafmangel holte mich ein und die tiefen Gefühle, die ich für Ruth empfand, überkamen mich.

Marcus sagte nichts, doch seine Haltung veränderte sich und er schien sich unwohl zu fühlen, als wir ihn alle anstarrten. Sein Gesicht war von Emotionen gezeichnet und ich sah auf einmal, wie erschöpft er war. Ich glaubte nicht, dass es nur an der Fahrt lag.

Mein Puls pochte schneller. „Sieh sie dir an“, sagte ich und deutete auf meine Tante Ruth, die ihren Blick nicht von ihrem ungegessenen Toast abwandte. „Sieh dir ihre Handgelenke an. Adira hat ihr Handschellen angelegt. Das Miststück hat sie gefesselt, Marcus. Du musst etwas tun.“ Ich sah ihn flehend an. „Bitte, nimm sie ab.“

Marcus’ Augen wurden vor Schmerz glasig, sein Gesicht war voller widersprüchlicher Emotionen. „Das kann ich nicht.“

„Nimm sie *ab*“, forderte ich erneut und hörte selbst, wie meine Stimme zitterte.

Marcus seufzte. „Ich *kann* sie nicht abnehmen. Nicht *vor* dem Gerichtstermin.“

Bei seinen Worten schwankte der Boden unter meinen Füßen. „Der Gerichtstermin? Ist das dein Ernst? Ich dachte, du würdest dich um all das kümmern. Ich dachte, du würdest die Anklage fallenlassen. Was zum Teufel geht hier vor, Marcus?“

Er öffnete den Mund, als wolle er antworten, schloss ihn aber wieder.

„Marcus?“ Beverlys rosige Gesichtsfarbe hatte einen unattraktiven Beige-Ton angenommen. „Wir reden hier von Ruth. Sie kennt dich, seit du ein Kind warst. Sie hat dich wie ihren eigenen Sohn behandelt.“

Marcus’ graue Augen richteten sich auf Ruth. „Das weiß ich. Weißt du nicht, dass ich das weiß?“ Er schwieg, aber ich konnte sehen, wie sich hinter seiner Stirn ein dunkler Sturm zusammenbraute.

„Marcus.“ In Dolores’ Stimme schwang eine kaum kontrollierte Wut mit. „Willst du damit sagen, dass diese falschen Anschuldigungen gegen Ruth aufrechterhalten werden? Ist es das, was du uns sagen willst? Du willst sie nicht freilassen?“

Marcus’ Gesicht wurde aschfahl. Er sah Dolores an und sagte: „Ich weiß, dass ihr das nicht erwartet habt.“

„Das denkst du?“, unterbrach ihn Dolores und warf ihm einen giftigen Blick zu. „Ich habe mehr von dir erwartet.“

Marcus’ Augen weiteten sich bei dieser Beleidigung. „Es gibt bestimmte Vorschriften, wenn ein Mord geschieht“, sagte der Polizeichef mit angespannter Miene. „Es ist nicht so einfach, einen Fall abzuweisen oder zu versuchen, die Verurteilung wegen einer fehlerhaften Verhaftung rückgängig zu machen. Es wurde Anklage erhoben und wir müssen sie nun verfolgen. Ich kann Ruth nicht einfach freilassen.“

Meine Brust zog sich vor Wut zusammen, als meine Welt aus den Fugen zu geraten drohte. Er wollte mir nicht helfen. Er wollte Ruth die Schuld zuschieben ...

„Nimm sie ihr ab“, wiederholte ich und spürte den Kontrollverlust und das Kribbeln meiner Magie, als sie auf meine Gefühle reagierte. Ich konnte nicht glauben, dass er uns das antun würde. Ruth. Und mir.

Marcus schüttelte den Kopf. „Ich kann nicht.“

„Du kannst nicht? Oder willst du nicht?“ Ich zitterte und sah, wie sich in meinem Bauch ein Energieball bildete, der danach schrie, ihn auf Marcus' Hintern loszulassen.

„Tessa, das ist nicht hilfreich“, warnte Dolores mich, aber ich hörte sie kaum.

Ich ging zu Marcus und stellte mich unmittelbar vor ihn. „Meine Tante hat das nicht getan und das weißt du!“, brüllte ich. „Nimm ihr die Handschellen ab“, stieß ich hervor, meine Kehle fühlte sich wie zugeschnürt an und die Wut kochte in mir hoch. „Oder ich werde es tun.“ Ich hatte keine Ahnung, ob das möglich war, aber in meinem Leben war das Unmögliche meistens sehr gut möglich.

„Ich werde dir helfen“, bot Iris an, warf Marcus einen bösen Blick zu und sah aus, als würde sie gleich ein paar Flüche ausspucken. Und ich würde mich ihr anschließen.

Marcus rieb mit den Fingern über sein Kinn, seine Schultern waren angespannt. „Du kannst sie nicht abnehmen.“ Er atmete geräuschvoll durch die Nase ein und aus. „Wenn du es versuchst, wird es sie umbringen."

„Was?", riefen Iris, Dolores, Beverly und ich zusammen.

Meine Lippen öffneten sich, als sich ein Klumpen Angst in meinem Bauch festsetzte. Mein Blick fiel auf Ruth, die weggetreten aussah, als wäre sie mit ihren Gedanken ganz woanders, als hätte sie kein einziges Wort des Gesprächs mitbekommen.

„Der Hexenkessel möge uns beistehen." Dolores schlug mit der Faust auf den Tisch. „Was hat das zu bedeuten? Willst du mir sagen, dass es Ruth töten könnte, wenn wir an diesen ... diesen Dingern herumhantieren?"

„Ja, laut Adira", antwortete Marcus mit entschuldigender Stimme.

„Verdammt", hauchte Iris, der der Mund offen stand. „Adira ist psychotisch."

Ich keuchte und mein Magen zog sich zusammen. Seine Worte hallten in meinen Ohren wider und ließen mich erschaudern. Verdammter Mistkerl ...

Meine Wut flammte wieder auf. „Diese Vampirschlampe. Sie hat Ruth diese Dinger verpasst und uns nicht gesagt, was sie anrichten können, wenn wir versuchen, sie zu entfernen? Was für ein Polizist tut so etwas?" Jawohl. Ich würde sie finden, und dann würde ich sie töten.

Die Spitzen von Marcus' Ohren wurden rot. Er ging zu Ruth. „Ruth? Darf ich einen Blick auf deine Handgelenke werfen?"

Zum ersten Mal an diesem Morgen drehte Ruth langsam ihren Kopf und sah zu Marcus auf.

„Oh! Hallo, Marcus", sagte sie strahlend, als hätte sie gerade erst gemerkt, dass er hier ist. „Seit wann bist du zurück? Ich hätte dir ja ein paar von deinen geliebten Hummerröllchen zubereitet ... aber ich fühle mich in letzter Zeit nicht so gut. Es muss eine Magenverstimmung sein."

Beverly brach in Tränen aus und ich blinzelte schnell, um meine eigenen Tränen unter Kontrolle zu halten.

Das war so falsch – so, so falsch.

Marcus' Kiefermuskulatur arbeitete sichtbar. „Danke, Ruth. Aber ich bin nicht hungrig. Darf ich mir deine Handgelenke ansehen?", fragte er wieder, seine Stimme war so sanft und weich, wie ich sie noch nie gehört hatte.

„Oh, sicher." Ruth lächelte und reichte ihm ihr Handgelenk. „Ich werde deine Medizin nicht mehr herstellen können. Ich kann keine Zaubertränke mehr machen. Das hat Adira gesagt. Die neue Polizeichefin. Hast du sie schon kennengelernt?"

Mein Herz krampfte sich zusammen, als ich ihre traurige Stimme hörte. Ich hätte Adira am liebsten umgebracht. Ich wollte ihr den Kopf abschlagen und ihn auf einen Spieß stecken.

„Das habe ich", antwortete Marcus. „Es ist in Ordnung, Ruth. Ich habe noch genug von meiner Medizin übrig. Mach dir darüber keine Sorgen."

Ich wusste, dass sie über den blauen Trank sprachen, mit dem sie ihn seit Monaten versorgte, aber das war mir im Moment egal.

Marcus nahm Ruths Handgelenk sanft in seine Hand und drehte es langsam, bevor er es wieder losließ. „Danke, Ruth.“ Sie lächelte ihn an und wandte sich dann wieder ihrem Toast zu, mit demselben distanzierten Gesichtsausdruck wie zuvor.

„Ich habe solche Handschellen noch nie benutzt“, sagte der Polizeichef und sah Dolores und Beverly an. „Ich bin damit nicht vertraut. Ich hätte sie Ruth nie angelegt. Keinem von euch.“

„Es ist krank. Es ist barbarisch, das ist es“, sagte ich kalt. „Sie hat keine Beweise, dass Ruth Bernard getötet hat, aber sie behandelt sie wie eine Kriminelle.“ Ich atmete lang ein, um mich zu beruhigen. „Du musst das in Ordnung bringen. Wenn dir etwas an ihr liegt, an dieser Familie, dann wirst du dafür sorgen, dass die Anklage fallengelassen wird.“

„Glaubst du, ich will, dass es so ist, wie es ist?“, sagte er in harschem Tonfall und mit einem ungläubigen Blick in seinen Augen.

„Sieht nicht so aus, als wolltest du irgendetwas tun, um es zu verhindern“, konterte ich und fixierte ihn mit meinem starren Blick.

„Ruth hat gestanden.“ Marcus hielt meinen Blick. „Sie hat gestanden. Da kann ich nichts machen.“

„Alter, du bist scheiße“, sagte Iris, während sie einen Bissen von ihrem kalten Toast nahm. „Du bist ein totales Arschloch.“

„Sie kann ihr Geständnis widerrufen“, rief ich. Ich

hatte keine Ahnung, ob das möglich war, aber es war einen Versuch wert.

Marcus begann in der Küche hin und her zu laufen. „So funktioniert das nicht."

„Dann erkläre es mir." Ich stöhnte frustriert auf. „Das verstehe ich nicht. Du bist der Polizeichef! Verdammt noch mal. Bist du nicht immer noch der Chef? Oder übersehe ich hier etwas?"

Er blieb stehen und starrte mich an. „Das bin ich."

„Und Adira ist Chefin?"

„Ja."

Ich hob meine Hände genervt in die Luft. „Toll. Wir haben zwei Polizeichefs."

Marcus' Gesichtsausdruck wurde distanziert und zurückhaltend. „Adira hat die Verhaftung vorgenommen", sagte er. „Sie muss bleiben, bis das Gericht ..."

„Halt die Klappe! Halt einfach die Klappe!", unterbrach ich ihn brüllend. Meine Magie und Wut strömten durch mich.

Marcus warf einen Blick auf Ruth und Besorgnis blitzte in seinen Augen auf. Er rieb sich mit den Händen über sein Gesicht.

Ich starrte ihn finster an und wünschte, ich wäre nie losgezogen, um ihn zurückzuholen. „So, das war's also. Du willst nicht helfen."

„Es gibt nichts, was ich tun kann. Es tut mir leid", sagte er mit einer Stimme ohne jede Emotion.

„Raus hier!", schrie ich, und die Worte zerrten an meiner Seele, zerfetzten sie geradezu. Mein Bauchgefühl sagte mir, dass das alles falsch war, aber auf mein Bauchgefühl war kein Verlass mehr.

Marcus griff nach mir. „Tessa ..."

„Verschwinde, verdammt noch mal!"

Seine Miene verhärtete sich und er sah mich einen langen Moment lang an.

Und dann drehte sich der umwerfende Mann, in den ich mich verliebt hatte und den ich jetzt verachtete, ohne ein weiteres Wort um, verschwand den Flur hinunter und ging zur Vordertür hinaus.

KAPITEL 16

Mein Hintern war taub.

Nicht, weil ich auf den Boden gefallen war oder eine Stunde lang draußen auf einer kalten Fläche gesessen hatte, sondern weil ich drinnen auf einem harten Stuhl saß, bis sich meine Gesäßmuskeln versteiften, kribbelten, schmerzten und dann schließlich ganz stumpf wurden, als hätte ich mir gerade selbst eine Betäubungsspritze gegeben.

Ich saß mit dem Rücken zur Wand, mein rechtes Knie hüpfte seit anderthalb Stunden auf und ab, während ich auf die große schwarze Metalltür zum Konferenzraum starrte und darauf wartete, Ruths lächelndes Gesicht zu sehen, wenn sie herauskam.

Heute war der siebte Dezember und der Graue Rat war eingetroffen und hatte seine Gerichtsverhandlung im Konferenzraum der Hollow Cove Security Agency angesetzt.

Wie sich herausstellte, war es mir nicht gestattet, der Verhandlung beizuwohnen. Nur Dolores und

Beverly durften dabei sein, da sie Zeugen von Ruths Trankherstellung gewesen waren.

Apropos Gingerweed: In den letzten zwei Tagen hatte ich in der Küche versucht, Ruths Tonikum, das sie Bernard gegeben hatte, nachzumachen. Tränke waren nicht meine Stärke und ich hatte es geschafft, dreißig verschiedene Tränke zu vermasseln. Ruth wollte mir nicht helfen. Ich hatte sie zu Beginn meiner Experimente darum gebeten, aber sie hatte mich nur angelächelt und weiter aus dem Fenster ihres Schlafzimmers gestarrt.

Ich wollte den Zaubertrank neu ansetzen und ihn testen. Um herauszufinden, ob er wirklich so gefährlich war, wie alle dachten, da ich den echten Zaubertrank nicht in die Finger bekommen konnte.

Sogar Dolores, Beverly und Iris waren mir zu Hilfe geeilt. Endlich hatte der Trank funktioniert, aber die Farbe war falsch. In der Bäckerei hatte der Zaubertrank eine helle Cremefarbe gehabt und dieser hier, egal wie oft wir es versuchten, war immer orange.

Ich drehte mich auf die linke Seite, verlagerte mehr Gewicht auf diese Pobacke, um die Durchblutung zu fördern, und bemerkte Iris, die mich vom nächsten Stuhl aus irritiert anstarrte.

„Was?“, sagte ich. „Ich habe einen tauben Hintern.“

Ronin lachte. „Einen Taubenhintern? Legst du dann auch ein Ei?“ Der Halbvampir saß auf dem Stuhl zu meiner Linken. Er war gekommen, um mich moralisch zu unterstützen. Der Hexenkessel wusste, dass ich die Unterstützung brauchte, und Ruth auch.

„Vielleicht sollten wir einen Spaziergang machen?“ Iris rutschte leicht nach links, was ein Zeichen dafür war, dass auch sie ein Taubheitsgefühl verspürte.

Ich dachte einen Moment lang über ihren Vorschlag nach. „Nein. Ich will hier sein, wenn Ruth rauskommt.“ Was ja auch stimmte. Unabhängig vom Ergebnis oder dem Grad meiner Taubheit musste ich hier sein.

„Hast du mit Marcus gesprochen?“, fragte Iris und ich blickte auf, um Grace anzusehen, die uns von ihrem Schreibtisch auf dem Zimmer am Ende des Flurs anstarrte. Ich starrte zurück und starrte weiter, bis sie wegschaute. Ich wollte nicht von ihr belauscht werden.

Ich seufzte. „Du meinst, ob ich mit dem Idioten gesprochen habe, seit ich ihn rausgeworfen habe?“

„Ja.“

„Nein. Und ich habe es auch nicht vor.“ Eine Welle von Wut stieg in mir auf angesichts der Erinnerung an das, was vor fünf Tagen passiert war. Ich war eine Idiotin gewesen, zu glauben, Marcus würde Ruth retten. Ich hatte ihm mein ganzes Vertrauen geschenkt, und ich war zuversichtlich gewesen, dass er es tun würde.

Jetzt war er da drin, im Konferenzraum mit den anderen, während wir hier saßen und uns das Schlimmste ausmalten.

Und wieder einmal war ich die Idiotin. Jedes Mal,

wenn ich an Marcus dachte, spürte ich einen tiefen, pochenden Schmerz in meiner Brust, als hätte mir jemand einen Ring um den Brustkorb verpasst, der sich zuzog. Ich hasste es, wie ich mich fühlte, wenn er in meiner Nähe war, als könnte ich meine Gefühle nicht kontrollieren. Als ob ich schwach wäre.

Aber ich bin nicht schwach. Ich hatte mir in den letzten Wochen so etwas ähnliches wie Eier wachsen lassen. Ich brauchte ihn nicht, nicht mehr.

Ronin stieß einen langen geräuschvollen Seufzer aus. „Das kann man dem Kerl nicht verübeln."

Wütend drehte ich mich in meinem Stuhl zur Seite und sah ihn direkt an, wobei ich meine Augen zusammenkniff. „Willst du mich jetzt verdammt noch mal verarschen?"

„Beruhige dich, Besenstiel", sagte er mit einem kleinen Lächeln im Gesicht, das ich ihm am liebsten weggeschlagen hätte. „Ich sage nur, dass es nicht seine Schuld war, was mit Ruth passiert ist. Er war nicht einmal hier. Und nach dem, was du mir erzählt hast, hat er es versucht."

„Nicht hart genug." Ich schüttelte den Kopf. „Er hat nicht versucht, die Anschuldigungen zu beseitigen oder ihr die Handschellen abzunehmen."

„Das mag sein", antwortete Ronin. „Aber wenn er es nicht konnte ... bedeutet das, dass er keine Gründe für eine Freilassung finden konnte. Es gab nichts, was er dagegen tun konnte."

Mein Magen zog sich krampfartig zusammen. „Das glaube ich nicht", widersprach ich. „Es gibt immer etwas, was man tun kann. Er ist der Polizeichef. Wenn der Polizeichef keine Anklage fallenlassen kann, wozu hat man dann einen? Man kann ihm genauso gut sagen, dass er seine Sachen packen und gehen soll."

Ronin lehnte seinen Kopf zurück an die Wand und fuhr sich mit der Hand über die Haare, um sicherzugehen, dass sie glatt lagen. „Ich kenne Marcus schon länger als du, Tess, und glaub mir, er liebt Ruth. Ich weiß, dass er alles getan hat, was er konnte."

„Nun, es war nicht genug", sagte ich verbittert. „Nicht annähernd genug. Ich hatte viel mehr von ihm erwartet."

„Er ist den ganzen Tag und die ganze Nacht gefahren, um für Ruth hierher zu kommen", warf Iris ein.

Ich starrte sie finster an.

Iris zuckte mit den Schultern. „Ich meine ja nur."

„Sei still."

„Es bedeutet, dass er sich Sorgen macht."

Ich rieb meine verschwitzten Hände an meinen Oberschenkeln und mein Blutdruck stieg weiter in die Höhe, je länger wir hier ohne Neuigkeiten saßen.

Neuigkeiten. „Grace?", rief ich. „Weißt du, wie lange es noch dauert?"

Grace sah von ihrer Arbeit zu mir auf. Ein Anflug von Verärgerung war in ihrem Gesicht zu sehen, als hätte ich gerade ihr Kreuzworträtsel unterbrochen. Sie presste ihre schmalen Lippen fest aufeinander und blickte wieder auf ihren Schreibtisch hinunter.

„Danke“, rief ich zurück. Gott, diese Frau machte mich wütend.

Die Situation spitzte sich immer weiter zu und ich konnte nichts dagegen tun. Ruth war immer noch in ihrem deprimierten Zustand gewesen, als ich sie in den Konferenzraum hatte gehen sehen. Mir brach das Herz angesichts des Schmerzes, der in ihren Augen zu sehen war.

Ich atmete frustriert aus und stand auf. Ich ging zur Tür des Konferenzraums, legte mein Ohr an die Tür und lauschte. Nichts. Nicht einmal ein Murmeln. Sie hatten den Raum mit einem Schallschutzzauber versehen, wie ihn Marvelous Myrte gemacht hatte, als ich in ihrem Zelt gewesen war, damit Ronin nicht hören konnte, was drinnen vor sich ging.

Da ich wusste, dass es sinnlos war, ging ich zurück und ließ mich auf meinen Stuhl fallen.

„Hattest du Glück?“, erkundigte sich Ronin.

„Nein. Der Raum wurde mit einem Schutzzauber belegt.“

„Schade.“

„Ich wünschte nur, ich wüsste, was da drinnen vor sich geht“, sagte ich verärgert. „Das Nichtwissen ist das Schlimmste.“

„Ich weiß.“ Ronin lehnte sich vor und sagte: „Tess, dein Gesicht ist ganz rot. Du musst dich beruhigen, sonst bekommst du noch einen Herzinfarkt.“

„Wie soll ich mich denn beruhigen, wenn Ruths Leben auf dem Spiel steht? Ich kann es nicht. Ich weiß nicht, wie.“

„Nun, Sex ist der beste Stressabbau, den ich

kenne", sagte der Vampir. „Er kann sogar chronischen Schluckauf heilen."

„Das hat er von mir", warf Iris ein.

Ich brach in Gelächter aus. „Nun, ich leide nicht an Schluckauf."

Ronin lachte. „Nein. Aber du musst dich entspannen." Er stieß mit seinem Fuß gegen meine Umhängetasche auf dem Boden. „Hast du einen Vibrator in der Tasche?"

Ich verschluckte mich an meiner eigenen Spucke. Ich starrte den Vampir an und wusste nicht, was ich sagen sollte.

Iris brach in Gelächter aus und erntete einen finsteren Blick von Grace.

„Was?" Ronin schenkte mir ein Lächeln. „Ein Orgasmus wird deinen Blutdruck senken. Ich sag's ja nur."

Ich wusste, dass mein Freund nur versuchte, mich zum Lachen zu bringen, um die Spannung zu lösen. „Du bist verrückt."

„Du liebst mich", sagte Ronin fröhlich und verschränkte die Hände hinter dem Kopf, während er sich gegen die Wand lehnte.

Ich ließ meinen Blick über meine Freunde schweifen und mein Herz schlug langsamer, als es vor Dankbarkeit anschwoll, weil ich das nicht allein durchmachen musste. Allein hätte ich wahrscheinlich einen Herzinfarkt oder einen Schlaganfall erlitten. Ich wollte Ruth nicht verlieren, nicht, als ich gerade erst begonnen hatte, sie besser kennen zu lernen. Ich liebte meine Tante über alles.

Es gab nichts, was ich nicht für sie tun würde. Nichts.

„Ich bin sicher, es wird alles gut werden", sagte Iris. Ihre zierliche Hand legte sich auf meine und drückte sie. „Ruth hat Bernard nicht umgebracht. Und wenn er durch die Einnahme ihres Trankes gestorben ist, dann war es ein Unfall. Der Graue Rat wird das verstehen."

„Was denkst du, werden sie tun?"

Iris dachte einen Moment darüber nach. „Sie werden die Anklage abweisen, wenn Ruth nichts damit zu tun hatte. Und wenn sie Bernard etwas gegeben hat, gegen das er tödlich allergisch ist, wird sie höchstwahrscheinlich nie wieder für jemanden Zaubertränke herstellen dürfen."

„Stimmt. Na ja, das ist nicht so schlimm." Ich dachte darüber nach, wie sehr Ruth sich aufregen würde, aber wenn sie Bernard aus Versehen umgebracht hatte, wäre das eine gerechte Strafe. Ich sah Iris wieder an. „Und wenn sie sie für schuldig befinden?"

Iris holte aus der Stofftasche zu ihren Füßen ein kleines Fotoalbum hervor und schlug es auf ihrem Schoß auf, wobei ihre Hände über die durchsichtigen Plastikfolien fuhren. „Dann benutzen wir das hier."

Ich beugte mich vor, um einen besseren Blick darauf zu werfen. „Wir werden deine Familienporträts benutzen, um den Grauen Rat umzustimmen?"

„Porträts?" Ronin stand auf und ging um mich herum, um sich auf Iris' andere Seite zu setzen.

Iris zog ihre Hände zurück und ich schnappte nach Luft.

„Keine Familienfotos", sagte ich und ließ meinen Blick von einer Seite des Albums zur anderen wandern.

Was ich zunächst für ein Album mit Bildern von Iris' Familie hielt, war etwas ganz anderes.

Ich starrte mit offenem Mund auf Haarsträhnen und ausgeschnittene Stoffstücke, die aussahen, als gehörten sie einst zu einem Hemd. Einige waren kleine Jeansstücke, aber es gab auch Zähne, Wimper, kleine Röhrchen mit kastanienbraunen Flecken, die wie getrocknetes Blut aussahen, und verschiedene andere kleine Gegenstände, die ich nicht identifizieren konnte. Sie waren alle in ordentlichen Reihen angeordnet und mit Etiketten versehen, die unter jedem Gegenstand klebten. Jedes war mit Namen und Datum versehen.

„Iris", sagte ich, den Blick immer noch auf den unheimlichen menschlichen Zehennagel gerichtet, den ich entdeckt hatte. „Was ist das alles?"

Iris sah mir in die Augen und strahlte. „Das ... ist Dana", sagte sie liebevoll, als wäre das Buch eine echte Person. „Mein kleines schwarzes Buch der Flüche. Ich habe im Laufe der Jahre Material von verschiedenen Halbblütern und Menschen gesammelt. Einige meiner besten Arbeiten habe ich mit Dana gemacht. Die größten und schlimmsten Flüche."

Ronin pfiff. „Ist es falsch, dass ich gerade angetörnt bin?"

Ich war mir nicht sicher, was beunruhigender war: Ronin, den die Zehennägel und Zähne in Iris' Buch antörnten, oder die Tatsache, dass sie sie gesammelt hatte.

Ich starrte auf etwas, das wie ein kleines Stück getrockneten Fleisches aussah. „Hm. Und wozu brauchen wir das?"

„Dana", korrigierte mich Iris.

Okay. „Wozu brauchen wir *Dana*?"

Iris blätterte die Seiten bis etwa zur Mitte durch. Sie zeigte auf ein Stück grauen Stoff. „Das ist ein Stück von Huberts grauem Gewand. Er ist Mitglied des Grauen Rates. Ich habe ihn vorhin erkannt, bevor er mit den anderen reingegangen ist."

„Und das würden wir benutzen, um ... was genau zu tun?"

„Um ihn zu verfluchen." Iris' Augen waren vor Aufregung geweitet. „Herzinfarkt. Schlaganfall. Gehirn-Aneurysma. Explosive Diarrhöe. Unaufhörliches Erbrechen. Was immer du willst. Es ist machbar."

Ich war sowohl beeindruckt als auch ein wenig erschrocken. „Wow. Nun ... das ist ... großartig ... äh... es ist nur ..."

Die Tür zum Konferenzraum öffnete sich.

Ich sprang auf und mein Herz hüpfte in meinem Brustkorb wie ein Pingpong-Ball umher, als fünf grau gekleidete Personen aus dem Konferenzraum stakster, die so deplatziert aussahen wie Jedi-Ritter auf einer Teeparty. Sie bewegten sich mit einer Schnelligkeit, die nicht zu ihrem Alter passte. Alle hatten ihren neunzigsten Geburtstag bereits hinter sich und verhielten sich auf eine Art und Weise, wie es nur wirklich wichtige Leute taten.

„Jetzt oder nie“, sagte Iris, die plötzlich neben mir stand und mir das gruselige Album in die Hand drückte. „Dana hat mich noch nicht im Stich gelassen. Aber du musst sie ein bisschen vorwarnen.“

Ich schüttelte den Kopf, den Blick auf den Konferenzraum gerichtet. „Ich bin sicher, wir brauchen Dana nicht.“ Ich war mir nicht ganz sicher, aber ich war mir sicher, dass es streng verboten war, ein Mitglied des Grauen Rates zu verfluchen.

Als Nächstes kam Adira, gefolgt von ihren Vampirkumpanen, den drei männlichen und der einen weiblichen Person, deren Namen niemand kannte – und Marcus.

Unsere Blicke trafen sich und ja, ich hätte sogar aufhören können zu atmen, aber bevor ich meinen Blick abwenden konnte, richtete Marcus seinen Blick auf Adira und begann ein Gespräch mit ihr, wobei er mir den Rücken zuwandte. Ich hatte das Gefühl, dass er das mit Absicht tat.

Ich spürte ein Zerren in meiner Brust, als würde mein Herz Haarrisse abbekommen. Vielleicht hatte ich vor ein paar Tagen ein klein wenig überreagiert, aber so war es jetzt. Ich musste es akzeptieren. Im Moment hatte ich keine Zeit, über die Konsequenzen meines Handelns nachzudenken, oder darüber, was es für uns bedeutete. Wenn es ein „uns“ gegeben hatte, gab es das nicht mehr.

Als nächstes trat Dolores aus dem Raum, dann

Beverly mit Ruth am Arm. Jeder Muskel in meinem Körper war angespannt. Niemand weinte, dem Hexenkessel sei Dank. Ich betrachtete das als ein gutes Zeichen.

Mit einem Seufzer der Erleichterung eilte ich hinüber und stellte mich vor Beverly und Ruth. „Und? Wie ist es gelaufen? Was haben sie gesagt? Ruth? Was hat der Graue Rat gesagt?"

Ruth sah mir in die Augen und ich konnte nicht deuten, was ich in ihrem Gesicht sah. „Es ist vorbei. Es ist vorbei. Endlich vorbei. Ich bin froh darüber. Das Warten ... Das Warten ist das Schlimmste. Aber jetzt weiß ich es."

Ich sah Beverly an. „Wovon redet sie?"

„Sie meint, dass der Graue Rat ein Urteil gesprochen hat", sagte Dolores, als sie dazu kam und mich ohne zu blinzeln anstarrte, wobei ihre Iris so dunkel war, dass ich nicht erkennen konnte, wo ihre Pupillen waren.

Mein Herz klopfte und meine Knie fühlten sich an, als würden sie gleich aufgeben, als ich Dolores' Gesicht musterte. „Was haben sie entschieden?"

Dolores' Lippen zitterten und sie schluckte schwer, als ob sie versuchte, ihre Gefühle unter Kontrolle zu bringen, was ihr verdammt schwer fiel. „Ruth wurde für schuldig befunden ..."

„Was?" rief ich und sah im Augenwinkel, wie sich Iris und Ronin zu uns gesellten.

„Der Bericht des Gerichtsmediziners besagt, dass schwarze Belladonna in ihrer Mischung war", sagte Beverly, die ihren Arm immer noch um Ruth gelegt hatte, und ich konnte nicht sagen, welche Hexe die Unterstützung am meisten brauchte. „Daran ist Bernard gestorben."

Aus meinem intensiven Studium wusste ich, dass Belladonna als Beruhigungsmittel verwendet wurde und manchmal bei Asthma und starkem Husten und sogar bei Heuschnupfen half. Schwarze Belladonna? Die wurde als Schmerzmittel und zur Betäubung eingesetzt. Und wenn man zu viel davon nahm, führte es definitiv zum Tod.

„Aber Ruth würde das nie in das Gingerweed tun", konterte ich. „Sie weiß es besser. Und es ist ja nicht so, dass sie das nicht schon tausendmal gemacht hätte. Das ist ein Irrtum. Sie haben es falsch verstanden."

„Die Beweise sind eindeutig", sagte Dolores, ihre Stimme war müde und erschöpft.

Ich schüttelte den Kopf und starrte Ruth an. „Ruth? Sprich mit mir."

Langsam hob Ruth ihren Blick zu mir. „Ich ... Ich weiß nicht mehr, ob ich die schwarze Belladonna reingetan habe oder nicht. Mein Verstand ist nicht mehr so klar, wie er einmal war. Ich ... Ich könnte es versehentlich hineingetan haben."

„Nein." Ich schüttelte den Kopf. „Ich weigere mich, das zu glauben."

„Nun, es spielt keine Rolle, was du glaubst", verkündete Dolores. „Der Graue Rat hat sie der fahrlässigen Tötung für schuldig befunden. Sie ist für den Tod von Bernard verantwortlich."

Ich biss die Zähne zusammen, um nicht zu

keuchen, als ich anfing zu zittern. „Was soll das bedeuten?“ Panik überkam mich. Ein Teil von mir hatte gewusst, dass dies passieren könnte, aber ich hätte nie gedacht, dass es so kommen würde.

Tränen flossen aus Beverlys Augen, während ihre Lippen zitterten. Sie öffnete den Mund, aber es kam nur ein Wimmern heraus.

„Das bedeutet“, sagte Dolores, ihre Stimme war höher als sonst, „dass Ruth am Ende dieses Monats, am dreiundzwanzigsten Dezember, ihre fünfjährige Strafe in der Zitadelle von Grimway antreten wird.“

Das Hexengefängnis. Diesmal schnappte ich nach Luft. Eine Welle der Übelkeit überkam mich und ich konnte nicht mehr atmen. Mein Blick fiel auf Marcus und ich sah, wie er mich aus traurigen Augen anstarrte. Ich wandte den Blick ab, bevor ich anfing zu heulen.

„Das kann doch nicht wahr sein“, presste ich hervor. „Das können sie nicht tun. Ruth ist unschuldig.“

„Sie können und sie haben es getan. Ruth hat gestanden. Sie hat zugestimmt, ihre Zeit abzusitzen.“ Dolores hielt sich den Mund zu und ich wusste, dass das ihre Art war, zu sagen, dass sie nicht mehr sagen wollte.

„Wie kann sie etwas gestehen, was sie nicht getan hat?“ Das Band um meine Brust schnürte sich zusammen und ich holte keuchend Luft, was sich wie ein Schluchzen anhörte.

„Ruth, nein“, sagte ich zu ihr und die Tränen

traten in dicken, schweren Tropfen aus meinen Augen.

„Doch." Ruth lächelte mich an, aber es war ein verzerrtes, unechtes Lächeln wie eine Grimasse. „Ich habe ihn umgebracht. Ich habe Bernard vergiftet, seine Frau zur Witwe gemacht, und jetzt werde ich für meine Dummheit bezahlen."

Mir brach das Herz, als Dolores, Beverly und Ruth den Flur hinuntergingen und dann das Gebäude verließen.

Wie konnten die Dinge nur so schnell schief gehen? Aber wie sagt man so schön: Es kann immer noch schlimmer kommen. Und das stimmte.

Morgen war meine zweite Hexenprüfung.

KAPITEL 17

Ich fühlte mich, als wäre ich von einem Bus überfahren worden, der dann stoppte, rückwärtsfuhr und mich dann noch einmal überrollte, nur um sicherzugehen, dass er alle meine Knochen erwischt hatte, auch die allerkleinsten.

Der seelische Schmerz hatte sich verstärkt und war in einen körperlichen übergegangen. Das einzige Mal, dass ich so etwas erlebt hatte, war, als mein Ex – John – mir gesagt hatte, dass er mich nicht mehr liebte. Und doch hatte ich mich erstaunlich schnell davon erholt. Vielleicht hatte ich tief im Inneren schon immer gewusst, dass diese Beziehung nicht von Dauer sein würde.

Aber das hier war anders. Es ging um Ruth. Meine geliebte, sanfte, freundliche Tante Ruth. Die Ruth, die Hausspinnen und Kakerlaken rettete und mit Bienen sprach, als wären sie kleine gelb-schwarze Kätzchen.

Die Schmerzen und das riesige, ständige Pochen

waren das Ergebnis des Schlafmangels der letzten Tage, wenn man es überhaupt als Mangel bezeichnen konnte – eher als nicht vorhandener Schlaf.

Ich konnte nicht schlafen. Meine Tanten waren hysterisch, weinten und schluchzten. Die Nachricht war einfach so verdammt niederschmetternd gewesen und ich stand unter Schock oder leugnete es, wahrscheinlich beides. Ihre Welt war auf den Kopf gestellt worden. Und jetzt würden sie auch noch Ruth verlieren.

Zu allem Überfluss war Ruth gestern Abend in meinem Zimmer aufgetaucht, um mir Glück zu wünschen.

Viel Glück für morgen“, hatte sie gesagt, mit einem warmen, beruhigenden Lächeln. „Aber ich bin sicher, du wirst es nicht brauchen. Du wirst es schon schaffen. Es wird alles gutgehen.“

Ich hatte einfach nur dagestanden, meine Lippen waren unfähig gewesen, Worte zu bilden. Während ihre Welt zusammenbrach, hatte sie sich an mich erinnert und sich einen Moment Zeit genommen, um mir Glück zu wünschen.

Ich hatte mich sehr beherrschen müssen, um nicht in Tränen auszubrechen.

Jetzt musste ich diese verdammten Merlin-Prüfungen erst recht bestehen. Zumindest würde ich es für meine Tante Ruth tun.

Ruth würde nicht in die Grimway-Zitadelle gehen. Niemals. Das würde nicht passieren. Wir hatten noch sechzehn Tage, bevor sie gehen musste. Genug Zeit, um gegen die Entscheidung des Grauen

Rates Einspruch zu erheben – oder um herauszufinden, wer die schwarze Belladonna mit ihrem Trank vermischt hatte. Ruth würde so einen Fehler *niemals* machen und ich würde nicht eher ruhen, bis ich herausgefunden hätte, wer es gewesen war.

Da ich vergessen hatte, vor dem nächsten Morgen auszuschlafen, und nicht wollte, dass Marina meine zweite Prüfung sabotierte (obwohl keine E-Mails geschickt worden waren), war ich aus dem Bett gesprungen, hatte mir die Zähne geputzt, mir ein paar Proteinriegel und eine Wasserflasche geschnappt und war um vier Uhr morgens in die Ley-Linie gesprungen.

Ich hatte es so eilig gehabt zu springen, dass ich vergessen hatte, wie kalt es im Dezember so früh am Morgen werden konnte, bevor die Sonne die Luft ein wenig aufwärmte. Obwohl ich meinen Wintermantel anhatte, war mir nicht warm genug, um weitere drei bis vier Stunden bei eisiger Kälte draußen zu warten, bis jemand die Türen von Montevalley House aufschloss.

Stellt euch vor, wie überrascht ich war, als ich auf der Suche nach einem Sitzplatz, von dem ich keine Taubheitsgefühle bekommen würde, vor die große Eingangstür trat und sie aufschwang und mich einließ.

Jetzt, drei Stunden und zwei Proteinriegel später, stand ich mit dem Rest der Hexen in einem kalten, höhlenartigen Raum unter Montevalley House.

Wir befanden uns im Untergeschoss des Hauses, im Verlies, in den Eingeweiden des Gebäudes. Ja, und es stank auch so, als hätte die Putzkolonne ein paar Jahre lang vergessen, die Toiletten zu reinigen. Die Luft war feucht und heiß, und obwohl ich froh war, meinen dicken Wintermantel im Gemeinschaftsraum gelassen zu haben, klebte die Luft wie eine ekelerregende Schicht auf meiner Haut. An den Wänden hingen Fackeln, sie waren die einzige Lichtquelle. Ich fühlte mich wie in einem mittelalterlichen Kerker. Das war wohl die Stimmung, die sie vermitteln wollten.

Die Deckenhöhe schätzte ich auf etwa fünf Meter, die Decke wurde hier und da von Pfeilern und Balken gestützt, die angesichts des Ausmaßes an Verfall und Fäulnis aussahen, als seien sie vor Jahrhunderten eingebaut worden. Die Höhlenwände bestanden aus einer Mischung aus Fels und Stein. Der Boden bestand aus kompakter Erde und Schmutz. Das Untergeschoss war riesig, genauso groß wie das erste Stockwerk des Hauses, mit ebenso vielen Räumen und Gängen. Hinzu kamen die Dunkelheit und die schattigen Ecken, und jeder konnte sich hier verirren, wenn er den Weg nicht kannte. Es war ein verdammtes unterirdisches Labyrinth.

Eine Hexendienerin oder Assistentin war ein paar Minuten vor sieben Uhr morgens in den Gemeinschaftsraum gekommen und hatte uns angewiesen, ihr in den Keller zu folgen. Sie hatte uns durch verwinkelte Gänge und über Steintreppen hinuntergeführt, bis wir schließlich durch einen Torbogen in ein Gewölbe von der Größe des Gemeinschaftsraums gelangt waren, das eine einzige Tür am anderen Ende hatte.

„Wartet hier“, hatte sie befohlen und war dann wieder denselben Gang hinunter verschwunden.

Ich schaute mich nervös um. Ich hatte keine Ahnung, was mich erwartete, aber wenigstens war ich diesmal rechtzeitig hier. Ein leises Gemurmel erfüllte die Kammer, als sich ein paar Hexen miteinander unterhielten, aber die meisten Hexen waren still.

Das Geräusch von sich nähernden Schritten erreichte mich und ich drehte mich um, um zu sehen, wie ein kleiner, männlicher Hexer mit braunem, mausfarbenem Haar und einer Brille, die ihm zu groß zu sein schien, an meiner Seite erschien.

„Hi“, sagte Willis. Die Vorderseite seines Hemdes zierte ein großer Zahnpastafleck und er zitterte wie Espenlaub. „Tessa, richtig?“

„Richtig. Hi, Willis.“ Ich hatte mich ihm nicht vorgestellt, aber das hatte Greta für mich getan – vor allen Leuten im großen Saal am Begrüßungstag.

Willis schob seine Brille mit einem zittrigen Finger auf den Nasenrücken zurück. „Nervös? Ich bin es. Ich habe die erste Prüfung nicht bestanden. Kannst du das glauben? Das dreizehnte Mal und ich habe es immer noch nicht geschafft. Man sollte meinen, ich wäre inzwischen ein Experte.“ Er lachte nervös. „Ich bin wahrscheinlich der einzige, der nicht bestanden hat. Wenn ich bei der zweiten Prüfung auch durchfalle ...“ Willis blickte auf seine Schuhe hinunter, unfähig zu beenden, was er sagen wollte.

Mir tat das Herz weh, als ich das Elend und die Niederlage auf seinem Gesicht sah. Verdammt, er fühlte genauso wie ich.

„Ich habe auch nicht bestanden", gestand ich ihm, als mir klar wurde, dass wir wahrscheinlich die Einzigen waren. „Dann sind wir wohl zu zweit."

Willis' Augen weiteten sich hinter seiner Brille. „Wirklich? Das ist toll – Äh, nein, ich will nicht sagen, dass es toll ist, dass du durchgefallen bist, aber wenigstens bin ich nicht der Einzige." Er runzelte die Stirn. „Es kommt nicht so rüber, wie ich es will."

Ich lachte. „Mach dir nichts draus. Ich weiß, was du meinst."

Ich sah, wie ein paar Hexen uns angrinsten. Sie waren Mitte zwanzig, drei Männer und fünf Frauen, und sie trugen alle teuer aussehende Designerkleidung.

Sie sahen uns an wie Versager, wie Verlierer. Ein paar von ihnen lachten, ihre Augen waren auf Willis gerichtet. Als sein Gesicht so rot wurde, wie ich es nicht für möglich gehalten hätte, wusste ich, dass er sie gesehen hatte.

Aber ich war älter. Weiser. Und mein Ego war jetzt riesig.

Also schenkte ich ihnen mein bestes Lächeln und zeigte ihnen meinen Mittelfinger. Sie blickten mich verärgert an, aber sie hörten auf, uns anzustarren. Das werte ich als Sieg.

Und damit war mein Spaß auch schon zu Ende.

Aus dem Schatten des Kellers trat ein großer, dünner Mann, der nur mit einer schwarzen Hose und

Stiefeln bekleidet war und ein böses Grinsen im Gesicht trug. Sein dunkles Haar war zu einem Pferdeschwanz zusammengebunden, so dass sein Ziegenbart hervorstach. Seine nackte Brust war vollständig mit Tätowierungen bedeckt. Die Runen und Zeichen bedeckten seine Arme und Schultern, bis hinauf zum Hals. Der Kerl liebte Tattoos. Er war nicht groß wie ein Bodybuilder, eher wie ein Cross-Fit-Sportler, durchtrainiert und muskulös.

Silas, der zweite Prüfer.

Er verschränkte die Arme vor der Brust und stellte seine Runen und Siegel zur Schau. „Sechsundneunzig von euch haben an der ersten Prüfung teilgenommen, und zweiundfünfzig von euch sind durchgefallen“, sagte er, seine Stimme war rau und hatte einen Akzent, den ich nicht zuordnen konnte.

Zweiundfünfzig?

Obwohl ich es in meinem Kopf gesagt hatte, drehte sich Willis sich um und sah mich an, seine Überraschung spiegelte meine eigene wider. Wir waren wohl nicht die einzigen Verlierer hier, aber ich fühlte mich dadurch nicht besser.

„Hinter mir, durch diese Tür, ist eure zweite Prüfung.“ Seine Stimme war verächtlich, selbstbewusst und strotzte vor absoluter Selbstzufriedenheit. „Das Merlin-Labyrinth.“

Ich fluchte. „Ich hasse es, recht zu haben“, murmelte ich vor mich hin.

„Und wie in jedem Labyrinth muss man die Mitte erreichen.“

Jemand lachte und Silas’ Blick wandte sich nach

links. „Glaubst du, das ist einfach? Glaubst du das?" Sein Gesicht verzog sich grotesk. „Lasst mich das klarstellen. Da die meisten von euch Schwachköpfen schon bei der ersten Prüfung durchgefallen sind, die übrigens die leichteste war, bedeutet das, dass es nicht viel Hoffnung für euch Loser gibt."

„Was für ein Schmeichler", sagte ich zu niemandem speziell.

Sein Blick richtete sich auf mich. „Was hast du gesagt?"

„Nichts. Ich freue mich nur darauf, anzufangen." Ich lächelte. Er lächelte nicht zurück.

Silas starrte mich einen Moment lang an. „Es ist ganz einfach. Erreiche die Mitte des Labyrinths und du bestehst die Prüfung." Sein finsterer Gesichtsausdruck verblasste und wurde durch eine professionelle, ausdruckslose Maske ersetzt. „Ihr werdet in zwei Gruppen eingeteilt", fuhr er mit einem spöttischen Unterton in seiner Stimme fort. „Die Gewinner und die Verlierer."

„Na toll." Was für ein Mistkerl.

Silas' Blick wanderte über die Gruppe der Hexen. „Alle, die die erste Prüfung bestanden haben, treten bitte vor."

Alle Hexen, die die Prüfung bestanden hatten – zu meiner großen Enttäuschung auch diejenigen, die uns verspottet hatten – traten gemeinsam vor und ließen die zweiundfünfzig von uns, die durchgefallen waren, beschämt zurück. Wenn seine Taktik darauf abzielte, uns in Verlegenheit zu bringen, ging sie auf.

Eine tätowierte Rune auf Silas' rechtem Arm

leuchtete rot auf. Er schnippte mit den Fingern und eine riesige Digitaluhr erschien an der Wand links von der Tür. Rot leuchtende Zahlen blinkten 59:99.

Mein Blick wanderte zurück zu der Rune auf seinem Arm und ich beobachtete, wie sie von Rot zu einem dumpfen Schwarz verblasste. Mir wurde klar, dass der Mann seine Kraft aus den Runen und Zeichen bezog, die auf seine Haut tätowiert waren. Seine Tattoos waren seine Magie. Er brauchte keinen Kreis zu ziehen, keinen Zauberspruch auszusprechen oder eine Beschwörungsformel zu rezitieren. Der Kerl war ein wandelndes Zauberbuch.

Ich hätte es cool gefunden, wenn ich den Tätowierer nicht ohnehin schon hassen würde.

„Ihr habt sechzig Minuten Zeit, um das Zentrum des Labyrinths zu erreichen“, sagte Silas. „Wenn ihr das nicht schafft, verdient ihr es nicht, ein Merlin zu sein.“ Er ließ seinen Blick über die Gruppe wandern. „Jeder, der das Zentrum des Labyrinths nicht erreicht hat, wenn diese Uhr auf Null steht, hat verloren.“

Meine Gruppe, die Verlierergruppe, bewegte sich nervös, und die Spannung in der Kammer wuchs, während sie immer wieder auf die Uhr schauten. Mir wurde klar, dass sechzig Minuten nicht viel Zeit waren, um sich dem zu stellen, was uns bevorstand.

„Verlierer“, rief Silas. „Ihr bekommt eine fünfzehnminütige Strafe.“

„Was?“, rief ich, unfähig, mich zu kontrollieren.

Silas’ dunkle Augen blickten in meine und er hob herausfordernd eine Augenbraue. „Die Verlierer dürfen *erst* durch diese Tür, wenn die Uhr fünfundvierzig anzeigt."

Willis gab ein kleines Quieken von sich. Der Hexer klang tatsächlich wie eine Maus.

Okay, sie spielten also nicht fair. Ich auch nicht. Zeig, was du drauf hast, Tommy Lee.

Als mein Blick wieder zu Silas wanderte, leuchtete eine weitere Rune auf seinem rechten Bizeps tiefrot auf und die Tür hinter ihm öffnete sich. Er bewegte sich zur Seite, und ich versuchte, hindurchzuspähen, aber alles, was ich sehen konnte, waren weitere Steinwände, die in Schatten endeten.

„Gewinner", rief Silas. „Ihr seid dran."

Wie ein Rudel wilder Hyänen setzten sich die Hexen, die als „Gewinner" galten, in Bewegung, schubsten und stießen sich gegenseitig und rannten durch die offene Tür, als würden sie von einem riesigen Trichter angesaugt.

Sie sahen wie Idioten aus, aber ich verstand ihre Eile vollkommen. Ich würde dasselbe tun, wenn ich an der Reihe wäre. Ich würde es für Ruth tun.

Nachdem die letzte Hexe der Gruppe durch war, schloss sich die Tür wieder.

Silas stellte sich davor, wie ein Türsteher in einem Club, und verschränkte erneut die Arme vor der Brust.

Und so stand er für weitere fünfzehn Minuten da, ohne sich zu bewegen, wie eine gruselige Wachsfigur oder eine Filmrequisite, während der Rest von uns einen Platz zum Sitzen fand.

55:00

Willis sagte kein einziges Wort zu mir, als wir nebeneinander saßen, jeder von uns war in seiner eigenen Version der Hölle verloren. Es war klar. Wir Verlierer konnten nicht damit rechnen, diese Prüfung zu bestehen, nicht mit einer fünfzehnminütigen Zeitstrafe.

50:00

Es waren die schlimmsten fünfzehn Minuten meines Lebens. Die Zeit verging schneller als normal und ich starrte auf die leuchtenden Zahlen, die sich weiter reduzierten.

47:00

Ich holte mein Handy aus der Tasche, tippte auf meine Stoppuhr-App und stellte einen Countdown ein, der zu dem an der Wand passte. Bevor ich sie einschaltete, warf ich einen Blick auf die riesige Uhr an der Wand und wartete darauf, dass sie sich veränderte ...

45:59

Ich tippte die Countdown-App an.

Ich stand auf und alle folgten meinem Beispiel, mein Körper zitterte dank des einschießenden Adrenalins, das durch meine Adern pochte und mein Blut zum Kochen brachte. Ich zählte in meinem Kopf und stellte mich direkt vor Silas auf. Er rührte sich nicht. Das war mir egal. Sobald sich die Tür öffnete, würde ich durch ihn hindurch rennen, wenn er mir nicht aus dem Weg ginge.

45:20

Zweiundfünfzig von uns würden in weniger als zwanzig Sekunden durch diese Tür gehen. Es war eine klitzekleine Tür und es waren verdammt viele Hexen.

Möge die beste Hexe gewinnen.

45:00

Ich blinzelte. Silas wich zur Seite, als die Tür aufschwang.

Und ich stürmte hindurch.

KAPITEL 18

Ich rannte die schwach beleuchteten Steinmauern entlang und fühlte mich wie eine Laborratte in einer Forschungseinrichtung, die auf der Jagd nach Käse war.

Ein Teil von mir fühlte sich wie eine Idiotin. Der andere Teil, der Teil mit dem Siegeswillen, wusste, dass ich nicht nur für mich rannte. Ich rannte für Ruth.

Wir, zweiundfünfzig Verlierer, rannten alle blindlings, denn, seien wir ehrlich, wir hatten keine Ahnung, was uns erwartete. Hinter mir füllte sich die Luft mit Stimmen, die Zaubersprüche und Beschwörungsformeln murmelten. Der modrige, feuchte, mineralische Geruch des Labyrinths strömte in meine Nase und füllte meine Lungen.

Dann öffnete sich der Tunnel zu einem Dutzend weiterer Gänge und Öffnungen. Das Labyrinth. Ich hatte keine Ahnung, welcher Weg zum Zentrum führte. Vielleicht taten sie es alle. Mit diesem

Gedanken wählte ich einen mittleren Tunnel und rannte ...

Etwas traf mich an der Seite und ich kippte nach vorne wie eine Stuntfrau in einem Actionfilm. Im Gegensatz zu einer erfahrenen Stuntfrau hatte ich für meine Landung keinerlei Training. Und mit meinem ohnehin schon schnellen Tempo wusste ich, dass ich hart auf dem Boden aufschlagen würde.

Und so war es.

Die Luft wurde aus meinen Lungen gepresst, als ich auf dem harten Boden aufschlug. Schmerzen explodierten in meiner linken Hüfte und meinem Ellbogen, und ich schluckte etwas Dreck.

Ich spuckte auf den Boden. „Aua."

Ich bemühte mich, nicht daran zu denken, was ich gerade im Mund gehabt hatte, als ich auf die Beine kam und mich fragte, wer mich geschlagen hatte und warum.

Eine Faust traf meinen Kiefer.

Ich sah Sterne, als ich wieder auf dem Boden aufschlug. Mein Schrei hallte durch den Tunnel, als mir jemand in den Magen trat – zweimal – bevor er weiterging. Als ich aufblickte, sah ich nur ein großes rothaariges Hexenmännchen, das durch den mittleren Tunnel sprintete.

Der Mistkerl hatte mich überrumpelt. Das würde nicht wieder vorkommen.

Ich war mir immer noch nicht sicher, warum er das getan hatte. Erst als ich hinter mich blickte, verstand ich.

Unsere gesamte Verlierergruppe kämpfte gegeneinander. Und wenn ich sage kämpfen, dann meine ich nicht ein paar Ohrfeigen und ein paar Haare ziehen. Nein, es war eine ernsthafte Schlägerei mit einer Mischung aus physischen und magischen Schlägen.

Ich starrte mit offenem Mund auf die wildeste, brutalste, magische Schlägerei, die ich je gesehen hatte.

Zehn Hexen kehrten in offensichtlicher Panik zum Eingang des Labyrinths zurück, ihre Flucht war hastig und schnell, sie ließen auf der Flucht ihre Taschen und sogar ihre Handys fallen. Laute Schreie hallten im Tunnel wider. Eine Männerstimme stieß einen schrillen, trotzigen Schrei aus.

Mit einem Getöse aus Licht und Schall erhellte ein Blitz aus blendend roten und violetten Funken den Tunnel wie ein Feuerwerk, als die Hexen ihre Magie wie automatische Waffen aufeinander schleuderten.

Der Boden und die Wände erzitterten unter dem magischen Feuer. Lateinische Worte waren in dem ganzen Geschrei zu hören, als die Hexen sich verzweifelt verteidigten. Durch die Schreie hindurch erklang das dumpfe, schwere und vertraute Geräusch einer geschlossenen Faust, die immer wieder auf Fleisch traf. Auf weitere Schreie folgte eine Pause und dann das gurgelnde Geräusch von jemandem, der erstickte, bevor es gänzlich abebbte.

Ich konnte mindestens ein Dutzend tote oder bewusstlose Hexen ausmachen, die in unnatürlichen Körperhaltungen auf dem Boden lagen.

Das war Wahnsinn.

Ich biss die Zähne zusammen, Wut erfüllte mich. „Was zum Teufel ist los mit euch!“, brüllte ich. Ich sah mich nach Willis um, aber ich konnte nichts sehen, außer den Blitzen vielfarbiger Magie und dem Gewusel aus Armen und Beinen, als die Hexen weiter kämpften.

Die Rufe und Schreie wurden schnell lauter und lauter, bis sie zu einem wahnsinnigen Gebrüll wurden. Es lag keine Würde in diesem Klang. Keine Selbstbeherrschung. Sie hatten alle ihren Verstand verloren.

Na toll. Man bringe eine Gruppe von Menschen zusammen, füge Angst und Verzweiflung hinzu, und man erhält den Fight Club – aber mit Hexenzauber und ohne Regeln.

Ich hatte das Gefühl, dass Silas gewusst hatte, dass das passieren würde. Er hatte gewollt, dass es passierte. Er hatte noch Öl ins Feuer gegossen, indem er uns als Verlierer bezeichnet und fünfzehn Minuten abgezogen hatte.

Und die Zeit tickte schnell.

Wenn ich blieb, könnte ich durch einen Blitz der Magie getötet werden. Das würde nicht passieren.

Entschlossen rannte ich dem Rotschopf durch den Mitteltunnel hinterher. Ich schuldete ihm noch ein paar Tritte in seine Eier.

Ich flitzte durch den Gang, meine Wut und Frustration trieben mich an, als ich das Geschrei hinter mir ließ. Ich rannte so schnell, bis ich die Kämpfe kaum noch hören konnte, bis ich nur noch meine

Stiefel auf dem festen Boden und meinen schweren Atem hörte.

Ich bewegte mich mit hochsensiblen Sinnen und war auf der Hut, denn ich wusste, dass der Rothaarige im Schatten lauern könnte, um sich erneut auf mich zu stürzen. Diesmal nicht. Ich hatte das perfekte Machtwort, das ich gegen diesen Mistkerl einsetzen konnte. Und ich konnte es kaum erwarten, es auf ihn anzuwenden.

Ich verlangsamte meine Schritte und lauschte, während mein Herz in meiner Brust pochte, als wollte es meinen Körper verlassen. Es war müde von den ständigen Beschimpfungen, und ich konnte es ihm nicht verdenken.

Ich schaute auf mein Handy. Die Stoppuhr-App zeigte: 40:00. Es war noch viel Zeit. Oder? Wahrscheinlich nicht. Aber ich hatte keine andere Wahl.

„Du schaffst das“, feuerte ich mich leise selbst an. „Weil ... du es schaffen musst.“

Ich betrat einen Ort, der noch nie das Gesicht der Sonne gesehen, noch nie das Flüstern des Windes gehört hatte. Der Tunnel war dunkel, eng, kalt und äußerst unheimlich. Wer wusste schon, was für unheimliche Krabbeltiere hier lebten? Große, riesige, geifernde, alles verschlingende Krabbeltiere.

Weitere Steinwände mit identischen Wandfackeln zogen an mir vorbei, als ich die Gänge entlang rannte. Die Tunnel waren eng und zwangen die Besucher dazu, auf bestimmten Wegen zu bleiben. Ich spähte durch ein paar Öffnungen, Abzweigungen, die nirgendwohin führten, und ein Gefühl der Klaustrophobie überkam mich.

Ich war keine Idiotin. Es würde niemals leicht sein, einfach in die Mitte zu wandern, denn was hätte das für einen Sinn? Dies war eine Prüfung. Prüfungen erforderten ein gewisses Maß an Kampf, einen Test der Leistungsfähigkeit. Irgendetwas oder irgendjemand würde da sein, um mich aufzuhalten. Ich wusste nur nicht, wann es auftauchen würde.

Nach ein paar Minuten des Gehens durchfuhr mich ein Anflug von Panik. War ich vielleicht die ganze Zeit im Kreis gegangen? Hatte ich mich verlaufen?

Ich war so sehr mit mir selbst beschäftigt, dass es schon fast zu spät war, als ich die Kröte sah.

„Ah!", schrie ich.

„Quaaak!", rief die Kröte.

Schreiend wie eine Todesfee warf ich mich zurück und schlug gegen eine Seitenwand, ich hielt die Hände in der Luft vor mir ausgestreckt, das Machtwort lag noch immer auf meiner Zunge.

Die Kröte war riesig, so groß wie ein Bär, und fast so groß wie ich. Ihre Haut war rau, erdbraun und mit großen Beulen übersät. Zwei rote Augen mit einem schwarzen Querstrich starrten mich abschätzend an, in ihnen funkelte die Magie. Aus ihren Mundwinkeln sabberten gelbe Spuckefäden, die bis zum Boden reichten. Bäh.

Und die riesige Kröte versperrte mir den Weg. Das war ihr Zweck, was mir zumindest sagte, dass ich in die richtige Richtung ging. Aber es bedeutete auch, dass ich an der verdammten Kreatur vorbeikommen musste.

So viel dazu, dass die Prüfung einfach war. „Hey, Kumpel. Kannst du mich vorbeilassen?“ Ich war eine Hexe und Kröten machten mir keine Angst. Zum Teufel, die meisten von uns hatten sie entweder als Vertraute oder warfen sie in unsere Kessel. Ich war kein Fan von Letzterem.

Aber ich war nicht an Kröten von der Größe eines Grizzlybären gewöhnt. Und je länger ich hier stand und diskutierte, desto mehr Minuten und Sekunden verschwendete ich. Mir lief die Zeit davon.

Doch dieses Ding war groß, übergroß mit einem riesengroßen Bauch und riesigen Händen und Füßen, und mit einem noch größeren Maul.

Mit klopfendem Herzen stieß ich mich von der Wand ab und machte einen vorsichtigen Schritt nach vorn, wobei mich die Kröte mit ihren Augen verfolgte.

Ich schnitt eine Grimasse angesichts des Geruchs. „Verdammt. Du stinkst. Je größer die Kröte, desto größer der Gestank, oder wie funktioniert das?“ Ich lachte und dachte, ich wäre urkomisch.

Das Maul der Kröte öffnete sich mit einem leisen Zischen und ihre Kehle zog sich seltsam zusammen, bis sie wie ein Ballon anschwoll.

Ich hatte genug Naturkanäle gesehen, um zu wissen, was das bedeutete.

Ich zapfte die Elemente um mich herum an, konzentrierte meinen Willen, hob die Hände und schrie: „Accen...“

Eine Kugel in der Größe eines Fußballs kam mit beängstigender Geschwindigkeit auf mich zu.

Da ich den Rest meines Machtwortes vergessen hatte, duckte ich mich, warf mich zu Boden und landete mit einem dumpfen Aufprall auf dem harten Boden, der meine Rippen schmerzen ließ, während der Rotz der Kröte mit einem dumpfen Aufprall an der Wand aufschlug, wo mein Kopf gewesen wäre.

Und dann geschah etwas Schreckliches.

Der gelbe Rotz zischte und knallte, während Dampfschwaden aufstiegen. Ein runder Teil der Steinwand löste sich in einer Wolke aus gelbem Nebel und üblem Gestank auf. Tröpfchen der gelben Flüssigkeit fielen auf den Boden, und wo sie auftrafen, entstanden innerhalb von drei Sekunden kleine Löcher.

Ich verfiel in ein hysterisches Lachen. „Du hast säurehaltigen Rotz? Natürlich hast du das. Wie dumm von mir“, sagte ich und kam auf die Füße, wobei mir der üble Geruch in die Nase stieg. Ich wusste, dass Kröten giftige Sekrete hatten. Ich war gerade Zeuge eines giftigen Sekrets von gigantischen Ausmaßen geworden.

Die Angst kroch meine Wirbelsäule hinauf, bis es mir vorkam, als hätte ich einen Eiszapfen anstelle von Knochen.

Wenn dieser Rotz mich berührte ... würde meine Haut, meine Knochen, alles zersetzt werden. Waren diese Prüfungen alle so sadistisch? Waren sie bereit, die Hexen in der Ausbildung zu töten?

Wut ersetzte meine Angst in einem Augenblick.

Ich würde nicht von einer riesigen Kröte besiegt werden. Denn, nun ja, das wäre erniedrigend.

Ich stampfte mit den Füßen auf. Die Riesenkröte bewegte sich kaum, wahrscheinlich weil sie einfach zu verdammt groß war. Ich würde diesen Mistkerl grillen.

Ich wandte mich der Kröte zu, die Finger gespreizt und die Handflächen nach ihr ausgestreckt. Das Maul der Kröte öffnete sich wieder, und sie gab ein glitschiges, zischendes Geräusch von sich.

„Accendo!", rief ich und wollte meine Angst – nicht vor der Kröte, sondern vor dem Versagen – in eine greifbare Form bringen und richtete sie auf die riesige Amphibie. Meine Angst und das Adrenalin schossen in Form eines Feuerballs aus meinen Fingerspitzen.

Ein weiteres Kügelchen aus saurem Schleim raste auf mich zu.

Der Feuerball erwischte den Klecks mitten in der Luft – und er zerplatzte in einer Wolke aus Asche und Glut.

„Hah!", rief ich und führte einen kleinen Siegestanz auf. Als die Magie ihren Tribut forderte, überkam mich eine Welle der Übelkeit. Aber ich war so high vom Adrenalin, dass ich es kaum spürte.

Die Kröte rülpste und lenkte meine Aufmerksamkeit wieder auf sich, als sie ihr Maul öffnete.

„Warum? Warum kann ich nie eine Pause machen?" Ich machte mich bereit und zapfte meinen Willen an. „Accendo!", rief ich und schleuderte einen weiteren Feuerball auf sie.

Der Feuerball traf die Kröte und meine Zuversicht stieg.

Dann geschah das Unerwartete.

Die Kröte verbrannte nicht oder explodierte auch nicht zu Asche. Stattdessen wölbte und bewegte sich der Körper des Dings. Gelenke knackten, die Haut blubberte und dehnte sich zu gigantischen Ausmaßen. Ihre Beine und Arme wurden dicker und länger. Die Kröte wuchs und schwoll an, bis ihr Körper so groß war, dass er den gesamten Tunnelraum ausfüllte.

„Diese Prüfung ist zum Kotzen", murmelte ich und hasste das Gefühl der Niederlage, das ich verspürte.

Die Kröte schnappte nach mir. Eine graubraune Zunge peitschte aus ihrem Maul.

Ich sprang nach links, erinnerte mich aber zu spät daran, dass ich mich in einem Tunnel ohne viel Platz befand, und krachte gegen die Steinwand.

Das würde morgen wehtun.

Die Zunge schlang sich um meinen linken Unterschenkel und riss mich nach vorne. Meine Füße verließen den festen Boden, ich wurde durch den Tunnel geschleift und prallte gegen die gegenüberliegende Wand. Ich rutschte zu Boden, als ich spürte, wie sich die Zunge löste.

Ich biss die Zähne zusammen, als qualvolle Schmerzen durch meinen Körper schossen. Meine Nerven pulsierten, ich verspürte ein Brennen, und ein Urlaut aus Schmerz und Entschlossenheit entkam meiner Kehle.

Denk nach, Tessa. Denk nach!

Es war klar. Wenn ich einen weiteren Feuerball versuchte, würde die Kröte wieder wachsen. Aber wie sollte ich dann an ihr vorbeikommen?

Ich konnte versuchen, über sie zu klettern, aber wenn das nicht klappte, würde sie mich zu Tode quetschen.

Es gab nur eine Möglichkeit, wie ich auf die andere Seite des Tunnels gelangen konnte.

„Vergiss es." Ich atmete aus. „Okay, Stinker. Wenn ich nicht über dich hinweggehen kann ... und dich nicht besiegen kann ... dann gehe ich *durch* dich hindurch."

Ich hatte mich entschlossen. Ich würde durch ihr Maul gehen. Wenn ich drin war, konnte ich mich entweder rausbrennen oder eine Öffnung sprengen, die groß genug für einen Ausgang war.

Jawohl. Ich war verrückt. Das Ding hatte sauren Rotz. Aber jeder wusste, dass man ein bisschen verrückt sein musste, um eine Hexe zu sein.

Ich musste glauben, dass das Unmögliche möglich war.

„Los geht's."

Ich stellte mich der Riesenkröte gegenüber, ging in die Hocke und wartete. Ich würde nur einen Versuch haben. Ich betete zum Hexenkessel, dass ich recht hatte. Wenn nicht, würde mich die Säure umbringen.

Die Kröte sah mich erwartungsvoll an.

Mein Puls pochte, als ich mich kleiner machte. „Das wird ätzend werden."

Die Kreatur öffnete ihr Maul.

Ich setzte mich in Bewegung, machte mich auf den Weg zu ihrem großen, ekelhaften, nach Kanalisation riechenden Maul und sprang hinein.

Ich hielt den Atem an, als meine Stiefel auf etwas Weiches trafen, als würde ich auf einem riesigen Schwamm laufen. Ich blinzelte in die Dunkelheit. Ich konnte nichts sehen. Und einen schrecklichen Moment lang überkam mich Panik. Vielleicht war das doch keine so gute Idee gewesen.

Ich spürte einen Ruck in meinem Inneren, dann trafen meine Stiefel wieder auf festen Boden und ich blinzelte in den schwach beleuchteten Tunnel.

Die Kröte war weg. Sie war verschwunden. Ich drehte mich auf der Stelle um und suchte nach irgendeinem Hinweis auf die Kröte, aber da war nichts. Es war, als hätte sie nie existiert.

Silas hatte einen seltsamen Sinn für Humor.

Ein Anflug von Genugtuung nahm mir den Atem. Aber meine gute Laune verflog, als ich die Stoppuhr-App auf meinem Handy checkte. Die Zahl *25:00* blitzte auf.

Ich hatte keine Ahnung, wie nahe ich dem Zentrum des Labyrinths war oder wie viele andere Kröten oder Kreaturen ich noch zu Gesicht bekommen würde, bevor ich dort ankam. Denn ich wusste, dass noch mehr kommen würden.

Und wenn ich *Glück* hatte, waren sie wahrscheinlich schlimmer ... viel schlimmer.

KAPITEL 19

Meine Schritte hallten von den Steinwänden zurück, ohne dass ein anderes Geräusch zu hören war. Ich fühlte mich wirklich allein, als wäre ich die Einzige in diesem unterirdischen Labyrinth, obwohl ich wusste, dass ich es nicht war. Ich hatte keine Ahnung, ob ich in die richtige Richtung ging. Ich ging einfach weiter und hoffte, dass ich das Richtige tat. Das Tunnellabyrinth war riesig.

Ich hatte keine anderen Hexen mehr getroffen, auch nicht den Rotschopf, dem ich noch ein paar Tritte in seine Eier schuldete. Vielleicht hatte er sich verlaufen. Vielleicht hat ihn seine Kröte zerquetscht. Oder vielleicht war er bereits von einer anderen Kreatur erledigt worden.

Der Gedanke, dass er mich angegriffen hatte, machte mich wütend, aber er trieb auch meine Beine an, schneller zu laufen.

Ich hatte jetzt weniger als fünfundzwanzig Minuten, um das Zentrum zu erreichen. Das mochte sich nach viel Zeit anhören, aber nachdem ich die Riesenkröte besiegt hatte, wusste ich, dass alles, was Silas mir noch zumuten würde, eine größere Herausforderung sein würde. Mein Verstand sagte mir auch, dass ich besser und schneller handeln musste.

Ja. Nur kein Druck.

Und während ich in meinem Kopf nach Antworten suchte, weil es nicht viel anderes zu tun gab, als ich durch dunkle, düstere Tunnel wanderte, wurde mir klar, dass es bei dieser Prüfung nicht nur darum ging, unsere körperlichen oder magischen Kräfte zu testen. Bei den Tests wurde gemessen, wie gut man unter Stress arbeiten konnte und wie gut der Verstand unter extremem Druck funktionierte. Es ging darum zu sehen, wie das emotionale und mentale Selbst mit einer knappen Frist zurechtkam. Das konnte ich hinbekommen.

Ich kam an eine Kreuzung, an der das Labyrinth aus Gängen und bröckelnden Tunneln jeden Moment zusammenzubrechen drohte, und sie sahen alle gleich aus.

Deshalb beschloss ich, von nun an nur noch rechts abzubiegen. Und wenn das nicht funktionierte, würde ich anfangen, nach links abzubiegen.

So machte ich eine ganze Weile weiter.

Als ich dann rechts abbog und vor einer Sackgasse stand, in der ich nur noch den Weg zurückgehen konnte, gab ich Vollgas, drehte mich und rannte zurück.

Also Linkskurven.

Ich wischte mir den Schweiß von der Stirn und

nahm mir einen Moment Zeit, um den Countdown zu checken.

15:52

Mein Herz schlug mir bis zum Hals. Ich hatte neun Minuten verschwendet.

Mein Puls schlug schneller und ich spürte den Beginn einer Panikattacke aufziehen. Wenn ich in Panik geriete, würde ich sicher scheitern. Ich durfte nicht versagen. Nicht jetzt.

Irgendwie hatte ich den falschen Tunnel genommen. Ich war verloren.

Ich hörte Stimmen. Es waren laute Rufe, aber da es so viele waren, konnte ich nicht ausmachen, was sie riefen. Sie kamen aus dem Inneren des Tunnellabyrinths, ganz nah bei mir.

Meine Stirn wurde feucht vor Schweiß. Ich schlich weiter und hielt mich im Schatten, während ich mich umsah. Zwanzig oder mehr Hexen waren in einem Raum oder einer Kammer von der Größe von drei Tunneln zusammen versammelt. Und an der gegenüberliegenden Wand, über einer Steintür, stand in leuchtend roten Buchstaben die Inschrift: MIT EINEM BLUTOPFER WIRD SICH DIE TÜR ÖFFNEN.

Interessant. Mein erster Gedanke war: Wenn ich etwas töte und es an diese Wand lege, wird sich die Tür öffnen. Aber so einfach war es nicht.

Dies war ein Test. Und nach dieser Überlegung war dieser Test tatsächlich komplexer als der erste. Ich hatte das Gefühl, dass Silas dafür gesorgt hatte, dass wir uns alle hier versammeln würden. Ich hatte auch das ungute Gefühl, dass er uns beobachtete.

Und die Hexen, nun ja, die Hexen flippten aus – schon wieder.

Mit ohrenbetäubendem Lärm erbebten die Steinwände, als die Magiestöße flogen und den Boden, die Decke und alles andere trafen, während die Hexen sich gegenseitig angriffen. Der Tunnel wackelte als fände ein Erdbeben statt. Diese Schwachköpfe waren dabei, das Labyrinth über uns zusammenbrechen zu lassen, wenn sie nicht aufhörten.

Die Explosionen hörten für ein paar Sekunden auf, genug, um eine Stimme schreien zu hören.

„Schnappt sie euch!", schrie derselbe rothaarige Bastard, der mich getreten hatte, als auf dem Boden gelegen hatte, und deutete auf eine kleine Hexe mit runden, verängstigten Augen, die mich an Iris erinnerte. „Sie ist die Schwächste. Wenn wir sie als Opfer töten, öffnet sich die Tür."

Oh, verdammt ...

„Fasst sie nicht an!", schrie ich, trat aus dem Schatten und freute mich auf den Gedanken, diesem Hexer in den Hintern zu treten. Ja, ich wollte mich rächen.

Aber es war, als hätte ich unter Wasser geschrien. Keiner hörte mich.

Die kleine Hexe schrie, als sie ihre Hände ausstreckte. Ein grüner Blitz schoss heraus und traf den Rotschopf in die Brust, sodass er gegen die Wand krachte.

Ich klatschte. Es war ein unglaublicher Treffer. Ich wünschte, ich hätte es getan.

Und dann brach die Hölle los.

Der Angriff kam plötzlich, bösartig und entsetzlich. Die Schreie wurden immer lauter, als die Hexen mit ihren Körpern und ihrer Magie aufeinander prallten. Die Schreie der Hexen und das Stöhnen der Sterbenden und Verletzten vermischten sich zu einer unerträglichen Kakophonie.

Sie hatten alle ihren Hexenverstand verloren.

Die Hexen bewegten sich in einem Tanz aus Tod und Magie. Körper flogen und der Geruch von verbranntem Fleisch stieg auf, so dass ich würgen musste. Ein männlicher Hexer, so groß wie Marcus, lag auf dem Boden und hatte seine Hände um den Hals eines anderen männlichen Hexers gelegt, während eine weibliche Hexe mit einer anderen Hexe über ihr in der Luft Flaschendrehen spielte.

Erschrocken stellte ich fest, dass sie sich gegenseitig umbringen wollten. Der Druck auf mich wuchs. Meine Brust verengte sich. Um mich herum stürzten die Hexen schreiend vor Schmerz zu Boden.

Ich stand da und sah zu, wie das Chaos, das vorher geherrscht hatte, immer schlimmer wurde. Ich war kein Trottel. Wenn ich mich einmischte, war ich Hexen-Hack. Ich hatte vor, diese Prüfung lebend zu beenden.

Mein Blick glitt zurück zu der Inschrift. Das war ein Rätsel. Und diese Idioten hatten keine Ahnung. Es war offensichtlich, dass sie dachten, der letzte, der überlebte, würde durch die Tür gehen. Verdammte Idioten.

Und ich hatte vor, sie Idioten sein zu lassen.

Plötzlich gab es einen Knall, der so laut wie ein Donnerschlag war, und eine unsichtbare Kraft schlug auf mich ein und warf mich von den Füßen. Ich schlug mit dem Rücken gegen die Wand und sackte zu Boden. Benommen blinzelte ich durch meine verschwommene Sicht. Und als ich wieder klar sehen konnte, war die Kammer bis auf mich leer.

„Hm. Was geschieht jetzt?" Ich stand auf, rieb mir den Hintern und spürte den riesigen Bluterguss, der sich später bemerkbar machen würde.

Ich wusste, dass sie nicht tot waren. Wahrscheinlich hatte Silas ihre blöden Ärsche zurückgezaubert, was bedeutete, dass sie das Rätsel nicht verstanden hatten.

Ich drehte meine Tasche nach vorne, zog das kleine Taschenmesser heraus, das ich zum Schneiden von Kräutern bei mir trug, wischte es an meiner Jeans ab und schnitt mir in die Handfläche. Dunkelrotes Blut sickerte aus dem dünnen Schnitt.

Der Schmerz ließ mich zusammenzucken, aber er dauerte nur eine Sekunde. „Okay. Was jetzt?"

Unsicher, was ich erwarten sollte, ging ich zur Tür und legte meine blutige Handfläche darauf. „Sesam öffne dich." Ich lachte und beschmierte sie mit meinem Blut.

Die Reaktion erfolgte augenblicklich.

Ein silbrig glänzendes Licht schimmerte durch den Türrahmen. Das Glühen flackerte und strömte in einem Strom aus reinem Weiß durch ihn. Das magische Nachbeben pulsierte durch den Tunnel und erfasste mich in einem schwindelerregenden Strudel.

Ich spürte, wie es in meinen Willen, in mein Innerstes drang.

Und dann schwang die Tür mit einem lauten Knarren auf.

KAPITEL 20

Hinter der Türöffnung war der Tunnel gerade. Er zweigte nicht ab und es sah auch nicht so aus, als würde er bald enden. Ich hatte das Gefühl, in einem Traum festzustecken, in dem ich ewig weiterlief.

Ich musste verdammt noch mal aufwachen.

Okay, die Sache mit dem Blut war *nicht* so schwer gewesen, aber es hatte mich trotzdem Zeit gekostet.

Als ich auf die Stoppuhr meines Handys schaute, stand dort: 04:06.

Meine Brust zog sich zusammen. Ich hatte nur noch etwa vier Minuten, um mich dem zu stellen, was Silas mir noch alles zumuten wollte, und es bis zum Zentrum des Labyrinths zu schaffen. Ein Kinderspiel. Oder? Nicht ganz.

Keuchend drückte ich auf den Krampf in meiner Seite und nahm mir ein paar Sekunden Zeit, um etwas zu trinken. Dem Hexenkessel sei Dank hatte ich eine Wasserflasche eingepackt. Ohne sie wäre ich jetzt schon ohnmächtig. Mit einem letzten Schluck steckte ich sie zurück in meine Tasche und rannte den Tunnel hinunter.

Meine Oberschenkel schmerzten, als ich immer schneller rannte, denn ich wusste, dass meine Zeit fast abgelaufen war. Würde es eine Weggabelung geben? Eine Tür? Etwas, das mir sagte, dass ich nicht falsch abgebogen war? Würde dieser Weg in die Mitte des Labyrinths führen?

Eine gefühlte Ewigkeit im Dunkeln unter der Erde zu sein – mit Dreck auf dem Kopf, Wänden, die sich an meinen Schultern rieben, und einem Dämon, der möglicherweise am Ende des Tunnels wartete – machte dies zum vermutlich schlimmsten Tag meines Lebens.

Gerade als sich meine Lunge anfühlte, als hätte ich Glasscherben verschluckt, sah ich ein Licht am Ende des Tunnels. Ja, ich weiß, wie sich das anhört.

Ich taumelte in einen riesigen Raum. Als ich mich umsah, bemerkte ich, dass er seltsam geformt war, wie ein Sechseck, mit verschiedenen Tunneln, die zu ihm führten, genau wie meiner.

In der Kammer standen rauchende Kohlenbecken, sie waren die einzige Lichtquelle. Warme Luft mit dem Duft von Weihrauch und einem anderen, eher scharfen Gewürz stieg in meine Nase. Gegenüber von mir, genau in der Mitte der Kammer, stand auf einem steinernen Podest ein glänzender, zwei Meter hoher, silberner Stern.

Das war das Zentrum. Ich musste zu diesem Stern gelangen.

Ich nahm einen zittrigen Atemzug und trat vor.

Ein Stöhnen von der rechten Seite erregte meine Aufmerksamkeit.

„Willis?"

Der kleine Hexer war auf den Knien, Blut tropfte ihm die Nase herunter. „Tessa? Bist du das? Ich kann meine Brille nicht finden. Sie ist runtergefallen ... und ohne sie kann ich nichts sehen."

Ich war so schockiert, ihn zu sehen, dass ich ihn nur dumm anstarrte. Er hatte es bis hierhergeschafft. Das war eine Leistung.

Mein Herz krampfte sich bei der Panik, die über sein Gesicht flackerte, zusammen. „Ja. Ich bin's. Ich helfe dir, deine Brille zu finden." Ich machte Anstalten, mich zu bewegen, aber in meinem Blickfeld bewegte sich etwas anderes.

Silas erhob sich aus den Schatten der Kammer und stellte sich mir gegenüber auf.

„Netter Trick", sagte ich zu ihm und fragte mich, was zum Teufel er hier zu suchen hatte. „Ich würde gerne wissen, wie du das gemacht hast. Aber ich bin gerade etwas beschäftigt."

„Lass ihn", befahl Silas. „Er wird nie an mir vorbeikommen." Er zuckte mit den Schultern. „Nun, du auch nicht." Er lachte und blitzte mich mit einem Lächeln an, das ich ihm am liebsten aus dem Gesicht geschlagen hätte – wenn ich so hoch schlagen könnte.

Die Runen und Zeichen, die auf seine Brust, seine Arme und seinen Hals tätowiert waren, begannen rot zu leuchten.

Verdammt. Ich zog eine Augenbraue hoch. „Aha. Ich muss also gegen dich kämpfen? Ist es das?"

„Ja", sagte Silas und verschränkte seine muskulösen Arme vor der Brust, wobei seine Tätowierungen zu ihrem normalen Schwarz verblassten. „Du musst an mir vorbeikommen, wenn du diese Prüfung bestehen willst. Bis jetzt haben es nur sechzehn geschafft. Und die, die es geschafft haben, gehören zur Siegergruppe. Bei den Merlins gibt es keinen Platz für Verlierer."

Arrogantes Arschloch. „Ja ... nun... das werden wir ja sehen." Hatte ich mich gerade selbst als Verlierer bezeichnet?

„Hab sie gefunden!"

Ich blickte über meine Schulter und sah Willis, der auf den Beinen war und seine Brille zurechtrückte. Das linke Brillenglas war von mehreren großen Rissen durchzogen. Er würde nicht hindurchsehen können, aber wenigstens hatte er ein gutes Auge.

Er taumelte, als wäre er betrunken, und fiel auf die Knie zu Boden. „Ich glaube, ich bleibe noch eine Weile hier sitzen. Bis die Sterne verschwunden sind."

„Gute Idee."

Jetzt, wo ich genauer hinsah, konnte ich Blut in seinem linken Ohr und einen nassen Fleck an seinem Hinterkopf sehen. Willis hatte schwere Schläge eingesteckt. Wenn der Rest der Hexen fair gespielt hätte, hätte Willis eine echte Chance gehabt. Aber jemand hatte dafür gesorgt, dass er keine hatte. Und dieser Jemand war schon lange weg.

Ich mochte diese Prüfung nicht. Ich hasste sie sogar. Ich konzentrierte meinen Hass auf den tätowierten Freak. Hinter ihm war mein Ticket aus dieser Hölle.

Mein Blick wanderte zu Silas. „Inflitus!“ rief ich und riss meine Hände hoch, während ich die Energie der Elemente um mich herum anzog.

Für den Bruchteil einer Sekunde sah ich, wie Silas' Brust rot aufblitzte und dann flog ich in die Luft, als wäre ich von einer riesigen Fliegenklatsche getroffen worden.

Ich schlug auf dem Boden auf, wobei meine Wange auf etwas Festes aufschlug, und rollte mich ab. Ich wusste, dass es eine üble Verletzung war, aber ich hatte keine Zeit, mir über blaue Flecken Gedanken zu machen.

Ich strich mir die Haare aus den Augen und spuckte den Dreck aus dem Mund und kam mit einem Stöhnen auf die Beine, wobei mein unterer Rücken pochte. Wie viel Zeit blieb mir noch?

Silas hatte sich nicht bewegt. Der eingebildete Mistkerl stand immer noch genau in derselben Position.

„Da musst du dich schon mehr anstrengen, Verliererin“, sagte Silas. „Sieh dich an. Du bist erschöpft. Wenn du jetzt aufgeben willst, dann verstehe ich das. Das tun die Verlierer nun mal.“

„Halt die Klappe. Ich werde nicht aufgeben.“

Ohne zu zögern, rief ich meine Magie auf und knurrte: „Fulgur!“

Ein weiß-purpurner Blitz schoss aus meiner

ausgestreckten Hand. Er flog geradewegs auf Silas' Kopf zu.

Die Runen des Bastards blitzten rot auf, er schnippte mit den Fingern, und mein schöner Blitz verwandelte sich in Wasser. Er fiel auf den Boden in eine Pfütze neben seinen Füßen.

Silas lachte. „Du bist erbärmlich. Was war das? Und du nennst dich eine Davenport-Hexe? Nein, du bist eine Verliererin." Sein Lächeln erlahmte und etwas Dunkles bewegte sich hinter seinen Augen.

Nennt es meinen Hexeninstinkt, aber ich zapfte die Elemente an, gerade als eine Rune an seinem Hals rot aufleuchtete.

„Protego!", rief ich. Ein kugelförmiger Schild erhob sich über meinem Kopf, als ein roter Magiestrahl ihn traf.

Sowohl mein Schild als auch ich flogen durch die schiere Wucht des Schlags zurück. Ohne den Schild wäre ich eine Grillhexe geworden. Die Kraft von Silas' Magie hallte in meinem Schild wider und ich spürte sie im Boden unter meinen Füßen. Der tätowierte Mistkerl war stark. Wie konnte ihn jemand besiegen?

„Tessa? Ist alles in Ordnung mit dir? Tessa?", ertönte Willis Stimme irgendwo rechts von mir.

„Mir geht es gut", rief ich zurück und spähte durch meinen Schild zu Silas.

Eine Salve von hundert roten, glühenden Pfeilen schoss aus Silas' Brust und flog direkt auf mich zu.

„Okay, das ist nicht gut."

Ich duckte mich und spürte, wie meine Magie

schwächer wurde. Es gab einen lauten Knall und mein Schild fiel.

„Verdammt."

„Ups, mein Fehler. Schätze, ich habe deine kleine Seifenblase zum Platzen gebracht", sagte Silas. Ich hob meinen Kopf und sah ihn grinsen. „Akzeptiere es einfach. Du bist nicht stark genug, um mich zu besiegen." Er deutete auf sich selbst. „Gewinner", sagte er und zeigte dann auf mich und fügte hinzu: „Verliererin."

„Sehr erwachsen." Ich kam taumelnd auf die Beine. Die Machtworte raubten mir alle Energie, die ich noch hatte. Ich zitterte schon von der Anstrengung des Stehens. Ich konnte das nicht mehr lange durchhalten.

„Hör nicht auf ihn", ermutigte Willis mich, der immer noch auf den Knien war. Das Blut, das stetig aus seinem Ohr tropfte, bereitete mir Sorgen. „Du bist keine Verliererin, Tessa. Wenn du eine wärst, hättest du es nicht so weit gebracht. Er ist ein Lügner und ein Tyrann."

Ein Schnipsel der Dankbarkeit füllte meine Brust. Ich fing wirklich an, diesen kleinen Hexer zu mögen. „Ich hasse Tyrannen", sagte ich mit einem Lächeln.

„Ich auch."

Mein Herz pochte, als ich meinen zitternden Körper anspannte. Ja, ich war müde und ja, ich hatte Schmerzen. Aber ich hatte immer noch verdammt viel Kampfgeist in mir. Ich ließ meinen Körper sinken und spreizte die Hände in einer Kampfhaltung.

Er war ein Lügner. Es ging nicht darum, ihn zu

besiegen. Es ging darum, an diesem A-Loch *vorbei* zu kommen und das Podest zu erreichen.

Ich wusste nur nicht, wie ich das anstellen sollte.

Ein zufriedenes Lächeln erschien im Gesicht des tätowierten Hexers als er meine Ratlosigkeit bemerkte. „Du hast verloren“, sagte er. „Darf ich dich Loser nennen? Also gut. Das ist sinnlos, Loser. Du siehst beschissen aus, Loser.“

„Ich sehe besser aus als du“, sagte ich und brachte Willis zum Lachen. Ja, er war ein netter Kerl.

Silas lachte höhnisch. „Du hast keine Zeit mehr“, sagte er. „Sieh es ein. Du hättest nie ein Merlin werden können. Deine Tanten waren dumm, als sie dachten, sie könnten dich zu einem machen. Verdammt, sie sind so alt, dass sie nicht einmal mehr echte Merlins sind, sondern eher Merlin-Schatten.“

„Das hättest du nicht sagen sollen“, knurrte ich und fühlte mich durch meine aufkeimende Wut gestärkt. Ich wollte ihm diese Tattoos von der Haut abziehen.

Silas ließ seine Zähne aufblitzen. „Warum?“

„Weil ich dir dafür in den Arsch treten werde.“

Willis lachte und klatschte in die Hände, was mich an Iris erinnerte.

Silas breitete die Arme aus, sein Bizeps spannte sich an und die Tattoos leuchteten rot. „Loser werden keine Merlins. Du bist ein Loser“, sagte er und neigte den Kopf in Richtung Willis. „Und er ist ein Loser. Ihr seid beide erledigt. Es ist vorbei.“

Es gefiel mir nicht, wie er das gesagt hatte – mit so viel Endgültigkeit in der Stimme.

„Oh nein!", rief Willis.

Ich zog meinen Kopf zu Willis zurück, der seine Uhr praktisch an seinem rechten Augapfel kleben hatte. „Er hat recht", sagte Willis, während er seine Uhr fallenließ und niedergeschlagen aussah. „Es tut mir leid, Tessa. Ich habe dir die Daumen gedrückt. Du wirst nächstes Jahr eine Chance haben. Ich ..." Er beendete den Satz nicht.

Ich runzelte die Stirn. „Wovon sprichst du? Es ist doch noch Zeit."

Willis sah mich an und schüttelte den Kopf. „Kannst du in fünfundzwanzig Sekunden das Podest erreichen?"

„Was!" Panisch riss ich mein Handy aus der Tasche und keuchte.

00:24

Nein, dachte ich entsetzt und sah, dass alles, was ich bisher erreicht hatte, umsonst gewesen war.

Silas lachte, ein tiefes, schreckliches, selbstgefälliges, spöttisches Lachen, das mir Bauchschmerzen bereitete.

Nein. Nein. *Nein!*

Ich war nicht umsonst den ganzen Weg hierhergekommen. Meine Panik stieg erneut auf und ich trat von einem Fuß auf den anderen und versuchte, mein Gehirn wieder in Gang zu bringen.

Ich musste an Silas vorbeikommen. Aber wie? Wenn ich nur an ihm vorbeischlüpfen und das Podest erreichen könnte, ohne dass er mich aufhalten konnte.

Ein Gedanke kam mir in den Sinn. Die einzige

Möglichkeit, das zu schaffen, war eine Ley-Linie. Aber die nächstgelegene Ley-Linie war meilenweit vom Schloss entfernt.

Wenn ich sie nur *hierher* bringen könnte ...

Ein Energiefunke erschien in meiner Brust.

Hallo.

Er wuchs, dehnte sich aus und drückte. Ich erkannte die Quelle. Das war die Ley-Linie ...

Aber wie? Es war, als ob die Ley-Linien auf meinen verzweifelten Ruf antworten würden.

Und dann wurde es mir klar. Könnte ich die Linien bewegen? Konnte ich sie *verbiegen*?

Wie als Antwort stieg ein weiterer Energiefunke in meinem Inneren auf, nur diesmal schneller und stärker. Die Ley-Linie hatte mir geantwortet. Sie *wollte*, dass ich es tat.

Mein Herz pochte vor Aufregung, ich nahm meinen Willen zusammen und streckte die Hand aus, um die Ley-Linie zu berühren. Ein plötzlicher Energiestoß traf mich, als sie antwortete, wie ein reißender Fluss, bereit, mich mitzureißen. Ich spürte sie in meinem Körper, in meinen Knochen, die von ihrer Kraft vibrierten, der Kraft der Ley-Linie.

Ich hatte so etwas noch nie getan und doch wusste ich irgendwie, was zu tun war. Als wäre ich dazu geboren worden.

Ich warf einen Blick auf mein Handy und keuchte.

00:15

„Die Zeit ist um“, sagte Silas. „Du hast versagt.

Und wie ich schon sagte, aus Losern werden keine Merlins."

Ein starker Wind kam auf. Silas Lächeln verschwand.

„Was ist los?", rief Willis.

Ich richtete meine Energie auf die Ley-Linie und rief sie herbei.

Nur mit meinem Willen zog ich die Ley-Linie immer näher an mich heran, als würde ich an einem Seil ziehen. Ich konnte sie deutlich vor meinem geistigen Auge sehen, wie einen durchsichtigen Fluss. Und wie ein Gummiband dehnte ich sie. Ich bog sie, bis ich ihre zitternde Energie unter meinen Füßen spüren konnte, bis ich sie durch die Kammer zum Zentrum des Labyrinths und zum Stern auf dem Podest rasen sah.

00:09

Silas' empörtes Gebrüll hallte um mich herum wider.

00:08

Jetzt oder nie.

Ich rannte zu Willis, verschränkte seinen Arm mit meinem, zog ihn auf die Beine – und sprang in die Ley-Linie.

Ich hatte nie jemand anderen mitgenommen, also folgte ich nur meinem Instinkt. *Bitte lass mich jetzt nicht im Stich.*

Willis kreischte wie Hund, dem auf den Schwanz getreten wird, als wir beide zusammen von der Energie erfasst wurden und in einem Heulen von Wind und

Farben vorwärts rasten. Energie rauschte durch meinen Kopf, meinen Körper, überall. Die Steinwände des Labyrinths verschwammen, als unsere Körper vorwärts schossen. Silas' wütendes Gesicht flog an uns vorbei, als wären wir in einem rasenden Zug.

Ich zeigte ihm meinen Mittelfinger.

Dann spürte ich eine plötzliche Erleichterung, als sich die Bilder um mich herum verlangsamten, bis sie nicht mehr verschwommen waren, bis ich sie erkennen konnte – als ob die Zeit selbst langsamer geworden wäre, nur für mich.

Die ganze Zeit über schrie Willis, aber ich ließ ihn nicht los.

Ich konzentrierte mich nur auf das Podest, auf den Stern, darauf, den ich treffen wollte, denn ich wusste, dass ich gleich abspringen musste.

Eine dunkle Gestalt erschien in der Ley-Linie mit uns, die vorher nicht da war. Sie ähnelte den Umrissen eines Mannes, er war groß und kräftig. Zuerst dachte ich, es wäre Silas. Aber er war es nicht. Ich konnte sein Gesicht nicht klar erkennen, aber seine Augen, die silbern und golden aussahen, reflektierten das schwache Licht des Labyrinths, auf leuchtende und unheimliche Weise.

Und gerade als ich versuchte, ihn deutlicher zu sehen, war er verschwunden.

Ich wollte mir an den Kopf schlagen, aber er war kein Hirngespinst. Er war nur eine halbe Sekunde lang da gewesen, aber lange genug, dass ich ihn sehen konnte. Daran konnte ich jetzt nicht denken, denn wenn wir nicht im richtigen Moment sprangen, würden wir in Kanada landen.

Mit letzter Kraft sprang ich, zog Willis mit mir und wir landeten auf dem Podest.

Ich ließ Willis los, er bückte sich und fing an, seine Eingeweide auszukotzen. Das war völlig verständlich. Ich schaute auf mein Handy.

00:02

Wir hatten es geschafft. Noch zwei Sekunden. Wir hatten es geschafft!

„Wir haben es geschafft.“ Ich drehte mich um und sah zu Willis hinunter, der sich mit der Hand den Mund abwischte: „Wir haben es geschafft“, sagte ich ihm. „Noch zwei Sekunden!“ Ich führte einen kleinen Freudentanz auf, der aus einer Drehung und einem ungeschickten Seitenkick bestand. Ja, nicht sehr elegant.

Willis blinzelte zu mir hoch, seine Augen waren vor Verwunderung geweitet. „Wie hast du das gemacht?“ Er schaute an mir vorbei zu dem, was ich für unseren Ausgangspunkt hielt.

Ich blickte über meine Schulter zurück. „Ich habe keine Ahnung.“ Was teilweise stimmte. Ich hatte keine Ahnung, wie ich die Ley-Linie manipuliert hatte, aber ich hatte es geschafft.

Aber der eigentliche Triumph war der Schock in Silas’ Gesicht.

Ja, allein dieser Anblick war jede Anstrngung wert gewesen.

KAPITEL 21

„Was soll das heißen, du hast die Ley-Linie *verbogen*?“, rief Dolores, während sie in der Küche herumlief. „Das ist absurd. Das ergibt keinen logischen Sinn.“

„Und Ley-Linien sind logisch?“, konterte ich.

Dolores warf mir einen harten Blick zu. „Sei nicht so vorlaut zu mir. Jeder weiß, dass du die respektieren musst, die *größer* sind als du.“

Ich lachte. „Ja, Ma'am.“

Beverly steckte sich eine Olive in den Mund. „Da hat sie recht. Ich habe nie verstanden, wie diese Ley-Linien funktionieren. All diese Linien und Stopps, das Auf und Ab und das Hin und Her. Das ist anstrengend.“ Sie fächelte sich mit ihrer Hand Luft zu. „Ich komme schon ins Schwitzen, wenn ich nur daran denke.“

Dolores ging durch die Küche, blieb stehen und gestikulierte mit ihrer rechten Hand, während sie die linke in die Hüfte stemmte. „Fang einfach ... nochmal von vorne an. Ich muss es noch einmal hören."

„Es ist, wie ich es sagte. Ich habe nach der nächstgelegenen Ley-Linie gegriffen und sie zu mir gezogen. Ich habe sie verbogen", wiederholte ich und sah, wie sich die Augen meiner Tante Dolores immer mehr weiteten.

Sofort als ich zurückgekommen war, war ich ins Davenport House gerannt, um Ruth die gute Nachricht zu überbringen. Ich hatte sie schließlich oben in ihrem Schlafzimmer gefunden, wo sie am Fenster stand und abwesend nach draußen starrte.

„Ich habe es geschafft, Ruth", hatte ich zu ihr gesagt, als ich mich neben sie stellte. „Ich habe bestanden. Ich habe die zweite Prüfung bestanden." Als sie nicht geantwortet hatte, hatte ich es erneut versucht. „Ruth? Hast du mich gehört? Ich habe die zweite Prüfung bestanden."

Als meine Tante sich endlich umgedreht und meine Anwesenheit zur Kenntnis genommen hatte, musste ich ein Keuchen unterdrücken.

Ihr Gesicht. Sie war um zwanzig Jahre gealtert. Dicke Hautfalten hingen um ihre Augen und ihren Mund herab, sie waren blass und trocken. Ihr Haar war durcheinander, als hätte sie es seit Jahren nicht mehr gebürstet.

„Das ist wundervoll", hatte sie zu mir gesagt, ihre Augen waren weit weg und nicht wirklich auf mich gerichtet. Dann hatte sie weggeschaut, zurück zu dem, was draußen ihre Aufmerksamkeit erregt hatte.

Meine Kehle und meine Augen hatten gebrannt, als ich mir ein Schluchzen verkneifen musste. Ich wollte nicht vor ihr zusammenbrechen. Nicht, wenn sie mich brauchte, um stark zu sein.

Als ich ihr Zimmer verlassen hatte, war ich am Boden zerstört gewesen, dass ich ihr nicht irgendwie geholfen hatte.

Es war immer noch Zeit, ihre Unschuld zu beweisen. Ich wusste nicht, wie ich es anstellen sollte, aber ich wusste, dass ich etwas tun *musste*.

„Lass mich das klarstellen“, sagte Dolores und meine Aufmerksamkeit richtete sich wieder auf sie. Sie hörte auf, auf und ab zu gehen, und drehte sich zu mir um. „Du sagst, dass du die Ley-Linie, die meilenweit entfernt war, in dieses Labyrinth gezogen hast ... direkt neben dich ... und dann hast du sie benutzt ...“

„Sie hat sie *verbogen*“, unterbrach Beverly, die mir eines ihrer markanten Lächeln zuwarf und sich eine weitere Olive in den Mund schob. „Sie ist flexibel.“ Ihre grünen Augen blickten in meine und sie hob eine perfekt manikürte Braue. „Apropos flexibel“, sagte sie mit tiefer, anzüglicher Stimme. „Oliver hat gesagt, dass er noch nie mit jemandem zusammen war, der so flexibel ist wie ich.“ Ich hatte keine Ahnung, wer dieser Oliver war, wahrscheinlich ihr Mann der Woche.

„Er sagte, er könne mich einfach so biegen, wie er wolle. Wie eine Puppe.“

„Ja, eine aufblasbare“, schnauzte Dolores.

Beverly starrte ihre Schwester an. „Du bist nur

neidisch, weil du seit Monaten kein Date mehr hattest", erwiderte sie, warf lässig ihr Haar zurück und schenkte mir ein strahlendes Lächeln. „Es ist nicht meine Schuld, dass du dich nicht traust. Vielleicht hast du ja Glück und findest einen Mann, dem es nichts ausmacht, sich mit einem großen alten *Bigfoot* zu verabreden."

„Im Gegensatz zu einem Date mit was? Einer wandelnden Matratze?", blaffte Dolores. „Diese Wette würde ich jederzeit eingehen."

Ich räusperte mich angesichts Dolores' finsterem Blick. „Ähm ... Wir kommen vom Thema ab. Wir sprachen gerade über die Ley-Linien?" Ich wollte nicht, dass sie wieder einen Streit anfingen. Die Spannungen zwischen meinen Tanten wurden immer schlimmer. Je näher wir dem 23. Dezember kamen, desto größer wurde die Spannung. Wir standen alle unter großem Stress. Das Letzte, was wir alle gebrauchen konnten, war ein Streit zwischen den Schwestern.

Dolores nickte und räusperte sich. „Du hast gesagt, du hast die Ley-Linie gebogen und sie benutzt, um die Prüfung zu beenden?"

„Ja. Das ist genau das, was ich gesagt habe." Ich lehnte mich in meinem Stuhl nach vorne, nahm mir ein Stück Käse von der großen Platte, auf der eine Auswahl an Käsesorten aus verschiedenen Ländern lag, und stopfte es mir in den Mund. Ich war ausgehungert. Die Prüfung hatte meine ganze Energie verbraucht. Milchprodukte mit hohem Fettgehalt waren meine Heilnahrung. Je cremiger, desto besser.

„Und?“, fragte ich und schluckte. „Wieso hat Ruth mir nie gesagt, dass ich die Ley-Linien biegen kann? Ich meine ... ich habe das Ley-Linien-Buch, das sie mir gegeben hat, immer wieder durchgelesen. Aber ich konnte nichts darüber finden.“

Mein Kauen war laut in der plötzlichen Stille. Ich schluckte und griff nach einer weiteren Scheibe italienischen Käses mit Cranberry-Stückchen. Lecker.

Dolores zog sich einen Stuhl herbei und setzte sich mir gegenüber. „Das ist, weil es noch nie passiert ist.“

Ich verschluckte mich an meinem Käse. „Wie bitte?“ Ich hustete und mein Magen zog sich zusammen. „Was soll das heißen ... *Das ist noch nie passiert?*“ Mein Herz pochte laut in meiner Brust, als meine Tanten schwiegen, und meine Augen huschten zwischen ihnen hin und her. „Willst du damit sagen, dass es noch nie eine Hexe gab, die so etwas getan hat?“

Dolores sah mich einen langen Moment lang an. „Genau das will ich damit sagen.“

„Blödsinn.“

Dolores hob eine Braue. „Achte auf deine Worte.“

Ich lehnte mich in meinem Stuhl zurück. „Offensichtlich hat es etwas damit zu tun, dass ich eine Schattenhexe bin. Oder?“ Das war das Einzige, das einen logischen Sinn ergab. Soviel ich wusste, war das eine seltene Gabe. Nur eine Handvoll Hexen wurden als Schattenhexen bezeichnet. Ich wusste, dass die Fähigkeit, sowohl dunkle als auch weiße Magie zu verwenden, ihre Vorteile hatte. Dies war nur ein weiterer magischer Bonus. Das Bild von Silas' schockiertem Blick zauberte mir ein Lächeln ins Gesicht. Das war es wirklich wert gewesen.

Beverly trommelte mit ihren roten, manikürten Fingern auf den Tisch. „Ich habe noch nie von einer Schattenhexe oder einer Hexe gehört, die die Kraft hat, Ley-Linien zu sich zu ziehen und sie zu verbiegen. Wir alle wissen, dass Ley-Linien gerade verlaufen. Wie ein Gitter, das sich um die Erde wickelt. Ich glaube nicht, dass eine Hexe oder ein Zauberer das kann."

„Vielleicht habt ihr nur noch nie davon gehört", sagte ich, und mein Puls beschleunigte sich vor Aufregung. „Denn", fuhr ich fort, während ich nach einem weiteren Stück dieses fabelhaften italienischen Käses griff, „es ist so selten, dass die Hexen, die die Ley-Linien biegen können, es geheim gehalten haben. Ich meine, es ist möglich, dass sie Angst haben, es jemandem zu erzählen. Ihr wisst ja, wie Hexen reagieren, wenn sie von etwas erfahren, das sie noch viel mächtiger machen könnte. Nimm Adan und den Elderring. Er hat irgendwie den Verstand verloren."

Beverly seufzte. „Er war schon vor ein Idiot, Schatz. Ich bezweifle, dass der Ring etwas damit zu tun hatte. Das war alles er."

„Trotzdem", sagte ich und kaute. „Hmmm. Guter Käse. Ähm ... Ich halte es für sehr unwahrscheinlich, dass ich die Einzige bin."

„Ich glaube, du hörst uns nicht zu, Tessa", sagte Dolores. Die Anspannung in ihrer Stimme zog meinen

Blick zu ihr. „Ley-Linien so zu bewegen, zu verbiegen, zu manipulieren, wie du es uns beschrieben hast ... das ist noch nie gemacht worden. Von niemandem."

„Ich bin mir ziemlich sicher, dass ich gesehen habe, wie die Zauberin Samara genau das im Wald gemacht hat." Ich konnte mir gut vorstellen, wie die psychotische Zauberin die Ley-Linien zu sich zog.

„Das war nicht dasselbe." Dolores schüttelte den Kopf. „Samara hat die Energie der Ley-Linien der Stadt in diese Festung gezogen. Nicht die Ley-Linien selbst. Sie hat sich deren Kraft zunutze gemacht. Sie hat sie nie physisch bewegt, wie du es getan hast. Sie hat sie nicht *verbogen*."

Ich hätte begeistert sein sollen von der Aussicht, etwas tun zu können, was offenbar keine andere Hexe konnte. Aber die grimmigen Gesichter meiner Tanten verärgerten mich. Ich verstand wirklich nicht, warum sie das nicht als Chance sahen.

Wenn ich Ley-Linien biegen konnte ... was konnte ich dann noch mit ihnen machen?

So, so viel.

Ich nahm einen Schluck Wasser aus meinem großen Glas, um den Käse herunterzuspülen, denn mir gefiel nicht, wohin dieses Gespräch führte. „Aber das ist gut. Nicht wahr? Ley-Linien biegen zu können ist gut", platzte ich heraus und erinnerte mich daran, wie schlecht es mir ergangen war, als ich ihnen erzählt hatte, dass ich eine Ziege gesehen hatte, die niemand sonst sehen konnte, und die sich dann als die verhexte Iris entpuppt hatte.

„Ich bin mir nicht ganz sicher“, antwortete Dolores, während sie Beverly ansah. Die beiden Schwestern führten wieder dieses stille Gespräch, das nur enge Geschwister führen konnten.

Ich presste meine Zähne zusammen. „Was?“ Der Blick kam bei mir nicht gut an. Der Käse, den ich gerade verschlungen hatte, drohte wieder hochzukommen. „Warum seht ihr mich beide an, als wäre ich verrückt? Ich sehe keine toten Menschen oder Dämonen oder Geister, die niemand sonst sehen kann. Das ist etwas ganz anderes.“

Dolores faltete ihre Hände vor sich auf dem Küchentisch. „Nicht unbedingt.“

Ich lehnte mich zurück und schlang meine Arme um meine Mitte. „Okay. Kannst du mir sagen, warum?“ Meine Stimme klang rau, aber ich war ein wenig genervt davon, wie unheilvoll diese ganze Situation wurde.

Ich war irgendwie froh, dass ich den Mann, den ich in der Ley-Linie gesehen hatte, nicht erwähnt hatte. Wenn sie sich schon darüber aufregten, dass ich Ley-Linien verbog, was würden sie dann erst tun, wenn ich ihnen erzählte, dass ein Kerl mit mir da drin war?

Ja, davon wollte ich ihnen jetzt noch nichts erzählen.

Der Gedanke an den besagten Mann erinnerte mich an die Warnung, die Marvelous Myrtle mir vor Monaten vor ihrem Tod gegeben hatte. *„Eine dunkle Präsenz verfolgt dich. Sie ist ... um dich herum ... um* *deine Aura.“* War er diese dunkle Präsenz? Der Mann in der Ley-Linie?

Dolores presste in Gedanken die Lippen zusammen. „Wie du weißt, sind nicht viele Hexen in der Lage, Kraft aus Ley-Linien zu ziehen. Für die meisten sind Ley-Linien immer noch ein unbekanntes Gebiet der Magie. Und die meisten Hexen haben sogar Angst, eine Ley-Linie zu benutzen. Sie sind unberechenbar. Wenn du dich nicht richtig verhältst, könntest du einen Arm oder ein Bein verlieren.“

„Oder dein Leben“, fügte Beverly hinzu und trank einen Schluck von ihrem Rotwein.

„Ja, aber manche Hexen beherrschen es“, entgegnete ich und starrte auf mein Glas Rotwein, das immer noch voll war. „Sogar Ruth hat mir erzählt, dass sie früher die Ley-Linien benutzt hat.“

Dolores stieß einen Seufzer aus und ich konnte den Schmerz sehen, den die bloße Erwähnung von Ruths Namen in ihr auslöste. „Ley-Linien zu fahren ist wie einen Rennwagen zu fahren“, sagte sie.

„Eine gute Analogie“, stimmte Beverly zu und hob ihr Glas.

„Ich danke dir.“ Dolores rutschte auf ihrem Stuhl hin und her. „Rennwagen sind gefährlich. Tödlich. Und nur wenige Leute sind verrückt genug, sie zu fahren.“

„Du meinst jemand wie ich“, sagte ich.

„Und eine Handvoll anderer, ja. Die Sache ist die, Ley-Linien liegen immer noch in der Grauzone der Magie. Es liegt in ihrer Natur, dass wir nicht viel über sie wissen. Es ist nicht wie Elementarmagie oder sogar wie die Dunklen Hexen, die sich Magie von Dämonen borgen. Sie wird seit Tausenden von Jahren von Millionen von Hexen auf der ganzen Erde praktiziert. Jede Magie ist riskant. Aber Ley-Linien ... Die Energie, die aus Ley-Linien gezogen wird, ist eine Magie, die noch ursprünglich, unsicher und ungenutzt ist. Wir wissen einfach nicht so viel darüber. Aber ich bin mir hundertprozentig sicher, dass das Biegen oder Bewegen von Ley-Linien noch nie gemacht worden ist."

„Soweit du weißt", sagte ich und ignorierte ihr Stirnrunzeln. „Ich habe es getan. Ich lüge nicht."

„Wir glauben dir", fügte Beverly schnell hinzu.

„Das ist das Problem." Dolores seufzte. In ihrem Hinterkopf brodelte die Angst, die sich auf ihrem Gesicht abzeichnete. „Tessa. Wenn ich recht habe, und ich habe das Gefühl, dass ich das habe, dann bist du die einzige Person auf dieser Welt, die es kann." Sie zögerte und musterte mein Gesicht. „Verstehst du jetzt, was ich zu sagen versuche?"

„Wenn du vielleicht aufhören würdest, wie Obi-Wan Kenobi zu reden, hätte ich vielleicht eine Chance." Mein Herz schlug schneller. „Was für ein Freak bin ich denn dann?"

Natürlich, wenn es einen Freak auf der Welt geben musste, dann war ich das. Und wenn ich die Einzige war, die die Ley-Linien mit meinem Willen verbiegen konnte, was machte das dann aus mir?

„Tut mir leid, Schatz." Beverly griff über den Tisch und tätschelte meine Hand. „Es ist besser, ein Hexenfreak zu sein als ein Menschenfreak."

„Das ist nicht gerade hilfreich“, knurrte Dolores.

Beverly lehnte sich auf ihrem Stuhl zurück. „Doch, natürlich ist es das.“ Sie setzte ihr Glas an die Lippen und trank ihren Wein aus. „Sie ist hier bei uns“, sagte sie, während sie nach der Flasche griff und sich ein weiteres Glas einschenkte. „In dieser Stadt kann sie so ausgeflippt sein, wie sie will. Das hier ist Hollow Cove, um Himmels willen. Wir sind alle Freaks. Das ist nichts Neues hier.“

Ein dunkler Schleier legte sich über Dolores’ Gesicht und ich konnte sehen, dass sie wirklich besorgt war. „Tessa. Hat der Prüfer – dieser Silas – dich gesehen, als du die Ley-Linie gebogen hast?“

Ich versteifte mich auf meinem Stuhl. „Ja. Na und? Es ist nicht illegal, die Ley-Linien zu benutzen. Ich habe getan, was ich konnte, um die Prüfung zu beenden. Was? Meinst du, ich hätte das nicht tun sollen?“

Dolores biss sich auf die Unterlippe. „Ich versuche nur zu verstehen. Wenn er dich gesehen hat, dann weiß Greta Bescheid.“

„Und du willst nicht, dass sie es weiß?“

„Mir wäre es lieber, wenn möglichst wenig Leute davon wüssten, bis ich selbst mehr darüber weiß. Es ist alles sehr neu und unerforscht.“ Dolores war lange Zeit still. Das einzige Geräusch kam von Beverly, die genüsslich ihren Wein schlürfte.

Das war nicht die Reaktion, die ich von meinen Tanten erwartet hatte. Ich dachte, sie wären begeistert von der Aussicht, dass ich in der Lage sein würde, etwas Außergewöhnliches zu tun. Ich hatte es mir zu Kopf steigen lassen. Und jetzt, nun, jetzt schien es, als wäre das Biegen der Ley-Linien eine schlechte Idee.

„Also, was jetzt?", fragte ich. „Denkst du, Greta wird das gegen mich verwenden?" Ein Gefühl des Grauens durchfuhr mich bei dem Gedanken. „Glaubst du, sie werden mir das Bestehen der Prüfung aberkennen?" Wenn sie das täten, würde ich diese alte Hexe umbringen.

„Beruhige dich, Tessa." Dolores schenkte mir ein schwaches Lächeln. „Sie können dich nicht durchfallen lassen, weil du eine Ley-Linie benutzt hast. Aber wie ich Greta kenne, wird sie sich das wahrscheinlich alles genau ansehen."

„Und?"

„Und", sagte Dolores und ihre Gesichtszüge verzogen sich vor Bitterkeit. „Ich würde es hassen, wenn sie etwas wüsste, was ich nicht weiß." Dolores schob ihren Stuhl zurück, ihre Augen hatten sich verdüstert. „Ich habe noch etwas zu tun."

„Was ist mit Ruth?", rief ich, als Dolores aus der Küche in den Flur ging.

Auf halbem Weg drehte sie sich um, öffnete den Mund, um etwas zu sagen, schloss ihn dann aber wieder und ging davon.

„Ich fürchte, wir haben Ruth enttäuscht." Beverlys Stimme war leise und als ich mich umdrehte, waren ihre grünen Augen voller Tränen. Sie setzte ihr Glas an die Lippen und kippte den gesamten Wein in einem Zug hinunter. „Es ist vorbei."

Ich runzelte die Stirn. „Es ist nicht vorbei. Sie ist immer noch hier. Und sie ist unschuldig. Sie hat die schwarze Belladonna nicht in ihren Zaubertrank getan."

„Ich weiß, Schatz." Beverly griff nach der Weinflasche. Ihre Hände zitterten, als sie sich ein weiteres großes Glas einschenkte. Der Wein schwappte über den Rand des Glases auf den Tisch. „Sie hatte nichts mehr davon übrig."

Ich sah sie verwundert an. „Was hast du gesagt?"

Beverly wischte sich eine Träne von ihrer geröteten Wange. „Es ist alle. Schon seit Monaten. Es ist kein Kraut, das sie gerne benutzt, also hatte sie schon lange keins mehr gekauft. Sie kann es nicht gewesen sein. Wir hatten es nicht einmal im Haus, als sie das Gingerweed für Bernard gemacht hat."

„Oh, mein Gott."

„Es war nicht Ruth." Beverly beugte ihren Kopf über ihr Glas, schlürfte den Wein und kicherte. Sie hob ihr Glas auf und verschüttete den Wein über den Tisch und ihr Handgelenk, als sie einen weiteren Schluck nahm.

Ich beugte mich über den Tisch und griff nach Beverlys Handgelenk. „Hast du ihnen das gesagt? Dem Grauen Rat?"

„Das habe ich. Es hat sie nicht interessiert. Sie sagten, es beweise nicht, dass sie es nicht dort hinein getan habe. Sie sagten, sie könne es auch woanders herhaben."

„Idioten." Und dann fiel es mir ein. „Woher hat Ruth die schwarze Belladonna bekommen?"

Beverly lachte, aber die Tränen fielen ihr in die Augen, während noch mehr Wein über ihre Hand floss. „Aus Gilberts Laden. Er hat einen ganzen Gang für exotische Kräuter reserviert. Und sie sind völlig überteuert. Der kleine Mann ist ein Halsabschneider."

Mein Puls pochte vor Aufregung. Das war es. Das war es, worauf ich gewartet hatte. Es war direkt vor mir und es war so einfach. Ich wusste genau, was zu tun war.

„Wo ist Iris?" Wenn mein Plan funktionieren sollte, brauchte ich ihre Hilfe. Möglicherweise auch Ronins.

„Wahrscheinlich vögelt sie diesen Vampir", sagte Beverly, ihre grünen Augen waren unscharf. „Gut für sie. Gut für sie, dass sie es sich besorgen lässt. Orgasmen sind der beste Stressabbau." Nicht das schon wieder. Sie fing an zu lachen und deutete mit dem Finger auf das, was sie wohl für mich hielt, aber es war der Kühlschrank. „Hast du einen guten Vibrator?"

„Okay." Ich sprang auf meine Füße. „Zeit für mich zu gehen."

„Was?" Beverly lachte weiter. „Martha hat ein Zwei-für-Eins-Angebot."

„Zwei Vibratoren für den Preis von einem?" Das war mehr als seltsam.

„Nein", wies sie mich mit einer Handbewegung ab. „Du bekommst eine Gesichtsbehandlung und einen Vibrator kostenlos dazu."

Das war mein Stichwort. „Wir sehen uns später“, sagte ich, angespannt und aufgeregt zugleich.

Ich schnappte mir mein Handy und eilte den Flur hinunter, mein Puls raste vor Vorfreude, denn ich wusste, wie ich dafür sorgen konnte, dass Ruths Anklage fallengelassen würde.

KAPITEL 22

Mein ganzes Leben lang hatte ich davon geträumt, Künstlerin und Hexe zu werden, aber nicht in einer Million Jahren hätte ich gedacht, dass ich Einbrecherin zu meinem Lebenslauf hinzufügen würde.

Ich werde so lange auch richtig gut darin. Und bei der Menge an Einbrüchen, die ich begehe, werde ich bis zum Ende des Jahres eine Expertin sein.

Ich gebe zu, dass Einbrüche einen gewissen Reiz ausüben. In das Haus eines anderen einzubrechen, um zu schnüffeln und etwas zu stehlen, das einem nicht gehört, und nicht zu wissen, ob man damit durchkommt, ist unglaublich aufregend. Ich war definitiv dabei, den Verstand zu verlieren.

Die Straßenlaternen leuchteten mit silbernem Licht, als der Schnee fiel und dunkle Schatten hinterließ, wo das Licht nicht hinkam. Die kalte Luft war gesprenkelt mit gelegentlichen Flocken aus nassem

Schnee, der sich nicht halten würde, wenn er auf den Boden traf.

Das Geräusch von Schlüsseln, die gegeneinanderschlugen, lenkte meine Aufmerksamkeit auf Ronin, der vor der Glastür von Gilbert's Grocer & Gifts Laden stand. Die Straßenlaterne warf dunkle Schatten auf sein Gesicht, während er in seiner Tüte mit Schlüsseln nach dem richtigen suchte. Iris, die ganz in Schwarz gekleidet war und mit Zöpfen, schwarzem Lippenstift und Lidschatten wie eine Gothic-Puppe aussah, stand mit dem Gesicht zur Straße und bewegte ihre Finger in einem dunklen Zauber, den sie anwenden würde, falls wir entdeckt würden.

Ich lehnte mich näher an Ronin heran. „Du hast Gilberts Schlüssel?", fragte ich verwundert. „Hast du sie gestohlen? Er wird stinksauer sein."

Ronin steckte einen Schlüssel in das Schlüsselloch und drehte ihn. Das Schloss öffnete sich mit einem leisen Geräusch. „Natürlich nicht. Das sind *meine* Schlüssel."

„*Deine* Schlüssel?", fragte ich. „Ich kann dir nicht ganz folgen."

Ronin blickte über seine Schulter zu mir. „Mir gehört das Gebäude. Gilbert ist mein Mieter."

Ich stand da und starrte meinen Halbvampir-Freund wie eine Idiotin an. Ich wusste, dass er das Gebäude von Marcus kaufen wollte, weil die Wohnung im zweiten Stock mehr Quadratmeter hatte. Ich hätte nur nie erwartet, dass er Gilberts Vermieter sein würde.

„Ich investiere in Immobilien“, fuhr der Halbvampir fort. „So verdiene ich meinen Lebensunterhalt und kann es mir leisten, bis mittags im Bett zu bleiben.“ Er sah zu Iris hinüber, die ihm ein Lächeln zuwarf.

Ich wusste nicht genau, wann die beiden ein Paar geworden waren, aber sie waren schon seit Monaten unzertrennlich.

„Wie viele andere Gebäude besitzt du?“, fragte ich neugierig.

„Ein paar in Hollow Cove und ein paar in Elizabeth Town“, antwortete er und schien sich über mein Interesse zu freuen.

Ich war beeindruckt. „Als du gesagt hast, du könntest uns in den Laden bringen, dachte ich, du meinst eine Seitentür oder so. Ich hätte nie gedacht, dass du die Vordertür meinst. Technisch gesehen ist das also kein Einbruch, da es sich um dein Gebäude handelt.“

„Doch, das ist es.“ Ronin stieß die Tür auf. „Ich kann nicht einfach mitten in der Nacht in Gilberts Geschäftsräume gehen, ohne ihn vierundzwanzig Stunden vorher zu informieren. Das ist illegal.“

Iris quietschte und klatschte in die Hände. „Wir werden das auf jeden Fall machen.“

Ronin verbeugte sich, als er die Tür aufhielt. „Die Hexen zuerst.“

Iris ging durch die Tür. Ich warf einen letzten Blick über die Schulter, um mich zu vergewissern, dass niemand auf der Straße war und das Schauspiel beobachtete, und folgte Iris hinein. Ich hörte, wie sich die Tür hinter mir schloss.

Wir standen in der Dunkelheit und ich wartete ein paar Sekunden, bis sich meine Augen daran gewöhnt hatten. Die Straßenlaterne von draußen warf genug Licht durch die Glasfenster und Türen, um Formen zu erkennen.

„Was glaubst du, wo er seine Unterlagen aufbewahrt?“, fragte Ronin, als er neben mir auftauchte. „Falls er über das Zeug, das er verkauft, Buch führt ...“

„Das tut er. Ich weiß, dass er es tut.“ Jetzt, wo ich besser sehen konnte, schaute ich an den Gängen mit Lebensmitteln und anderen Waren vorbei in den hinteren Teil des Ladens. „Im hinteren Teil. Dort befindet sich sein Büro. Die Bücher werden dort sein.“ Ich kannte Gilbert nicht gut, aber soweit ich wusste, war er akribisch, wenn es um seinen Laden und die Waren ging, die er verkaufte. Ich war mir sicher, dass er eine Liste seines Inventars führte – vor allem über die exotischen Waren.

Ich eilte durch den Laden, riss die Bürotür auf und trat in den Raum. Mich erwartete eine massive Wand aus Dunkelheit. Es gab keine Fenster in diesem kleinen Büro.

Ich zückte mein Handy, tippte auf das Taschenlampensymbol und ließ das Licht durch das Büro wandern.

„Da“, sagte ich und zeigte auf einen kleinen Schreibtisch, der zwischen Bananen- und Orangenkisten stand. Ich eilte hin und winkelte mein Handy an, als mich ein Déjà-vu-Gefühl überkam. „Wie in alten Zeiten", sagte ich zu einem lächelnden Ronin.

Ronins Lächeln verschwand. „Ich hoffe, wir finden etwas. Um Ruths willen."

Mein Magen zog sich zusammen. „Das werden wir. Wir müssen es."

„Ich habe einen Laptop gefunden", sagte Iris, als ich mich umdrehte und sah, wie sie mit großen Augen das Licht ihres Handys auf einen kleinen Laptop in ihrer Hand richtete.

„Mach ihn auf und sieh nach, ob du seine Inventarliste finden kannst." Ich drehte mich wieder um und durchsuchte Gilberts Schreibtisch.

„Der Kerl ist ein Sammler", sagte Ronin nach einem Moment, als er neben einem Stapel von Zeitschriften stand, der fast so groß war wie er selbst. „Diese *National Geographics* stammen aus den siebziger Jahren."

Ich lachte. „Gut. Das bedeutet, dass er irgendwo eine Aufzeichnung über die schwarze Belladonna hat. Wir müssen sie finden. Es ist mir egal, ob wir die ganze Nacht dafür brauchen, ich gehe nicht, bevor ich sie habe."

„Ich auch nicht", sagte Iris, während sie sich auf den Boden setzte und den Laptop auf ihrem Schoß aufklappte. „Mach dir keine Sorgen. Wir werden etwas finden, das Ruth helfen wird. Ich kann es spüren."

Meine Kehle zog sich bei der Erwähnung meiner Tante zusammen. Wir hatten nicht mehr viel Zeit.

Wenn ich mich irrte, wenn es hier nichts gab, hatte ich nichts mehr.

Nach zehn Minuten des Suchens begann sich das Grauen in meinen Kopf zu schleichen. Ronin hatte recht. Gilbert war ein Sammler, was auch bedeutete, dass wir stapelweise Papiere, Zeitschriften und Rechnungen durchwühlen mussten. Und wir waren immer noch nicht nahe dran, etwas zu finden.

„Iris? Irgendetwas?“ Ich blickte zu ihr hinunter.

Iris schüttelte den Kopf. „Noch nicht. Das sind nur Bilder von – Oh, schaut mal hier. Gilbert ist bei einer Dating-App.“ Sie lachte. „Oh, mein Gott. Was für ein Lügner. Er sagt, er ist einssiebzig groß.“ Sie stieß einen Seufzer aus. „Ich glaube nicht, dass es hier etwas gibt, Tessa. Das sind hauptsächlich persönliche Dinge.“

„Such weiter.“ Ich drehte mich um, zog die erste Schublade auf und begann, einen Stapel Rechnungen durchzusehen.

„Oha!“, sagte Ronin und mein Herz machte einen Sprung.

„Hast du etwas gefunden?“

„Ja.“ Ronin hielt eine Zeitschrift auf. „*Playboy* 1982. Diese Mädels hatten mehr Fleisch auf den Knochen. Sie waren viel natürlicher. Und auch viel haariger da unten. Schau mal. Ich stehe mehr auf den natürlichen Stil.“

Iris trat ihm gegen das Schienbein. „Sei kein Idiot.“

Ich schob die Schublade zurück und riss die nächste darunter hervor. Ein kleines rotes Buch blinzelte mir entgegen. Mit zitternden Fingern klappte ich es auf dem Schreibtisch auf.

„Ich hab's", sagte ich und sah eine Liste von Zutaten, Namen und Daten, die mit blauer Tinte oben auf die erste Seite gekritzelt und in ordentlichen Reihen angeordnet waren.

„Bist du sicher?" Ronin stellte sich neben mich.

„Ja. Schau mal. Ich habe Namen, Daten und die exotischen Kräuter in ordentlichen kleinen Reihen aufgeschrieben. Das ist sein exotisches Kräuterinventar."

Iris kam an meine andere Seite. „Schau mal unter B nach Belladonna."

Ich musste mir auf die Zunge beißen, um nicht zu lachen. „Okay." Ich blätterte durch das Buch. „Es ist nicht alphabetisch geordnet. Es ist nach Monaten geordnet." Da ich wusste, dass dieser ganze Schlamassel Ende Oktober begonnen hatte, blätterte ich die Seiten zurück, bis ich den Monat Januar dieses Jahres ganz oben stehen sah. Mit meiner Taschenlampe, die die Seite beleuchtete, blätterte ich jeden Monat durch und suchte nach dem Kraut, das meine Tante in Handschellen und ins Hexengefängnis gebracht hatte.

„Da!" sagte ich und mein Herz klopfte.

Ronins Schulter stieß gegen meine, als er sich näher heranlehnte. „Zwei Leute haben die schwarze Belladonna gekauft."

„Estelle Watch und Michael Blackwood", las Iris laut vor, bevor ich es tun konnte.

„Ruths Name steht nicht hier", stieß ich hervor,

wobei jeder Nerv in meinem Körper durch unsere Entdeckung pulsierte. „Sie hat nie welche gekauft. Niemand hat sie gekauft, bis zu diesen beiden im September. Das beweist, dass sie es nicht da rein getan hat.“ Es bewies zwar nicht, dass sie nicht in eine andere paranormale Gemeinschaft gefahren war, um dort schwarze Belladonna zu kaufen, aber ich ging von dem aus, was ich hatte. Außerdem fuhr Ruth fast nie Auto. Sie mochte es nicht und die nächstgelegene paranormale Gemeinschaft war vier Stunden entfernt.

Ich sah mir die beiden Namen an. „Einer von ihnen ist der Mörder. Einer von ihnen hat Bernard getötet und Ruth die Schuld zugeschoben.“

„Ja, aber welcher?“, fragte Iris mit hoffnungsvoller Stimme.

Ich schaute Ronin an. „Kennst du sie? Kommen dir die Namen bekannt vor? Ich habe noch nie von einer dieser Personen gehört.“

Ronin schüttelte den Kopf. „Nein. Tut mir leid.“

Ich seufzte. „Das macht nichts. Wir haben sie. Wir wissen, wer die schwarze Belladonna gekauft hat.“ Ich speicherte die Namen in meinem Kopf und wusste, dass einer von ihnen der Mörder war. Einer von ihnen hatte meine Tante für Bernards Tod büßen lassen. Allein dafür würde ich sie bei lebendigem Leib häuten und in einen kochenden Kessel werfen, während ich um sie herumtanzte.

„Das ist es“, sagte ich und zitterte, als wäre mir kalt, aber innerlich kochte ich. „So werden wir beweisen, dass Ruth es nicht getan hat.“

„Aber wie?“, fragte Iris. „Es ist so, wie Dolores gesagt hat. Es beweist nicht, dass Ruth es nicht von irgendwo anders gekauft hat. Wenn ich an ihrer Stelle wäre, würde ich das auch tun, wenn ich vorhätte, jemanden in meiner Stadt zu töten. Ich würde das Zeug nicht hier kaufen.“

Ich hob das Buch auf und sah meine beiden Freunde an. „Wir haben jetzt Namen. Einer dieser Leute hat Bernard getötet. Einer von ihnen hatte es auf ihn abgesehen. So sehr, dass sie bereit waren, ihn zu töten. Mit ein wenig Nachforschung werde ich herausfinden, wer es war.“

„Wer was war?“, ertönte eine weibliche Stimme hinter mir und ließ mich zusammenzucken.

Iris schrie auf.

Und Ronin auch.

Das rote Buch glitt mir aus den Händen und landete mit einem dumpfen Schlag auf dem Boden vor meinen Füßen.

Ich wirbelte herum, als helles Licht in meine Augen schien. Ich blinzelte langsam und wartete, bis sich meine Augen an das Licht gewöhnt hatten.

Als sie sich an das Licht gewöhnt hatten, blinzelte ich in die Gesichter von Adira, zwei Männern, die ich als ihre Vampir-Stellvertreter erkannte, Jeff, Cameron – Marcus’ Stellvertreter – und das des Polizeichefs selbst.

Oh, wie toll.

KAPITEL 23

In meinem Leben wurde alles immer schlimmer. Und in diesem Moment war das die Untertreibung des Jahres.

Wir waren erwischt worden. Ich schätze, ich konnte jetzt „Einbruchsexpertin" aus meinem Lebenslauf streichen. Ich spürte, wie Ronin und Iris neben mir erstarrten. Ich konnte damit umgehen, ins Hexengefängnis zu gehen, aber ich war nicht bereit, meine Freunde mit mir untergehen zu lassen. Nicht, wenn es meine Idee gewesen war.

Mit einem Fingerschnippen gab Adira ihren beiden Vampirhunden ein Zeichen, vor dem Büro zu bleiben. Dann schlenderte sie herein, ihre Bewegungen waren steif und hastig, um sich wichtig zu machen, aber es sah nur so aus, als müsste sie dringend pinkeln. Das Licht des Raumes schien auf ihr rotes Haar, das in Flammen zu stehen schien. Mit ein bisschen Magie könnte ich ihr echte Flammen aufs Haupt zaubern.

Ihre Augen blickten überall gleichzeitig hin. In ihrem Gesicht lag der kalte Triumph von jemandem, der den Preis bekommen würde, auf den er gewartet hatte.

Ich habe sie noch nie so sehr gehasst wie in diesem Augenblick.

Marcus kam als nächster herein. Ich hasste es, dass sich mein Puls bei seinem Anblick erhöhte, angesichts seinem dichten, üppigen dunklen Haar, seinen breiten Schultern und seinem unglaublich knackigen Hintern. Ich hatte nicht mehr mit ihm gesprochen, seit ich ihn verbal aus dem Davenport House geworfen hatte. Okay, das war ein bisschen extrem gewesen, aber ich war außer mir vor Angst und Wut gewesen, dass er Ruth nicht helfen würde. Ich hatte den Verstand verloren.

Jetzt, wo ich ein paar Wochen Zeit gehabt hatte, mich zu beruhigen, nagten die Schuldgefühle an mir. Ich hatte die Kontrolle verloren. Und ich hatte es an ihm ausgelassen. Ich war mir nicht sicher, ob er mir das jemals verzeihen würde. Er schaute einen Moment lang auf das Buch, das zu meinen Füßen auf dem Boden lag. Dann hob er den Kopf und unsere Blicke trafen sich. Sein Gesicht war emotionslos, aber in seinen grauen Augen leuchtete eine solche Kälte, eine Endgültigkeit, die mir meine Antwort gab. Mein Herz krampfte sich zu einem harten Stein zusammen.

Marcus wollte nichts mehr mit mir zu tun haben.

Ich war am Boden zerstört. Mein Herz schien in zwei Hälften zu brechen, aber ich blieb standhaft. Ich würde jetzt nicht wegen eines Mannes zusammenbrechen ... wegen dem, was ich getan hatte. Es war vorbei. Ich musste weitermachen.

Sowohl Ronin als auch Iris spürten die Veränderung in mir und beide drückten sich fester an mich, wie ein Sicherheitsschild.

Jeff und Cameron blieben ebenfalls vor dem Büro, obwohl ich mir sicher war, dass sie mehr ein Auge auf die Vampire hatten als auf alles andere.

Die beiden Stellvertreter von Marcus waren ein paar Tage vor Adiras Ankunft verschwunden. Ich hatte das Gefühl, dass Adira sie abgesetzt hatte, um ihre Leute mitzubringen, als sie hier die neue Chefin geworden war.

Ich vergrub meine Gefühle in dem Teil von mir, wo ich sie später herausholen konnte, und starrte Adira an.

„Verfolgst du mich?“, beschuldigte ich sie und hoffte, Adira würde das Buch auf dem Boden nicht sehen. Verdammt! Wie sollte ich es jetzt rausschmuggeln, ohne dass sie oder Marcus es bemerkten? Er hatte das Buch bereits bemerkt. Jetzt musste ich abwarten, was er mit diesem Wissen anstellen würde.

Adiras Lippen verzogen sich zu einem bösen Lächeln. „Du hast den stillen Alarm ausgelöst, dumme Hexe.“

Ich warf Ronin einen Blick zu. Der Halbvampir zuckte mit den Schultern. „Was? Ich hatte keine Ahnung davon“, sagte er.

Ich wusste, ich hätte Angst haben sollen, aber ich fühlte nur Wut.

„Das ist Ronins Gebäude“, fauchte ich, zitterte vor Wut und beschimpfte sie gedanklich mit allen möglichen Obszönitäten. „Er darf damit machen, was er will.“

„Wirklich?“ Adiras Blick wanderte zu Ronin.

„Sei gegrüßt, Schwester“, sagte Ronin, während er einen Schritt nach vorne machte und versuchte, ihr ein High Five zu geben.

Adiras Gesicht verzog sich, als wäre sie gerade in Hundekacke getreten. Sie starrte Ronin an, als wäre er etwas Schlechtes, etwas unter ihrer Würde, als würde ihn sein Halbvampirstatus irgendwie minderwertig machen.

Jetzt hasste ich sie noch mehr.

„Was zum Teufel machst du noch hier“, knurrte ich, als Ronin seine Hand fallen ließ und zurücktrat. Sein blasses Gesicht rötete sich, und ich wusste, dass er wütend war und sich schämte. Allein dafür würde ich ihr einen Pflock ins Herz treiben. „Solltest du nicht in deinen Sarg zurückkehren? Vorzugsweise auf den Grund des Ozeans?“, fragte ich und erwiderte ihr Lächeln.

Iris beugte sich vor und flüsterte mir ins Ohr: „Das kann ich einrichten.“

Ein nervöses Lachen entkam meiner Kehle. Das Bild vor meinem geistigen Augen war fantastisch.

Adira strich mit ihren langen Fingern über eines von Gilberts Regalen. „Glaub mir“, sagte sie und schnippte mit ihren Fingern mit etwas, das Staub oder etwas Unheilvolleres sein könnte. „Ich kann es kaum erwarten, aus dieser beschissenen kleinen

Stadt zu verschwinden. Aber ich sitze hier fest. Da ich deine Tante verhaftet habe, bin ich diejenige, die sie zur Grimway Zitadelle begleiten muss."

Ich zuckte zusammen, als hätte sie mich mit ihren Vampirzähnen in den Nacken gebissen. „Du meinst, als du eine falsche Verhaftung vorgenommen hast."

Adira drehte sich zu mir um. „Ich habe die richtige Entscheidung getroffen." Sie zog ein Paar eiserne Handschellen aus der Innenseite ihrer kurzen Lederjacke. Sie sahen genauso aus wie die, die sie mir Wochen zuvor angelegt hatte. „Sieht aus, als würde ich gleich noch eine machen."

Die Magie pulsierte, gespeist von meiner Wut. Ich zitterte. Ich musste nicht einmal an den Elementen ziehen. Meine Emotionen kanalisierten sie von selbst und luden sie voll auf. Mein Haar bewegte sich in einer Brise, die nur mich berührte, und eine geballte Ladung Energie erfüllte mein Chi. Wenn sie einen Schritt auf mich zu machte, würde ich sie in Vampirstücke zerschmettern.

„Komm schon", forderte ich, meine Stimme war so hart, dass ich sie kaum wiedererkannte. „Komm und hol mich. Ich fordere dich heraus, du blutrünstige Zahnfee."

Ronin klopfte sich auf den Oberschenkel und lachte. „Der war gut."

Die Spannung im Raum eskalierte.

Adira war totenstill geworden und sammelte sich, während sie sich darauf vorbereitete, auf mich loszugehen. Ihr wunderschönes Gesicht war gleichzeitig wild und blass, hart und unnachgiebig.

Wenn ich sie tötete, würde mich das zu einer Mörderin machen. Ja, das wäre nicht so klug. Wie konnte ich Ruth helfen, wenn wir Zellengenossen in der Grimway-Zitadelle waren?

Ley-Linien.

Es war so einfach, dass ich fast in Gelächter ausgebrochen wäre. Beinahe.

Abgesehen von meinen Tanten wusste niemand, dass ich die Ley-Linien mit meinem Willen biegen konnte. Im Moment musste ich nur nach einer greifen, um mich, das Buch und meine Freunde von hier wegzubringen. Zweifellos würden wir gejagt werden, wenn wir flohen, aber ich würde mir die Details der Flucht später überlegen.

Auf keinen Fall würde sie mir diese Dinger anlegen.

„Tessa hat recht", verkündete Marcus, und ich sah ihn überrascht an, aber er sah Ronin an. „Ronin ist der Besitzer des Gebäudes. Hier in Hollow Cove darf er es betreten. Meiner Meinung nach verstößt er gegen kein Gesetz."

„Sie haben sich mitten in der Nacht und im Dunkeln in einen Geschäftsraum geschlichen", sagte Adira. „Wo ich herkomme, nennen wir das kriminell."

Marcus sah sie mit einem finsteren Gesichtsausdruck an. „Du bist nicht von hier." Seine Schultern spannten sich an. „Und ich bin der Polizeichef hier. Wenn Ronin Lust hat, sich mit seinen Gespielinnen nach Feierabend in seinem Gebäude zu vergnügen, ist das seine Sache. Ist ja nichts passiert."

Gespielinnen?

Ein böses Lächeln erschien in ihrem Gesicht. „Wenn das wahr ist, warum hat er dann den stillen Alarm ausgelöst? Ich werde es dir sagen. Weil er nicht wusste, dass es einen gibt. Soweit wir wissen, hat er versucht, etwas aus Gilberts Safe zu stehlen."

Ronin lachte laut, es klang ein bisschen übertrieben. „In diesem Safe ist nichts, was sich zu stehlen lohnt", schnaubte er. „Glaub mir. Das Einzige, was hier drin etwas Geld wert ist, ist seine Sammlung alter Playboy-Hefte."

„Halt die Klappe, Ronin", zischte ich. „Das ist nicht hilfreich."

Ronins Lächeln verschwand. „Stimmt. Mein Fehler."

Marcus' Gesichtsausdruck wurde hart, als er die Vampire musterte. „Das ist meine Stadt", sagte der Polizeichef mit einer unterschwelligen Drohung in der Stimme. „Du bist nicht mehr die amtierende Polizeichefin. Und ehrlich gesagt", fügte er hinzu, „ist es mir egal, was du sagst. Du gehörst nicht hierher."

„Tessa Davenport hat eine Vorliebe dafür, das Gesetz zu brechen", erklärte Adira und richtete ihren Blick wieder auf mich. „Ich habe mich umgehört. Das ist allgemein bekannt."

„Oh, bitte. Das sind alles Lügen", stieß ich hervor, obwohl ich genau wusste, dass es die Wahrheit war. Ups.

Marcus trat auf Adira zu, bis sie sich gegenüberstanden. „Ich bin hier das Gesetz, und ich sage, sie haben gegen keines verstoßen."

Adira beugte sich vor, ihre grünen Augen waren nun schwarz. Verdammt. Sie war kurz davor, sich zu verwandeln.

„Ist das so?", zischte sie. Sie machte einen Schritt auf mich zu, aber Marcus versperrte ihr den Weg.

Marcus sah sie einen langen Moment lang an. „Tessa. Ronin. Iris. Bitte verlasst das Gebäude. Ihr werdet nicht verhaftet oder angeklagt. Ihr dürft gehen."

Ich starrte auf die offenen Münder meiner Freunde. Marcus ließ uns gehen? Wir alle wussten, dass wir gegen alle möglichen Gesetze verstoßen hatten, aber er ließ uns gehen. Warum?

In mir kochten die Emotionen hoch und die größte davon war Beschämung. Aber es war offensichtlich, dass Marcus nichts mit mir zu tun haben wollte. Ja, er ließ uns gehen, aber ich war bereit zu wetten, dass es mehr mit Adira zu tun hatte als mit mir. Es seine Art, ihr zu zeigen, wer der Boss war.

Mein Blick glitt zu dem Buch zu meinen Füßen.

„Geht", befahl Marcus mit gefährlich tiefer Stimme.

„Aye, aye, Kapitän", sagte Ronin und gab Marcus einen Armeesalut. „Ihr habt den Mann gehört. Lasst uns gehen, meine schönen *Gespielinnen*."

Ronin verschränkte seine Arme mit denen von Iris und mir. Bevor ich versuchen konnte, das Buch unbemerkt an mich zu reißen, lenkte er uns von den beiden Polizeichefs weg und führte uns aus dem Büro, vorbei an den beiden Vampiren, die Cameron und Jeff in die Augen sahen, und durch die Vordertür von Gilberts Laden.

Ronin ließ uns los, als wir den Bürgersteig erreichten. „Mann, ich weiß nicht, wie es euch geht, aber ich brauche einen Drink."

„Ich hasse Adira wirklich", sagte Iris und sah so wütend aus, wie ich sie noch nie gesehen hatte. „Ich wollte ihr gerade Chlamydien verpassen."

Ich brach vor lauter aufgestautem Stress in lautes Gelächter aus. Es fühlte sich toll an.

„Gott, ich liebe dich." Ronin zog Iris an seine Brust und küsste sie. „Ich liebe es, wenn du über Geschlechtskrankheiten sprichst." Iris kicherte und küsste ihn ebenfalls.

Meine Erleichterung war nur von kurzer Dauer. Ich hatte den einzigen Beweis verloren, der Ruth von der Anklage wegen Mordes befreien konnte.

Das Geräusch einer sich schließenden Tür ließ mich meinen Blick auf die Vorderseite von Gilberts Laden richten. Ich biss die Zähne zusammen, als ich Adira und ihre Kumpane weggehen sah. Sie schaute nicht ein einziges Mal in unsere Richtung, als sie und ihre Vampir-Truppe die Shifter Lane hinunter verschwanden, während Marcus ihnen beim Weggehen zusah.

Ich versuchte, mein Unbehagen abzuschütteln, während ich den Wergorilla anstarrte, der wahrscheinlich den Kodex eines Polizeichefs gebrochen hatte, indem er uns gehen ließ.

Als hätte er meine Gedanken gehört, drehte er sich um, und unsere Blicke trafen sich. Sein Blick aus seinen grauen Augen schien ein Loch in meine Seele zu brennen. Ich fühlte mich, als hätte man mir mit einer Schaufel auf den Kopf geschlagen.

Und als er in meine Richtung ging, hatte ich das Gefühl, von zwei Schaufeln am Kopf getroffen worden zu sein.

Mir wurde schwindlig. Hatte ich mich geirrt? Hatte er Adira nur angelogen, um sie zu ärgern, und wollte er uns tatsächlich verhaften?

Er blieb schweigend stehen, als er mir gegenüberstand. Mein Herz pochte wie wild. Ich versuchte, seine Gedanken zu lesen, aber sein Gesicht war eine stoische, ausdruckslose Maske.

Marcus griff in seinen Mantel und zog ein vertrautes rotes Buch heraus. „Hier. Das hast du vergessen."

Ronin fluchte und ich sah, wie Iris ihm in den Hintern kniff. Das war seltsam.

Ich nahm Gilberts Buch in die Hand, obwohl meine Lippen nicht in der Lage waren, irgendwelche Worte zu formen, da so viele Fragen gleichzeitig mein Gehirn überfluteten.

„Danke", sagte ich und blickte in diese wunderschönen grauen Augen.

„Keine Ursache." Marcus sah mich noch einen Moment lang an, dann drehte er sich um und schritt davon.

Ich sah zu, wie er in dem Schatten zwischen den nächsten Gebäuden verschwand und mich verwirrt und mit dem Gefühl zurückließ, der größte Arsch der Welt zu sein.

KAPITEL 24

E*stelle Watch und Michael Blackwood.*

Ich hatte zwei Namen, was bedeutete, dass ich zwei Namen näher dran war, um herauszufinden, wer der wahre Mörder war. Und ich war mir sicher, dass einer dieser Leute Bernard, den Bäcker, vergiftet und getötet hatte. Darauf würde ich sogar mein Leben verwetten.

Zu dumm, dass ich meine dritte Hexenprüfung machen musste.

Heute war der 22. Dezember und ich befand mich wieder in Montevalley House, in dem Saal, in dem ich an meinem allerersten Tag der Merlin-Prüfungen gesessen hatte. Ich nahm einen Platz ganz hinten, vielleicht sogar denselben wie zuvor, und saß so weit wie möglich von der Bühne am Ende des Raumes entfernt.

Obwohl es sich um denselben Saal handelte, war er, wenn ich mich jetzt umsah, viel leerer. Statt der sechsundneunzig Hexen, die am 31. Oktober auf diesen Plätzen gesessen hatten, waren wir nur noch achtzehn, einschließlich mir und Willis.

Mein Blick wanderte zu dem Wirrwarr aus braunen Haaren und runden Augen hinter einer viel zu großen Brille, die in den achtziger Jahren in Mode gewesen sein könnte. Ein seltsamer Geruch nach Mottenkugeln strömte von ihm aus. Ja, Willis war ein komischer Kauz, aber ich mochte ihn.

Als mein Hintern kaum Kontakt mit meinem Sitzplatz gemacht hatte, hatte Willis meinen Namen gerufen und sich beeilt, den Platz neben mir zu ergattern, als wäre es der einzige freie Platz im ganzen Saal. Als ich mich umsah, waren Willis und ich die einzigen, die nebeneinander saßen. Tatsächlich saßen alle sechzehn anderen Hexen so weit voneinander entfernt wie möglich. Sie gingen einander aus dem Weg und mieden sich wie die Pest. Dennoch warfen sie uns immer wieder verstohlene Blicke voller Verachtung und Hass zu.

Ich merkte, dass ich die Luft angehalten hatte und stieß sie langsam aus. Das waren viel zu viele Emotionen für mich. Wenigstens waren Willis und ich auf derselben Seite. Beste Freunde auf Probe. Von mir aus konnten sie sich weiter hassen. Was spielte das überhaupt für eine Rolle? Wir hatten es alle so weit gebracht. Wir hatten es alle verdient, hier zu sein. Was war ihr Problem?

Ich hatte keine Ahnung, was die dritte Prüfung bringen würde. Ich wusste nur, dass es erstens die letzte Prüfung war und zweitens die bisher schwerste sein würde.

Super.

Meine Augen suchten die Bühne ab. Greta war noch nicht da. Niemand war da, außer den beiden Hexen, die am abgesperrten Bereich ganz rechts auf der Bühne standen und von denen ich annahm, dass sie im Haus arbeiteten. Sie hatten uns ins Innere des Hauses und in den Saal geführt, als wir angekommen waren, und standen jetzt im Schatten, wo sie die Menge überblicken konnten.

Je länger wir warteten, desto schlechter fühlte ich mich. Als ich einen Blick auf die anderen Hexen warf, sah ich, dass wir alle buchstäblich auf unseren Sitzen zappelten und auf unser Schicksal warteten.

Ich hatte das Gefühl, dass Greta das mit Absicht tat. Wahrscheinlich versteckte sie sich hinter einem Vorhang oder einer Tür, genoss die Show und machte sich über uns lustig.

„Was glaubst du, was die dritte Prüfung sein wird?“, fragte Willis mit leiser Stimme, die so sehr zitterte, dass ich ihn kaum verstand.

„Keine Ahnung“, antwortete ich, den Blick auf die Bühne gerichtet. „Härter als die anderen beiden. Schlimmer. Viel schlimmer.“

Willis nickte. „Okay. Okay.“ Er rieb mit den Händen über seine Oberschenkel. „Du schaffst das, Willis“, sagte er sich und ich spürte einen winzigen Stich in meinem Herzen. „Du schaffst das. Du hast es so weit geschafft ... Ich glaube an dich. Du kannst das. Du bist großartig.“

„*Du* bist seltsam“, sagte ich mit einem Kichern.

Der kleine Hexer strahlte. „Es ist besser, seltsam und einzigartig zu sein, als zu versuchen, etwas zu sein, was man nicht ist.“

„Amen.“

„Ich weiß nicht, wie du es geschafft hast“, sagte Willis. „Wie du mich in diese Ley-Linie gezogen hast. Aber ich danke dir trotzdem. Ohne dich hätte ich es nicht geschafft.“ Er zögerte. „Wie hast du das gemacht?“

„Du meinst, ich habe dich mit hineingezogen? Ich bin mir nicht ganz sicher“, sagte ich ihm. „Und das ist die ehrliche Wahrheit.“ Ich hatte nicht viel Zeit gehabt, um darüber nachzudenken. Ich war zu sehr damit beschäftigt, herauszufinden, wer die beiden Leute waren, die die schwarze Belladonna gekauft hatten.

„Willis.“ Ich wartete darauf, dass der Hexer mich ansah. „Du wärst auch ohne mich klargekommen. Wenn diese Hexen fair gespielt hätten, hättest du meine Hilfe nicht gebraucht“, sagte ich und erinnerte mich an das Blut in seinen Ohren und seiner Nase und die blutige Wunde an seinem Hinterkopf. Willis hätte eine echte Chance gehabt, Silas zu besiegen, wenn er nicht unter einem, wie ich vermute, schweren Kopftrauma gelitten hätte. Ich ließ meinen Blick über die Hexen schweifen und fragte mich, wer von diesen Mistkerlen Willis das angetan hatte.

„Sie haben mich auch angegriffen“, sagte ich zu ihm.

„Aber du bist aufgestanden. Ich war am Boden, Tessa. Ich war derjenige, der geschlagen wurde."

„Aber du wurdest nicht geschlagen", sagte ich. „Nach dem, was sie getan haben? Die haben es nicht mal verdient, hier zu sein. Aber du und ich? Wir schon. Wir sind die Underdogs. Und sie sind neidisch, dass wir eine Chance haben, das hier zu gewinnen."

Willis sah zu Boden. „Na ja. Wir werden sehen. Meine Wilma will nicht, dass ich aufgebe."

„Wilma?" *Nein! Willis und Wilma?*

Willis sah mich an und lächelte. „Meine Frau. Ich tue das für sie, weißt du." Er richtete seinen Blick wieder auf die Bühne. „Sie glaubt an mich. Ich weiß nicht, warum, aber sie tut es. Ich bin an den Merlin-Hexenprüfungen schon zwölfmal gescheitert. Ich war noch nie so nah dran zu gewinnen. Ich habe bislang nicht mal die zweite Prüfung überstanden. Ich will das, Tessa. Ich will das für Wilma gewinnen. Sie ist mein Ein und Alles. Verstehst du?"

Nicht wirklich. Ich klopfte ihm auf die Schulter. „Das wirst du." Mein Herz krampfte sich zusammen, als er von seiner Frau sprach. Da war so viel Liebe, und das machte mich neidisch. Ich wollte auch eine Wilma – nun, einen Marcus.

Marcus ...

Mein Herz zersplitterte in winzige Stücke, als mein Telefon piepte. Ich blickte auf das Gerät in meiner Hand hinunter. Es war eine SMS von Ronin.

Ronin: *Ich sagte, ich würde dich auf dem Laufenden halten. Hier ist es. Nichts. Wir haben Facebook durchfors-*

tet, können aber immer noch niemanden mit den Namen Estelle Watch oder Michael Blackwood finden. Willst du, dass ich Gilbert frage?

Verdammt. Das Letzte, was ich jetzt gebrauchen konnte, war, dass diese kleine Wandler-Eule einen Aufstand machte, weil wir diese Namen hatten. Er würde schlussfolgern, dass wir in seinen Laden eingebrochen waren, und dann würde er einen Anfall bekommen. Als Nächstes würde er herausfinden, dass sein wertvolles Buch mit exotischen Kräutern fehlte – ein weiterer Anfall – und dann würde er sich verplappern. Estelle und Michael würden davon hören und abhauen. Und das wäre das Ende der Geschichte.

Wir hatten den Beweis, dass sie die schwarze Belladonna gekauft hatten. Als nächstes brauchten wir ein Motiv, den Antrieb, der sie zum Mord und zur Vergiftung von Bernard, dem Bäcker, getrieben hatte.

Ich: *Nein. Sag es nicht GILBERT!!! Entschuldigung für die Großbuchstaben. Bitte such weiter.*

Ronin: *Ja, Ma'am.*

Iris hier. Geht es dir gut?

Ich: *Ja. Ich erzähle dir alles, wenn ich nach Hause komme.*

Ronin: *OK*

„Es geht los“, flüsterte Willis und ich schaltete mein Handy auf Vibrationsmodus und steckte es in meine Tasche.

Vom rechten, abgesperrten Bereich aus stolzierte Greta in die Mitte der Bühne vor uns, gefolgt von

Marina und Silas, die ein paar Schritte hinter ihr stehenblieben. Jeder hatte einen Stapel weißer Umschläge in der Hand.

Greta schritt wie eine disziplinierte Geschäftsfrau. Sie trug ein weißes Gewand, das mit goldenem Stoff verziert war. Das Licht von oben schien auf ihren fast kahlen Kopf. Der Blick aus ihren Augen war kühl und berechnend, aber ich erkannte noch etwas darin – Grausamkeit. Die Liebe zur Macht, ohne Rücksicht auf das Wohl der Mitmenschen.

Willis bewegte sich neben mir. Ein unruhiges Gemurmel der Hexen im Raum war zu hören. Meine eigenen Nerven lagen blank. Mein ganzer Körper zitterte. Ich fühlte mich, als würde ich gleich wie eine Zeichentrickfilm-Figur von meinem Stuhl an die Decke schießen.

„Willkommen", sagte sie schließlich, „zur letzten Merlin-Hexenprüfung." Ihre Stimme hallte durch den Saal. „Sechsundneunzig von euch haben diese Prüfungen begonnen", fuhr sie fort. „Und nur achtzehn von euch sind übrig. Ich erwarte, dass nur die Hälfte dieser Gruppe ihre Merlin-Lizenz erhalten wird. Vielleicht sogar weniger." Bei ihren letzten Worten warf sie mir einen strengen Blick zu, der sicherstellte, dass jeder im Raum, der mich noch nicht bemerkt hatte, es jetzt tat.

Ich spürte, wie sich mein Gesicht erhitzte.

Super.

Ein Keuchen und leises Murmeln ging erneut durch das Theater. Die anwesenden Hexen murmelten ihre Missbilligung. Offensichtlich hatte keine von ihnen die Absicht durchzufallen. Wir waren hier, um zu bestehen. Um unsere Lizenzen zu bekommen. Und wenn die letzten beiden Prüfungen nicht schon Beweis genug dafür waren, was sie bereit waren, sich gegenseitig anzutun, dann würde diese dritte Prüfung die Hölle werden.

Greta starrte mich einen weiteren langen Moment lang feindselig an und ich hätte schwören können, dass in ihren Augen ein Flackern der Neugier zu sehen war. A-ha. Silas hatte ihr von meiner Verwendung der Ley-Linien in der zweiten Prüfung erzählt. Entweder war sie neugierig darauf, oder sie fragte sich, ob ich disqualifiziert werden sollte. Aber ich war noch hier. Oder etwa nicht? Das hieß, die alte Hexe war neugierig auf meine Fähigkeit. Meine Tanten hatten gesagt, sie wäre einzigartig. Vielleicht hatten sie recht. Vielleicht konnte keine andere Hexe die Ley-Linien biegen. *Ein Hurra auf mich.*

„Warum starrt sie mich an?“, flüsterte Willis, seine Augen weiteten sich vor Panik, während er langsam auf seinem Sitz nach unten rutschte, bis er praktisch auf dem Boden saß. „Sie denkt, ich werde durchfallen!“

„Pssst“, sagte ich und zog ihn an seinem Hemd wieder hoch. „Sie sieht mich an. Nicht dich. Unsere Feindschaft reicht weit zurück.“ Ein paar Generationen zurück.

Sie dachte also, ich würde versagen. Wenn sie dachte, ich würde zurückschrecken wie Willis, lag sie falsch. Dadurch war ich nur umso mehr gewillt, erfolgreich zu sein.

Greta ließ mit einer kleinen Handbewegung Schweigen einkehren und ich schaute zu Silas und Marina, die ihre Köpfe zusammengesteckt hatten und in ein Gespräch vertieft waren. Und aus dem Lächeln auf ihren Gesichtern konnte ich schließen, dass sie wahrscheinlich Wetten abschlossen, wer von uns es schaffen würde.

Greta betrachtete uns mit leidenschaftslosem, distanziertem Blick. „Ihr habt die ersten beiden Prüfungen bestanden und jetzt seid ihr hier. Ihr denkt, ihr seid etwas Besonderes. Oder nicht? Nun, das seid ihr nicht."

„Ich habe sie immer gemocht", murmelte ich und sah aus dem Augenwinkel, wie Willis wieder nach unten rutschte. „Ihre Worte tun Wunder für unser Ego."

„Lasst euch nicht täuschen", fuhr Greta fort und ließ ihren Blick über die Sitzreihen schweifen. „Ein Merlin zu sein bedeutet nicht nur, dass ihr eure magischen Fähigkeiten einsetzen könnt, sondern auch, dass ihr euren Verstand benutzen müsst. Eure Ermittlungsfähigkeiten müssen hervorragend sein. Du kannst noch so gut zaubern, aber es nützt dir nichts, wenn du deinen Verstand nicht benutzen kannst." Sie hob die Augenbrauen und sprach laut: „Magical Enforcement Response League *Intelligence* Network. Das ist es, was ein Merlin ist. Ihr müsst Analysten werden. Geheimdienst-Analysten. Ihr müsst mir beweisen, dass ihr in der Lage seid, einen Fall zu lösen."

Das Geflüster schoss durch den Saal.

Willis zuckte auf seinem Sitz zusammen. „Hat sie gerade Fall gesagt?“ Er schob seine Brille mit dem Finger auf den Nasenrücken und sah zum ersten Mal, seit er sich hingesetzt hatte, aufgeregt aus.

„Das hat sie“, antwortete ich, angespannt, nervös und gespannt zugleich. Ich lehnte mich auf meinem Sitz nach vorne.

Mit rasendem Puls starrte ich Greta an, während die alte Hexe ihren Blick über die Hexen schweifen ließ. Aufregung durchströmte mich in Wellen. Ich konnte das tun. Ich konnte einen Fall lösen. Oder?

Greta räusperte sich. „Es gibt achtzehn Fälle, einen für jeden von euch“, sagte sie. „Jeder Fall ist speziell für euch und nur für euch gedacht. Wenn ihr Hilfe von Freunden oder Familie braucht, könnt ihr sie nutzen. Oder ihr könnt allein arbeiten. Es liegt ganz an euch. Ihr müsst Daten sammeln, Einschätzungen vornehmen, einen Tatort untersuchen ... Es ist euer Fall. Wenn ihr alle Beweise gesammelt habt“, sagte sie, ihren Blick wieder auf uns gerichtet, „kommt ihr hierher und tragt mir den Fall vor.“

Mir fiel die Kinnlade herunter. Greta spielte also Richter, Geschworene und Henker? Warum war ich nicht überrascht?

„Wenn ihr euren Fall nicht in der vorgegebenen Zeit löst ...“ Sie hielt inne. „Werdet ihr durchfallen.“ Wieder fixierte sie mich mit ihren Augen, und ich musste dem Drang widerstehen, nicht zusammenzuzucken. „Hört zu, Hexen. Es ist ganz einfach. Löst euren Fall und ihr werdet die nächsten Merlins.

Wenn ihr versagt ... na ja... dann viel Glück beim nächsten Mal."

Willis gab ein kleines Wimmern von sich und ich streckte die Hand aus und tätschelte seinen Kopf, wie ich es bei einem Welpen tun würde.

„Wenn ich einen Namen aufrufe, kommt die Person auf die Bühne und holt sich den ihr zugewiesenen Fall ab", befahl die alte Hexe. Greta drehte sich um und gab Silas und Marina ein Zeichen, nach vorne zu treten. Sie übergaben ihr den Stapel Briefumschläge, den sie in der Hand hielten, und traten zurück.

Die alte Hexe warf einen Blick auf den ersten Umschlag und rief: „Craig Allen".

Ein Hexer in seinen Zwanzigern mit rasiertem Kopf und hellbrauner Haut stand auf und ging auf die Bühne, um seinen Umschlag zu holen.

Mein Puls pochte schneller und verursachte mir Kopfschmerzen, und ich hörte kaum die anderen Namen, die sie rief, als eine nach der anderen Hexe im Theater aufstand. Ihre Bewegungen waren schnell und von kaum kontrollierter Aufregung geprägt, als sie sich zusammenrissen und auf die Bühne gingen, um ihren Umschlag zu holen.

„Das bin ich!", rief Willis, als er sich hochstemmte, es aus unserer Reihe schaffte und natürlich auf dem Weg zur Bühne über die Stufen stolperte. Meine Augen waren auf ihn gerichtet, als er seinen Umschlag nahm und sich entfernte, wobei er ihn umklammerte, als hinge das Leben seiner Frau davon ab. Er machte drei Schritte, riss ihn auf, las den Inhalt und zeigte mir den Daumen nach oben.

Ich atmete tief aus.

„Tessa Davenport."

Irgendwo in meinem verwirrten Gehirn hörte ich meinen Namen. Ich war die Letzte. Wer wusste schon, warum? Offensichtlich war es nicht alphabetisch. Vielleicht lag es am Resultat der letzten Prüfung. Willis und ich waren die Letzten, die durch die zweite Runde gekommen waren.

Betäubt verließ ich meine Reihe und ging den Gang hinunter zur Bühne. Ich merkte kaum, wie sich meine Beine bewegten, aber sie taten es.

Ich stand Greta gegenüber. Wir starrten uns einen Moment lang an. Ihr Gesicht war emotionslos, aber ihre Augen blickten düster. Ich ließ meinen Blick auf den letzten weißen Umschlag in ihren knorrigen Fingern fallen. Ohne ein einziges Wort zu sagen, reichte Greta mir den Umschlag.

Ich nahm ihn mit zitternden Fingern entgegen und starrte auf den schlichten weißen Umschlag, auf dem in eleganten schwarzen Buchstaben der Name TESSA DAVENPORT stand.

Ich ging von der Bühne und suchte mir einen Platz abseits der anderen. Ich wollte nicht, dass mich jemand sah, während ich den Umschlag öffnete, nur für den Fall, dass es etwas Schlimmes war. Mir ging es allein schon schlecht genug, niemand musste mir helfen, mich schlecht zu fühlen. Danke.

Mit einem Pochen in den Ohren riss ich den

Umschlag mit zitternden Fingern auf und begann zu lesen.

Es war nur ein einziger Satz, ein winziger Satz auf dem ganzen Stück Briefpapier. Dennoch musste ich ihn zweimal lesen.

Du hast bis heute um Mitternacht Zeit, Ruth Davenports Unschuld zu beweisen.

Verdammte Scheiße. Sie hatte mir Ruths Fall gegeben.

KAPITEL 25

Ich hatte weniger als sechzehn Stunden Zeit, um den Fall meiner Tante zu lösen und ihn Greta zu präsentieren.

Ja, nur kein Druck.

Meine Tante Ruth war bereits vom Grauen Rat für schuldig befunden worden. Sie war angeklagt und verurteilt worden und sollte morgen früh das Hexengefängnis von innen sehen.

Doch Greta hatte mir einen Zettel gegeben, auf dem etwas anderes stand. Zumindest, wenn ich wie durch ein Wunder ihre Unschuld beweisen konnte. Ich glaubte, dass es noch eine Chance gab, die Anklage fallen zu lassen. Die Frage war nur, *warum* Greta es auch glaubte.

Hatte sie einen solchen Hass auf meine Familie, dass ihr Wunsch, mich scheitern zu sehen, darauf hinauslief, dass sie mir einen Fall gab, der nicht gelöst werden konnte? War es das, was sie sich erhoffte? War sie so böse und hinterhältig? Oder gab es einen anderen Grund?

Meine Gedanken überschlugen sich vor Fragen, als ich mit der Ley-Linie nach Hause reiste. Im Moment spielte es keine Rolle, warum sie es getan hatte. Ich hatte sowieso vorgehabt, den Fall auf eigene Faust zu lösen – natürlich mit der Hilfe meiner Familie und Freunde.

Und ich würde jede Hilfe brauchen, die ich bekommen konnte.

„Estelle Watch und Michael Blackwood", las Dolores und legte ihren Finger auf Gilberts rotes Buch, das in der Mitte des Küchentisches lag. Sie schürzte die Lippen. „Nie von ihnen gehört. Du, Beverly?"

Beverly neigte den Kopf, während sie ihre Kaffeetasse in ihren zierlichen Händen hielt. „Noch nie von Estelle Watch gehört. Und ich fürchte, bei Michael Blackwood klingelt es auch nicht."

„Bist du sicher?", fragte Dolores. „Ich dachte, du kennst alle Männer hier in Hollow Cove. Ob verheiratet oder ledig."

Beverlys Lippen verzogen sich zu einem Lächeln. „Natürlich, Dolores. Verzeih mir, aber mein Gedächtnis ist nicht mehr so gut wie früher. Ich werde mal in meinem Tagebuch nachsehen."

„Stehen da die Namen all derer drin, mit denen du Sex hattest?", fragte Ronin und verzog sein Gesicht zu einem albernen Grinsen.

Beverly schenkte ihm ein Lächeln. „Vielleicht."

„Schön." Der Halbvampir stellte sich neben Dolores und begann, mit seinem Handy Fotos zu machen, während er in Gilberts Buch blätterte. Er bemerkte, wie ich ihn anstarrte, und sagte: „Material, das für eine Erpressung nützlich sein könnte."

Ich wollte keine Details dazu wissen.

Beverly schob ihren Stuhl zurück und stand auf. „Ich werde sehen, ob Ruth diese Namen wiedererkennt. Vielleicht weiß sie etwas." Beverlys Lächeln verblasste bei der Erwähnung ihrer Schwester.

„Ja. Das ist eine gute Idee." Dolores' Gesicht wurde ausdruckslos, als sie Ronin dabei zusah, wie er in den Seiten blätterte und weitere Fotos schoss.

Ruth war die erste Person gewesen, die ich aufgesucht hatte, als ich durch die Tür von Davenport House gekommen war. Ich war nach oben gerannt, um ihr die Nachricht zu überbringen, dass ich offiziell an ihrem Fall arbeiten würde – sozusagen – aber meine Tante hatte meine Anwesenheit nicht einmal zur Kenntnis genommen. Sie saß am Rande ihres Bettes und starrte auf den Boden, als ob sie mich nicht sehen und nicht hören könnte.

Das hatte mich erschreckt. Ich hatte sie so nicht wiedererkannt. Ihre quirlige, charmante Persönlichkeit war verschwunden und durch eine morbide, verlorene Seele ersetzt worden. Ich wollte meine Tante zurück, und der einzige Weg, wie ich das schaffen konnte, war, diesen Fall zu lösen – auf meine Weise.

Ich holte das gefaltete Stück Papier aus meiner Tasche und legte es flach auf den Tisch. „Was denkst du, warum Greta mir das aufgetragen hat? Sie weiß, dass Ruth bereits vom Grauen Rat verurteilt worden ist. Ich verstehe das nicht. Was übersehe ich hier?"

Dolores stellte sich neben mich und richtete ihren Blick auf das Stück Papier. „Ich weiß es nicht, Tessa. Sie ist wütend auf uns. Nicht auf dich."

„Nein, ich bin mir ziemlich sicher, dass sie mich auch hasst."

„Das sollte sie aber nicht. *Wir* haben dich zu einem Merlin gemacht."

„Und sie hat mir die Lizenz weggenommen." Wütend schnappte ich mir das Stück Papier, faltete es wieder zusammen und steckte es zurück in die Tasche meiner Jeans.

Dolores betrachtete mich ein paar Sekunden lang wortlos. „Ich werde mit Gilbert reden", sagte sie plötzlich. Sie sah mich an. „Er wird mir sagen, wer diese Leute sind und wo ich sie finden kann."

„Und wenn er es nicht tut?", fragte Beverly, während sie ihre Kaffeetasse in die Spüle stellte. „Du weißt ja, wie er sein kann. Eine nutzlose kleine Ratte. Ich sollte ihn in den Keller führen."

Die Vorstellung, dass Davenport House Gilbert eine Lobotomie verpasste, klang gar nicht so schlecht.

„Und du weißt, wie ich sein kann", sagte die große Hexe. „Wenn es sein muss, rupfe ich dieser Eule die Federn aus. Das ist mir egal. Wir reden hier über Ruths Leben. Nicht um seine überteuerten Tüten mit Mehl und Kochsalz."

„Sein Speisesalz schmeckt wie Essig", sagte Iris, als sie mit Dana unter dem Arm die Küche betrat.

„Meine Theorie ist, dass er die Reste aus dem Restaurant auf der anderen Straßenseite – Garden of Eden – nimmt, sie abpackt und verkauft." Sie zog einen Stuhl vom Küchentisch weg und setzte sich, wobei sie Dana auf ihrem Schoß festhielt.

Ich starrte Iris einen Moment lang an. „Wenn du recht hast, frage ich mich, was er sonst noch alles wiederverwendet und neu verpackt."

Ronin schüttelte den Kopf. „Wenn du Kondome sagst, muss ich kotzen."

Ich schürzte meine Lippen. „Ich habe gar nichts gesagt, du großes Baby", sagte ich und brachte Iris zum Lachen.

Dolores ging zu dem hölzernen Kleiderständer, zog ihren langen grauen Wollmantel an und wickelte sich einen Schal um den Hals. „Ich bin so schnell wie möglich wieder da."

„Bitte bring niemanden um", sagte ich und stieß den angehaltenen Atem wieder aus. „Ich kann nicht noch eine Tante verlieren."

Dolores sah mich vielsagend an und machte sich dann auf den Weg zur Hintertür. „Ich kann nichts versprechen", sagte sie, als die Tür hinter ihr zuknallte.

Ich blickte stirnrunzelnd die Tür an. „Verdammt."

„Glaubst du, sie wird ihm wehtun?", fragte Ronin.

„Ich würde ihm wehtun", warf Iris ein.

Ich schüttelte den Kopf. „Ich weiß es nicht. Vielleicht? Sie steht unter großem Stress. Und der Typ ist ein bisschen nervig."

Iris sah mich erwartungsvoll an. „Und was machen wir jetzt?“

Mein Blick wanderte zwischen meinen Freunden hin und her. „Nun, ich kann nicht einfach hier sitzen und auf Dolores warten, die vielleicht oder vielleicht auch nicht irgendwelche Informationen bekommt. Das ist mein Fall.“ Ich starrte auf Gilberts Buch hinunter. „Wer außer Gilbert hat noch eine Liste mit allen Leuten in dieser Stadt?“

„Der Stadtschreiber“, antwortete Ronin wie aus der Pistole geschossen.

Hoffnung blühte in meiner Brust auf. „Ausgezeichnet. Das ist gut. Warum siehst du aus, als hättest du gerade rohe Leber gegessen?“

„Weil Gilbert der Stadtschreiber ist“, antwortete er.

Meine Hoffnungsblase zerplatzte und ich vergrub mein Gesicht in meinen Händen. „Na toll. Ich bin so am Arsch. Es muss jemand anderen geben. Jemand, der alles im Auge behält ...“ Ich ließ meine Hände fallen. „Marcus würde es wissen“, sagte ich. Mein Magen krampfte sich bei der Erwähnung seines Namens zusammen. Ich erinnerte mich daran, wie er mir erzählt hatte, dass er eine Liste aller Paranormalen hatte, die das Nachtfest in Hollow Cove besuchten. Ich war mir sicher, dass er eine Liste von jedem in dieser Stadt hatte. „Wir könnten ihn fragen.“

„Nein. *Du* solltest ihn fragen“, sagte Iris. „Wenn du ihm sagst, warum, ist er sicher bereit zu helfen.“

„Ich stimme Iris zu, Tess“, stimmte Ronin zu,

während er sein Handy in die Tasche steckte. „*Du* musst es tun."

„Ich glaube nicht, dass das eine gute Idee ist", widersprach ich, während mein Magen bei dem Gedanken, mit Marcus zu sprechen, ein Tauziehen mit meinen Eingeweiden veranstaltete. „Nicht nach dem, was ich getan habe. Ich habe mich ihm gegenüber wie ein Arschloch benommen. Ich bezweifle, dass er mit mir reden will. Wahrscheinlich wird er mir die Tür vor der Nase zuschlagen. Das würde ich an seiner Stelle auch tun." Das hatte ich absolut verdient.

„Du bist *nicht* er." Iris atmete aus und sah mich an, als wäre ich ein fünfjähriges Kind, das keine Gespräche mit Erwachsenen verstand. „Er hat dir dieses Buch gegeben. Stimmt's?", sagte sie und deutete auf Gilberts rotes Buch. „Er hätte es nicht tun müssen, aber er hat es getan. Und er hat es getan, weil es ihm wichtig war. Er sorgt sich um Ruth und er sorgt sich um dich. Wir verlieren alle mal die Beherrschung. Keiner ist perfekt."

„Das trifft vielleicht auf dich zu", sagte Ronin und deutete mit seinem Daumen auf sich selbst. „Ich bin absolute Perfektion, Baby."

Iris hatte nicht ganz unrecht. Marcus hätte mir das Buch nicht geben müssen, aber er hatte es getan. Das musste etwas bedeuten.

„Du hast recht." In den letzten Wochen hatte ich mir ein echt großes Ego zugelegt. Ich musste mir meine Fehler eingestehen. Ich musste mich mit dem auseinandersetzen, was ich getan hatte. Ich musste mich dem stellen. Es gab kein Zurück mehr, nur noch einen Weg nach vorne.

Ein Teil des Problems war, dass ich mir nicht eingestehen wollte, dass ich wahrscheinlich meine Chancen bei einem wunderbaren Mann ruiniert hatte. Männer, die so gut und ehrlich waren, waren praktisch eine vom Aussterben bedrohte Spezies. Und ich hatte es vermasselt.

Mein Liebesleben war im Moment unbedeutend. Nichts davon würde von Bedeutung sein, wenn ich Ruth nicht helfen würde.

Ich wusste, was ich zu tun hatte, um Ruth zu retten. Ich musste den Mann um Hilfe bitten, zu dem ich so gemein gewesen war.

Das würde großartig werden.

KAPITEL 26

Ich rannte.

Meine Stiefel rutschten über den unebenen Bürgersteig, der mit einer dünnen Schicht nassen Schnees bedeckt war, als ich den Stardust Drive hinunterlief. Der brennende Schmerz in meinen Oberschenkeln, der Krampf in meiner Seite und die Erinnerung daran, dass die Zeit ablief, waren nichts im Vergleich zu den Schmerzen, die Ruth erleiden würde, wenn ich es nicht tun würde.

Hier geht es nicht um mich, sagte ich mir. *Es geht um Ruth.*

Die Sonne stand direkt über mir, lugte durch die Wolken und machte den Tag ein wenig wärmer. Ich rannte durch eine Pfütze und es war mir egal, dass meine Knöchel nass wurden.

Ich überquerte die Shifter Lane, erreichte den Bürgersteig und eilte zum Gebäude der Hollow Cove Security Agency.

Das Klappern einer sich öffnenden Glastür war

meine einzige Warnung und ich zuckte zurück, gerade als Marcus herausstürmte und mir fast die Nase zertrümmerte.

„Tessa“, rief er, wie immer in seiner lässigen Jeans und seiner Winterjacke im Bomberstil über einem schwarzen T-Shirt gekleidet, was einfach toll aussah.

„Hey.“ Ich trat zurück, rutschte auf dem nassen Schnee aus und fing mich gerade noch rechtzeitig ab, bevor ich auf den nassen Bürgersteig stürzen konnte. Hitze schoss mir ins Gesicht, als ich mich aufrichtete. „Hey ... du ...“ fügte ich unbeholfen hinzu und spürte einen stechenden Schmerz auf der linken Seite meines unteren Rückens, denn ich wusste, dass ich mir wahrscheinlich etwas verrenkt hatte, als ich versucht hatte, meinen Sturz aufzuhalten. „Ich wollte dich gerade besuchen.“

Marcus hob die Brauen und sah wirklich überrascht aus. „Was wolltest du?“

„Dich besuchen.“ Ich nickte vor mich hin wie eine Idiotin. Gott, warum war das so schwer? „Ähm ... Hi“, sagte ich und winkte ihm zu. Ich hatte ihm *zugewinkt*? Ich wurde wahnsinnig.

„Hi“, antwortete Marcus mit einem Lächeln, das fast hypnotisierend war.

„Das sollte verboten sein“, platzte ich heraus und merkte zu spät, dass ich meine Gedanken laut ausgesprochen hatte.

Marcus runzelte die Stirn. „Was sollte?“

„Mmmm. Nichts.“ Ich war eine stotternde, plappernde Idiotin. „Äh – Du siehst toll aus. Wirklich toll. Dankeschön.“ *Dankeschön?*

Marcus lachte leise. „Nein, ich danke *dir*.“ Er lachte wieder. Der Polizeichef fand mich zum Totlachen.

Ja, das Reisen in den Ley-Linien beeinträchtigte meine Konversationsfähigkeiten ernsthaft. Sie trugen einen kolossalen Schaden davon.

Wir standen eine Weile in unbehaglichem Schweigen da, mein Herz klopfte in meinen Ohren im Strudel meiner widersprüchlichen Gefühle, während mein ganzer Körper vor Hitze pulsierte, die nichts mit meiner warmen Daunenjacke zu tun hatte.

„Hat das Buch geholfen?“, fragte Marcus schließlich, sein Ton war fürsorglich und sanft, und ich wollte mich darin einhüllen.

„Ja“, sagte ich und fühlte mich ein wenig entspannter, weil er nicht wütend aussah oder klang. Ich betrachtete das als ein gutes Zeichen. „Deshalb bin ich hier.“

Marcus sah mich mit einem Stirnrunzeln an. „Ist es Gilbert? Weiß er es? Hat er etwas zu dir gesagt?“

„Nein, er weiß nichts von dem Buch. Ich glaube nicht, dass er es weiß. Jedenfalls noch nicht. Aber ich bin hier wegen der Namen, die wir gefunden haben“, sagte ich und sprach schnell. „Estelle Watch und Michael Blackwood. Das waren die einzigen beiden Namen, die die schwarze Belladonna in Gilberts Laden gekauft haben. Ruths Name steht nicht einmal in dem Buch. Sie hat nichts gekauft. Dem Grauen Rat ist das egal. Sie denken, sie hätte einfach in einem anderen Laden welche kaufen können. Aber Ruth hat es nicht getan. Und ich weiß, dass einer dieser Leute

Bernard getötet hat. Ich brauche nur einen Beweis, um meinen Fall zu lösen."

„Deinen Fall?"

Ich begegnete seinem Blick. „Lange Geschichte. Es ist meine dritte Hexenprüfung", fügte ich mit einem unechten Lachen hinzu. „Es ist absolut wahnsinnig. Aber ich habe bis heute um Mitternacht Zeit, Ruths Fall zu lösen."

Marcus sah mich an. „Okay."

Ich seufzte. „Also, hast du eine Liste oder kennst du diese Namen?"

„Moment mal." Marcus holte sein Handy heraus und fing an, rumzutippen. „Ich kann mit meinem Telefon auf meinen Computer zugreifen. Ich habe die gleichen Daten wie der Stadtschreiber im System."

„Diese moderne Technik ist einfach super." Ich hielt ängstlich den Atem an und beobachtete Marcus' Finger, die über das Display flogen, während ich mit meinem linken Fuß wippte. „Und? Irgendwas? Hast du was gefunden?"

„Nun", sagte Marcus und starrte immer noch auf sein Handy. „Ich kann Estelle Watch nicht auf der Liste finden, aber hier steht, dass Michael Blackwood tot ist."

„Tot? Seit wann?"

Marcus tippte einmal mit dem Finger auf das Display seines Telefons. „Sechzehnter September."

Ich schaute ihm in die Augen. „Das war, bevor Bernard tot aufgefunden wurde." Mein Blutdruck stieg in die Höhe. „Das bedeutet, dass Estelle Watch Bernard getötet hat."

Und ich würde sie erwischen ...

„Vielleicht.“ Marcus steckte sein Handy zurück in seine Jackentasche. „Aber hier gibt es keinen Eintrag über sie.“ Er kniff die Augen zusammen und schien nachzudenken.

„Was? Was ist los?“

Er schaute mich an und schüttelte den Kopf. „Es ist seltsam. Aber dieser Name –

Estelle Watch – Ich weiß, dass ich ihn schon einmal gehört habe. Ich kann mich nur nicht mehr erinnern, wo.“

Ich stieß einen langen Seufzer aus. „Man sagt, weibliche Mörder benutzen Gift. Stimmt's?“

„Manchmal.“

„Estelle ging in seinen Laden und als er nicht hinsah, schüttete sie die schwarze Belladonna in das Fläschchen, in dem Ruths Gingerweed war“, sagte ich und sah die Szene vor meinem inneren Auge ablaufen. „Auf diese Weise war es versteckt. Er hätte es auch nicht riechen können, selbst wenn er es versucht hätte, nicht bei dem starken Ingwergeruch.“

„Das ist eine Möglichkeit“, sagte Marcus. „Aber warum sollte sie es tun?“

Äh, ja. Hm. „Keine Ahnung.“

„Bevor wir irgendwelche Vermutungen ...“

„Theorien.“

„Theorien“, sagte Marcus mit einem Lächeln. „Wir müssen sie erstmal finden. Und laut meinen Unterlagen wohnt sie nicht hier in Hollow Cove.“

„Könnte sie aus einer benachbarten Stadt kommen? Schwarze Belladonna ist kein gewöhnliches Heilkraut. Es ist gefährlich. Es ist nicht leicht zu beschaffen. Vielleicht ist sie von außerhalb der Stadt gekommen?“ Es war weit hergeholt, aber ich war verzweifelt, und mir lief die Zeit davon.

„Ich werde Grace noch einmal die Liste durchgehen lassen. Sie ist wirklich gut darin, Leute zu finden.“

„Ich wette, das wird ihr gefallen“ Vor allem, wenn sie wusste, dass es von mir kam. Ich schaute über seine Schulter auf die Schatten im Gebäude. „Wo wir gerade von Leuten sprechen, die mich hassen ... wo ist Adira?“ Ich suchte mit den Augen nach der sexy rothaarigen Vampirschlampe und überlegte, wie ich ihr Chlamydien oder einen schweren Fall von Akne verpassen konnte.

„Weg.“

„Weg, wie weg für einen Tag, um sich die Zähne richten zu lassen? Oder wirklich weg?“

„Ich habe die Vorbereitungen getroffen, um Ruth morgen selbst zu begleiten.“ Sein Gesicht verdüsterte sich. „Ich dachte, es wäre besser für sie, wenn sie bei jemandem ist, den sie kennt. Jemandem, der sich um sie kümmert.“ Seine Augen blickten in meine und er biss die Zähne zusammen. „Ich weiß, du denkst, Ruth ist mir egal, aber das ist sie nicht.“

Oh, verdammt. Ich hob meine Hand. „Nein – Ich meine – Ja, ich weiß, dass du dich um sie sorgst.“ Ich war wieder einmal eine stammelnde Idiotin. „Was ich sagen will, ist, dass ich weiß, dass du dich sorgst. Und es tut mir leid, was ich gesagt habe. Ich war voreilig, impulsiv, eine totale Idiotin.“ Da, dank meines neuen Egos, hatte ich es geschafft, mich zu entschuldigen. „Ich war ein Arschloch. Das hattest du nicht verdient. Es tut mir leid."

Marcus lächelte mich an, ein Lächeln, das fürsorglich und gleichzeitig ein wenig sexy war. Bei dieser Art von Lächeln hätte ich mir mitten im Winter auf einem Bürgersteig die Kleider vom Leib gerissen. Es war so verdammt heiß.

„Du musst dich nicht entschuldigen", beschwichtigte Marcus mich. „Ich verstehe schon. Was mit Ruth passiert ist, ist unvorstellbar. Die Gemüter erhitzen sich. Das ist verständlich." Seine Stimme klang so verständnisvoll und beruhigend, dass sie mir ein Schaudern über den Rücken jagte.

So ein Mist. Er war soooo nett und er sorgte sich wirklich um Ruth. Er sah mich an, seine Augen waren von einem glühenden, unverschämten Verlangen erfüllt. Und als sie zu meinen Lippen wanderten, pochte mein Puls noch schneller.

Tu's nicht, sagte ich mir und zwang mich, nicht auf seine vollen, küssbereiten Lippen zu schauen.

Verdammt, ich tat es dennoch.

Ich riss meinen Blick von *Ground Zero* los und zwang mich, einen Schritt zurückzutreten, aber meine Beine schienen in den Bürgersteig zementiert zu sein. Oh je. Ich konnte meinen Herzschlag in der Stille hören, während Marcus mich unverwandt mit einem halben Lächeln beobachtete und sich offensichtlich an dem erfreute, was mein Körper mit mir veranstaltete.

Er stand da, heiß und sexy wie die Hölle, und

betrachtete mich mit diesen verdammt hübschen grauen Augen, diesem verdammt sinnlichen Körper und diesen verdammt verbotenen Lippen. Ich merkte nicht einmal, was ich tat, bevor es zu spät war, bevor ich spürte, wie meine Füße festen Boden verließen.

Ich stürzte mich auf ihn.

Nicht im eigentlichen Sinne, aber ich wollte seine Lippen kosten.

Ich drückte meinen Körper gegen seinen, griff nach seinem Hinterkopf und zog ihn zu mir.

Ja, ich hatte heute wirklich Eier in der Hose. Juhu, Eier!

Seine Lippen waren weich und trotz der Kälte feucht und warm. Mein Atem kam und ging hechelnd, und ein leises Geräusch von echter Glückseligkeit entkam mir. Er öffnete seinen Mund und meine Zunge fand seine.

Er stieß einen Laut aus, der teils ein Knurren, teils ein Stöhnen war, und meine Begierde noch verstärkte. Er schlang seine starken Hände um mich und zog mich fester an sich. Ich ließ meine Zunge um seine wandern und hörte nur auf, um an seinen Lippen zu knabbern.

Ja, sein verdammter Mund und seine Zunge trieben mich dazu, all meine Zurückhaltung zu verlieren und verwandelten mich in eine gierige, verrückte Frau.

Ich zog mich zurück, schockiert über meine eigene Impulsivität. „Oh, mein Gott. Ich kann nicht glauben, dass ich mich gerade an deinem Mund vergriffen habe“, sagte ich, während meine Lippen noch immer von der Wärme seiner Lippen pulsierten.

In seinen grauen Augen blitzte ein Verlangen auf, das mich innerlich kribbeln ließ. „Kein Problem. Du kannst dich jederzeit an meinem Mund vergreifen", sagte er mit einem süffisanten Grinsen.

Ich blickte in seine Augen – seine makellosen grauen Augen – und betrachtete sie mit der atemlosen Erkenntnis, dass ich nicht wusste, was zwischen uns passieren würde, aber betete, dass etwas passieren würde.

Aber es würde noch warten müssen ...

„Ruth ...", sagte ich und fühlte ein plötzliches erdrückendes Gewicht, als das Bild des gealterten Gesichts meiner Tante vor meinem geistigen Auge aufflackerte.

Marcus nickte mit dem Kopf. „Ich weiß."

Ich schluckte schwer und trat einen Schritt zurück. „Ich muss gehen."

„Ich weiß."

„Ich muss noch ein paar Anrufe tätigen und ein bisschen Social-Media-Stalking betreiben", sagte ich und merkte dann, dass ich das nicht zum Polizeichef sagen sollte. Außerdem wollte ich sehen, ob Dolores mit einer gerupften Eule zurück war. Vielleicht hatte sie etwas über Estelle Watch herausgefunden, vielleicht auch nicht. „Rufst du mich an, wenn du etwas über Estelle Watch herausfindest?"

Marcus' Augen leuchteten auf. „Klar."

Ich drehte mich um und ging die Shifter Lane zurück, wohl wissend, dass Marcus mir beim

Weggehen zusah. Höchstwahrscheinlich starrte er auf meinen Hintern, was mich an jedem anderen Tag verlegen gemacht hätte, aber heute hatte ich die Eier in der Hose.

Und einen Namen. Estelle Watch.

Zeit, meine Merlin-Mütze aufzusetzen. Zeit, meine detektivischen Fähigkeiten wie nie zuvor einzusetzen.

Denn meine Deadline um Mitternacht rückte schnell näher.

KAPITEL 27

Wie lautete das Sprichwort noch einmal? *Die Zeit vergeht wie im Flug, wenn man Spaß hat?*

Nö.

Die Zeit vergeht auch, wenn man unter extremem Druck steht und versucht, einen Geist zu finden.

Das ist richtig. Estelle Watch war ein Geist. Nicht im wörtlichen Sinne, sondern eher im übertragenen Sinne, da wir keine Beweise gefunden hatte, dass sie existierte.

Nachdem ich Stunden am Telefon verbracht, jede paranormale Stadt im Umkreis von einem Tag angerufen und die sozialen Medien durchforstet hatte, bis meine Finger verkrampft waren, hatte ich nichts über Estelle Watch gefunden. Nichts. Keine Webseite, kein Facebook-Konto oder irgendeine andere Präsenz in den sozialen Medien.

Es war, als hätte sie nie existiert, daher mein Begriff „Geist“.

Die Uhr auf meinem Handy zeigte 23.40 Uhr an,

und wir waren nicht näher dran, herauszufinden, wer Estelle Watch war.

Ich dachte, dass Gilbert ihren Nachnamen vielleicht falsch verstanden hatte – er war schon etwas älter – und suchte stundenlang unter verschiedenen Nachnamen, die mit dem Buchstaben W begannen, wie Estelle Watson, Estelle Ward, Estelle Wallace, Estelle Wagner und Estelle Walker. Aber auch das war ein Reinfall.

Vielleicht hatte ich die ganze Zeit falsch gehandelt. Vielleicht waren mir die Möglichkeiten ausgegangen. Vielleicht war ich bereits gescheitert, aber ich war zu stur, um es zuzugeben.

Die Küche von Davenport House war zur Forschungszentrale für meinen Fall geworden. Bücher und Bücherkisten säumten die Wände und bedeckten den größten Teil des Küchenbodens. Ordner, Akten und Mappen bedeckten jeden Zentimeter der Arbeitsfläche. Ein halbleerer Pizzakarton lag auf der Kücheninsel über Aktenordnern und Dokumenten zusammen mit Schachteln von einem chinesischen Imbiss.

Der Küchentisch, mein Arbeitsplatz, sah aus, als hätte jemand eine Essensschlacht veranstaltet, allerdings mit Papieren statt mit Essen. Durch die vielen Bücher, Akten, Hefte und halb aufgegessenen Pizzastücke war er um fünf Zentimeter höher geworden.

Ronin und ich saßen uns am Küchentisch gegenüber und tippten mit den Fingern auf unseren Laptops herum, und Iris murmelte Beschwörungsformeln der dunklen Magie, während sie an ihrem kleinen kochenden Kessel am Herd stand.

Der Geruch, der aus ihrem Kessel kam, ließ mich würgen. Es war der muffige, schimmelige Geruch von alten schmutzigen Socken, vermischt mit Teichschlacke und ein paar Spuren von etwas Schärferem, vielleicht eine Art Kraut. Mein Magen verkrampfte sich und das aufsteigende Gefühl von dunkler Energie half mir nicht, ihn zu beruhigen.

Es war mir egal, welche dunkle Magie Iris zusammenbraute. Wenn sie uns Estelle Watch bringen konnte, konnte sie auch eine Armee der Toten herbeizaubern, wenn sie wollte, und sogar ein paar Dämonen in den Mix werfen, wenn sie dachte, das würde helfen. Im Moment war ich verzweifelt.

Während ich tippte, konnte ich das ständige Schluchzen von oben hören. Dolores und Beverly weinten schon seit Stunden, eine herzzerreißende, verzweifelte Melodie, die mir körperliche Schmerzen bereitete.

Dolores hatte uns bis vor zwei Stunden bei der Suche nach Estelle geholfen.

„Was für eine Zeitverschwendung", hatte sie geschrien, als sie etwa eine Stunde, nachdem ich von meiner Begegnung mit Marcus zurückgekehrt war, durch die Hintertür in die Küche gestürmt war.

Ich hatte von meinem Laptop aufgeschaut. „Gilbert wollte nicht reden?"

Dolores hatte sich ihres Mantels, ihrer Handtasche und ihres Schals entledigt, als sie hereinkam. Sie schwebten zu dem hölzernen Ständer und hingen alle ordentlich, als hätte ein unsichtbarer Butler sie aufgefangen und für sie aufgehängt. „Er hat geredet“, hatte sie gesagt. „Der kleine Kauz hatte viel zu sagen, aber nichts über Estelle.“

„Konntest du ihn nicht mit einem Wahrheitszauber belegen oder so?“

Dolores hatte eine Augenbraue hochgezogen. „Was glaubst du, *wer* ich bin? Natürlich habe ich das *getan*. Aber er wusste einfach nicht mehr, wer diese Leute waren. Er hat sich an nichts erinnert. Also ließ ich ihn an seinem Computer die Liste aller registrierten Einwohner von Hollow Cove durchgehen. Ich dachte, das könnte seinem Gedächtnis auf die Sprünge helfen. Leider ist Michael Blackwood ...“

„Tot“, hatte ich gesagt und ihr schnell von meinem Zusammentreffen mit dem Polizeichef erzählt.

„Ich bin froh, dass diese schreckliche rothaarige Vampirin weg ist“, hatte Dolores gesagt und sich an den Tisch gesetzt. „Aber das hilft Ruth nicht. Wenn Estelle Watch in der Hexengemeinschaft bekannt ist – denn ich habe das Gefühl, dass sie eine Hexe ist –

wird jemand etwas über sie wissen.“ Sie war aufgestanden und hatte gesagt: „Ich muss ein paar Anrufe tätigen.“

Sie hatte sieben Stunden lang ununterbrochen daran gearbeitet. Und dann, vor zwei Stunden ... hatte sie einfach aufgegeben.

Ein weiterer Schluchzer kam von oben, ein herzzerreißender Schluchzer, der meine Augen tränen ließ. Wenn ein Herz buchstäblich in Stücke brechen kann, dann tat meines es gerade. Ich konnte fast spüren, wie die Stücke auf den Grund meines Magens fielen. Eine Träne löste sich aus meinem Auge und ich spürte, wie sie über meine Wange bis zu meinem Kinn hinunterlief.

„Tess", sagte Ronin plötzlich und lenkte meine Aufmerksamkeit auf sich, seine Stimme klang laut in der stillen Küche. „Vielleicht sollten wir ..."

„Ich gebe nicht auf", knurrte ich, meine Stimme war entschlossen und voller Emotionen. Ich wischte mir die Träne von meinem Kinn. Jetzt war nicht der richtige Zeitpunkt zum Weinen. Ich wollte nicht aufgeben.

Ronin atmete aus. „Ich wollte sagen ... Lass uns etwas anderes versuchen. Wir sind jede mögliche Spur durchgegangen, um diese Estelle Watch zu finden. Sie existiert nicht. Nicht dort, wo wir suchen. Und wir finden sie nicht mit den Mitteln, die wir haben."

„Sie existiert genug, um ihren verdammten Namen in Gilberts Buch zu schreiben", blaffte ich. „Sie ist real." Ich spürte Iris' Augen auf mir, aber ich richtete meine Aufmerksamkeit auf Ronin, trotz des Schuldgefühls, das ich bei seinem Gesichtsausdruck empfand. „Tut mir leid. Ich bin nur ... Ich bin nur frustriert, das ist alles."

„Keine Sorge", sagte der Halbvampir. „Du kannst mich so viel beschimpfen, wie du willst. Dafür sind Freunde doch da. Aber, Tess? Du musst akzeptieren, dass diese Estelle vielleicht eine Sackgasse ist."

Ich erwiderte seinen Blick. „Ich kann nicht. Es ist

der einzige Name, den ich habe.“ Ich lehnte mich in meinem Stuhl zurück, mein unterer Rücken pochte, weil ich vom vielen Sitzen ein Taubheitsgefühl hatte. „Ich habe nichts anderes, um weiterzumachen ... Mir gehen die Ideen aus ... und mir läuft die Zeit davon.“

Die Wahrheit war, dass ich nicht zugeben wollte, dass Ronin recht haben könnte. Denn wenn das der Fall war, bedeutete das, dass all das hier, all die harte Arbeit, umsonst gewesen war. Wenn Estelle Watch eine Sackgasse war, wer hatte dann Bernard vergiftet?

„Estelle Watch“, sagte Iris, als hätte sie meine Gedanken gelesen, und ich schaute zu ihr hinüber, um zu sehen, wie sie zum fünften Mal ein kleines Stück Papier mit blauer Schrift in ihren Kessel fallen ließ. Sie war schon seit Stunden mit ihrem dunklen Lokalisierungszauber beschäftigt. Mit nur einem Namen und nichts Greifbarem – die Zahnbürste der Person, ein Kleidungsstück, irgendetwas, das einer Person gehörte, vorausgesetzt, es hatte Spuren ihre DNA – waren die Chancen, dass es funktionierte, gering. Sie waren praktisch nicht vorhanden.

Und dann war da noch das Artefakt, das man wie eine Art Kompass benutzen musste, um den Weg zu finden. Oder eine Karte, wie die, mit der ich Marcus gefunden hatte. Doch all das war nutzlos, wenn man nicht einen Teil der Aura der betreffenden Person hatte. Aber ich setzte auf ein Wunder und Iris' Fähigkeiten als Dunkle Hexe.

Iris beugte sich über ihren Topf und rief: „Potestatem daemonium super ortum“, wobei sie die

Energie des kleinen Dämonen-Gremlins, den sie beschworen hatte, kanalisierte. Hatte ich vergessen, das zu erwähnen?

Gigi, so der Name des Dämons, hatte die Größe einer Katze mit leuchtend orangefarbenem Fell und großen, fledermausähnlichen Ohren, violetten, winzigen Hörnern, einem kurzen Schwanz, einem mit fischähnlichen Zähnen gefüllten Maul und abnorm großen, schwarzen Augen. Seine vier Gliedmaßen endeten in fünf mit Krallen versehenen Fingern. Er war in einem Beschwörungskreis gefangen, einem Käfig in der Mitte der Kücheninsel. Er hatte ein Stirnrunzeln im Gesicht. In diesem Moment zeigte Gigi uns mit beiden Händen den Stinkefinger.

Sobald Iris' Zauber vollendet war, würde Gigi Estelle Watch finden, wie eine Art Such- und Rettungshund, wie ein dämonisches GPS.

Iris sang weiter und Gigis Fell wurde erst gelb und dann weiß. Das Gesicht des Dämons war hasserfüllt und ich hatte das Gefühl, dass Iris mehr als einmal Gigis Kräfte angerufen hatte.

Gigi ertappte mich dabei, wie ich ihn anstarrte, und blickte finster zurück. Ich fing an, diesen kleinen Dämon zu mögen.

Das Licht in der Küche flackerte aus und wieder an, als ein Strom von Energie durch den Raum floss. Gigis Augen schlossen sich und sein Fell wechselte von orange zu weiß und wurde dann blau.

„Veni ad nos et apud quem vocant! Veni ad nos, et habitatores hic!“, rief Iris.

Ich spürte, wie die Energie von Gigis Kraft wie

ein Windhauch um uns herumwehte, sich in der Küche niederließ, über den Töpfen, den Büchern, den Papierstapeln und in jeder Kachel und jedem Schrank, bis der gesamte Bereich mit mir und Ronin in den Zauber getaucht war.

Und dann legte sich die Kraft. Ich schaute zu Gigi hinüber. Sein Fell hatte wieder seine orange Farbe. „Ha'ak du rig'titu", zischte er in einer gutturalen Sprache, die ich noch nie gehört hatte. Und dann fauchte er Iris an.

Aber Iris sah den kleinen Dämon nicht an. Ihre Augen waren auf ihren Kessel gerichtet.

„Und?" fragte ich, nicht sehr hoffnungsvoll angesichts der Enttäuschung in Iris' Gesicht.

Iris sah zu mir herüber, ihre blutunterlaufenen Augen waren ein einziges emotionales Chaos. „Mach dir keine Sorgen. Ich werde es wieder versuchen."

Gigi stieß einen Schrei aus. „Hexe! Hass! Hexe! Hass!", schrie er und wirbelte in ihrem Kreis herum.

Ich zog eine Augenbraue hoch. „Er spricht Deutsch." Gigi drehte seinen Kopf zu mir herum und fauchte mich an. „Ich denke, du solltest ihn gehen lassen, Iris. Es funktioniert nicht. Und du machst ihn nur noch wütender." Ich war mir nicht sicher, aber ich hatte das Gefühl, dass die Kraft, die Iris sich auslieh, dem kleinen Dämon tatsächlich schadete. Und das gefiel mir nicht.

„Nein", sagte Iris, schniefte und wischte sich mit dem Handrücken über die Augen. „Ich werde nicht aufgeben. Du hast es selbst gesagt. Wir können nicht aufgeben. Wer aufgibt, gibt Ruth auf."

„Ich gebe nicht auf", sagte ich ihr. „Aber ich glaube, Ronin hat recht." Ich richtete meinen Blick auf den Halbvampir, der Iris mit schmerzverzerrter Miene ansah, wobei seine Zuneigung für sie in seinen Augen unübersehbar war. Ich konnte nicht glauben, was ich da zugab. „Vielleicht ist Estelle Watch eine Sackgasse. Vielleicht suchen wir in der falschen Richtung." Vielleicht war es nie Estelle gewesen ...

„Wo sollen wir dann suchen?", fragte Iris frustriert. Ich konnte es ihr nicht verdenken. Ich war auch frustriert. Müde und wütend fühlte ich mich wie Gigi, eingesperrt in einer übernatürlichen Barriere und unfähig, mich zu befreien und Ruth zu retten.

Ein Aufgeben kam nicht in Frage. Eine Niederlage war ein Todesurteil für Ruth. Sie würde das Hexengefängnis nicht überleben – nicht in ihrem Alter.

Ein Zischen lenkte meine Aufmerksamkeit wieder auf Gigi. Der Dämon beugte sich vor, zeigte Iris seinen Hintern und bewegte sich auf eine sehr unhöfliche Weise auf und ab.

„Ich glaube Gigi ist sauer", sagte Ronin.

„Ja. Wer kann es ihm übelnehmen."

Mit einer schnellen Bewegung bewegte sich Iris zur Kücheninsel, murmelte ein paar lateinische Worte und mit einem Knall verschwand Gigi in der Luft.

Doch er tat es nicht, bevor ich sein Lachen hörte und sah, wie er uns einen triumphierenden Blick zuwarf.

Wäre ich nicht so niedergeschlagen gewesen,

hätte ich geklatscht. Ich würde diesen temperamentvollen Dämon vermissen. Vielleicht würde ich ihn irgendwann mal besuchen.

In der Küche herrschte Stille. Ich brauchte meine Freunde nicht anzusehen, um ihre Verzweiflung zu spüren. Ich nahm einen Schluck Wasser aus meinem Glas und zwang mich, es hinunterzustürzen, obwohl es sich in meinem Magen fast in Säure verwandelte. Seit einem Bagel heute Morgen hatte ich nichts mehr gegessen. Ich konnte nichts bei mir behalten. Wasser war das Einzige, das nicht wieder hochzukommen drohte.

Mein Magen krampfte sich zusammen und ich fuhr mir mit der Hand über das Gesicht. Wir hatten weniger als elf Minuten Zeit, um Ruth zu helfen, und wir hatten absolut nichts.

Es war vorbei. Ich hatte versagt.

Als Merlin zu versagen, machte mir nichts aus. Ich konnte überleben, weiterleben, ohne ein Merlin zu sein. Aber gegenüber Ruth hatte ich versagt ...

Ronin klappte seinen Laptop zu. „Was jetzt? Wir haben noch etwa zehn Minuten. Was sollen wir tun?"

Mein Brustkorb zog sich zusammen und es fiel mir schwer, überhaupt zu atmen. Ohne einen weiteren Anhaltspunkt war es vorbei.

Schuldgefühle mischten sich mit Angst, und ich seufzte, innerlich zitternd, als sich ein Gefühl der Melancholie in mir breit machte. „Wir beten zur Göttin und bitten um ein Wunder ..."

Die Hintertür der Küche flog auf.

„Es ist Patricia Townsend!" Marcus stürmte in die

Küche, sein Gesicht war gerötet. Schnee sprenkelte sein dunkles Haar und seine Stiefel hinterließen eine Spur aus nassem, schmutzigem Schnee auf dem Parkettboden.

Ich sprang auf die Füße. „Wenn man die Göttin um ein Wunder bittet ..."

„Was?" Marcus sah einen Moment lang verwirrt aus. „Die Göttin?" Seine nassen, verschneiten Stiefelabdrücke verschwanden plötzlich vom Boden, als hätte ein unsichtbarer Mopp sie gerade aufgewischt.

„Hört mir zu", sagte der Polizeichef und ein Lächeln huschte über sein attraktives Gesicht, als er sich mir zuwandte. „Es ist Patricia Townsend."

„Ist diese Patricia Townsend die Neue, die du vögelst?", fragte Ronin. „Wer zum Teufel ist Patricia Townsend?"

Ich zuckte mit den Schultern. „Keine Ahnung." Ich schaute Marcus an und war versucht, ihm den Schnee aus dem fantastischen Haar zu zupfen. „Soll dieser Name etwas bedeuten?"

Marcus keuchte, als er aufstand, und ein aufgeregtes Grinsen erblühte auf seinem Gesicht. „Patricia Townsend *ist* Estelle Watch."

Meine Kinnlade fiel bis auf den Boden hinunter. „Verdammt. Sie hat ihren Namen geändert?" Meine Welt geriet ins Wanken, als die Dinge sich summierten.

„Das hat sie", sagte Marcus. „Deshalb konnte ich sie auch nicht finden. Aber ich wusste, dass ich den Namen schon einmal gehört hatte ... und dann fiel es mir ein. Ich erinnerte mich, dass es vor ein paar

Jahren eine Verwechslung mit dem Kaufvertrag für das Gebäude gab, das jetzt Bernards Bäckerei ist. Gilbert benahm sich wie, na ja, ihr wisst ja, wie er werden kann."

„Verrückt? Wahnvorstellungen? Wie ein Fünfjähriger?", sagte ich und mein Herz klopfte vor Aufregung. „Und?"

„Er kam zu mir, um meine Meinung zu hören", fuhr der Chef fort. „Er war besorgt, dass es ein Problem sein könnte. Denn sie hatte mit einem *anderen* Namen unterschrieben als auf ihrem Ausweis. Sie hatte aus Versehen mit ihrem richtigen Namen – Estelle Watch – unterschrieben. Dann hat sie ihn durchgestrichen und Patricia Townsend eingetragen."

„Wer ist Patricia Townsend?", fragte ich.

Marcus stieß einen Seufzer aus. „Patricia Townsend ist die Frau von Bernard Townsend. Die Frau des Bäckers."

„Heiliger Strohsack!" rief ich und hielt mir den Kopf, als würde mein Gehirn gleich explodieren. „Sie hat ihren Mann vergiftet? Kann sie so krank sein?"

„Offensichtlich", antwortete Marcus. „Außerdem ist sie eine Hexe."

Mein Herz drohte zu explodieren wie eine Granate. Das war's. Wir hatten es herausgefunden. Und das nicht einen Moment zu früh.

Ich warf einen Blick auf mein Handy. 23:51 Uhr.

Verdammt. „Wo ist sie jetzt? Weißt du, wo sie ist?" Es spielte keine Rolle, ob sie gerade in Australien war. Mit Hilfe der Ley-Linien ... war sie erledigt.

Marcus nickte. „Wahrscheinlich schläft sie in ihrem Bett. In Hollow Cove", fügte er mit einem wissenden Grinsen hinzu. „Mystic Road No. 96, an der Ecke zur Charms Avenue. Das Haus ist salbeigrün mit ..."

„Einer roten Tür", antwortete ich. „Ich kenne das Haus." Ich nickte.

„Du wirst eine Ley-Linie biegen. Nicht wahr?", fragte Iris, der man die Aufregung im Gesicht ansah, während sie von einem Fuß auf den anderen trat.

Mein neu entdecktes Talent erwies sich im Moment als sehr nützlich. Es war mir egal, dass es eine Anomalie sein könnte – dass *Ich* die Anomalie sein könnte. Ich musste es tun.

Allerdings fragte ich mich, was es mit dem Mann auf sich hatte, den ich in der Ley-Linie im Labyrinth des Schlosses gesehen hatte. Würde er wieder auftauchen? Ich konnte mir im Moment keine Gedanken über ihn machen.

Ich musste mir die Mörderin schnappen.

Ich schenkte Iris ein Lächeln, während mein Herz wie wild in meiner Brust hämmerte. „Das werde ich. Ich werde in ein paar Sekunden da sein. Stell dir ihr überraschtes Gesicht vor, wenn ich wie von Zauberhand in ihrem Schlafzimmer auftauche und meinen Stiefel auf ihre Kehle drücke." Da ich nun wusste, dass ich Ley-Linien nach Belieben biegen konnte, würde es ein Leichtes sein, eine zu ihrem Haus zu bringen. Ich setzte mich in Bewegung und schnappte mir meine Jacke vom Kleiderständer.

Marcus war blitzschnell neben mir. „Du gehst

nicht allein. Sie ist eine Mörderin. Und eine Hexe. Sie hat ihren Mann umgebracht. Sie ist zu allem fähig."

Ich lächelte boshaft. „Das bin ich auch. Sie hat sich an meiner Familie vergangen. Jetzt ist es an der Zeit, mich zu revanchieren."

Iris stieß einen Freudenschrei aus und klatschte in die Hände. „Wir könnten ihr Blut abzapfen, ihre Knochen kochen und den Rest an den Baluba-Dämon verfüttern. Ich schulde ihm was."

Ja ... Ähm ... *Das* würde nicht passieren. „Ich habe eine bessere Idee", sagte ich zu ihnen. Zum Beispiel ihren Arsch zu Gretas Schloss zu schleppen.

Aber ich brauchte ein Geständnis. Und ich hatte genau die richtige Idee, um sie zu einem Geständnis zu bringen.

„Was ist mit deinen Tanten?", fragte Ronin.

Ich schüttelte den Kopf. „Sie sind nicht in der Lage, mit mir zu kommen." Mein Blick huschte zu Iris. „Wirst du bei ihnen bleiben? Passt du für mich auf sie auf, bis ich zurückkomme?" Ich war besorgt, dass Ruth etwas Drastisches tun könnte.

„Natürlich, das werde ich." Iris drückte meinen Arm. „Sie sind jetzt auch meine Familie."

Meine Brust schwoll vor Dankbarkeit an. „Ich danke dir."

„Ich bleibe auch hier", sagte Ronin, als er um den Tisch kam. „Du tust, was du tun musst. Mach dir keine Sorgen um deine Tanten. Wir werden uns um sie kümmern."

„Danke, Ronin."

„Mach sie fertig, Tessa", feuerte Iris mich an.

Ich zog meine Jacke an und hing mir meine Tasche um. „Darauf kannst du wetten." Und auf ein paar *andere* Dinge.

„Ich komme mit", verkündete Marcus, was eher ein Befehl als eine Bitte war, und seine Augen suchten meine. Er sah gerade so sexy und unglaublich heiß aus, wie er da stand, seine harten Brustmuskeln kaum unter seinem Hemd verborgen. Er stand in der Küche und hatte die Fäuste in die Hüfte gestemmt wie ein Power Ranger. Wenn ich nicht gerade so aufgeregt gewesen wäre, hätte ich vielleicht gelacht.

Ich hatte Willis mit in eine Ley-Linie genommen, aber er war ein Hexer und hatte etwas von der gleichen Dämonen-DNA in seinen Adern wie ich. Aber Marcus war ein Gorilla, ein Wandler, und ich wollte nicht riskieren, ihn zu verletzen oder, schlimmer noch, zu töten, wenn er jemals in eine Ley-Linie eintrat.

Aber er war ein Wandler und ein großartiger noch dazu. „Wie schnell kannst du rennen?"

Marcus sah mich mit einem Lächeln an, dass ich ihm fast die Kleider vom Leib gerissen hätte. „Sehr schnell."

KAPITEL 28

Ich schoss durch die Ley-Linie wie eine Pistolenkugel. So schnell, dass ich kaum registrierte, wie mein Körper das Davenport House verließ, während die Bilder verschwommen und kaum erkennbar an mir vorbeiflogen.

Allerdings erhaschte ich einen Blick auf einen großen Silberrücken-Gorilla, der die Straße hinaufrannte, während er seinen Körper mit seinen muskulösen Beinen mit einer unmöglichen Geschwindigkeit vorwärts trieb. Er war großartig.

Ich blinzelte und er war verschwunden. Nicht er. Sondern ich. Denn, nun ja, seien wir ehrlich, meine Ley-Linie war viel schneller. Es war, als würden ein Maserati und ein Motorroller ein Rennen fahren.

Ich beugte mich leicht nach vorne und lachte – oder vielleicht heulte ich auch, ich war mir nicht sicher – und ließ es aus mir heraussprudeln, während der Wind meine Ohren füllte. Es war berauschend. Ich fühlte mich lebendig, so lebendig, als würde ich zum ersten Mal jeden Nerv in meinem Körper spüren.

In Ley-Linien zu reisen war aufregend und beängstigend zugleich. Aber sie der Kraft des eigenen Willens zu biegen, das war, nun ja, das war *magisch*.

Ich hatte etwa neun Minuten Zeit, um mir Estelle oder Patricia – wie auch immer sie hieß – zu schnappen, ihren Hintern mit mir in einer Ley-Linie nach Montevalley House zu schaffen und sie dazu zu bringen, den Mord an ihrem Mann vor Greta zu gestehen.

Ein Kinderspiel, oder?

Wir würden es sehen.

Die Bilder verschwammen, als ich mit der Ley-Linie in einem Heulen von Wind und Farben vorwärts raste. Es war berauschend, sich so schnell zu bewegen. Ich fühlte mich wie Superwoman, wie eine neue Superheldin. Hatte ich meinen Körper in eine Superhelden-Flugpose gebracht? Und ob ich das getan hatte. Ich musste mir den Mund zuhalten, um nicht vor Freude zu schreien. Das Letzte, was ich wollte, war Estelle zu alarmieren.

Ich wurde richtig gut darin, die Linien zu verbiegen. Verdammt, ich war ein verdammter Profi.

Schau zu und staune, Greta.

Energie raste durch meinen Kopf, meinen Körper, meine Nerven, überall ... Häuser, Straßen, Wege und Bäume zogen an mir vorbei, als wäre ich in einem rasenden Zug – oder als würde ich einen Jet fliegen. Einem Ley-Linien-Jet.

Ich konzentrierte mich und zwang die Ley-Linie, langsamer zu werden, damit ich Estelles Haus finden konnte. Ich wollte es bei dieser Geschwindigkeit nicht verpassen.

Einen Moment später entdeckten meine Augen ein kleines salbeifarbenes Häuschen mit einer roten Tür, das friedlich zwischen zwei massiven, blattlosen Eichen stand. Schwarze Fenster starrten mich an. Ich bog meine Ley-Linie, um durch das Haus in den zweiten Stock zu fliegen, von Schlafzimmer zu Schlafzimmer, bis ich fand, wonach ich suchte.

Eine Frau, eine Hexe, die Anfang siebzig zu sein schien, schlief bequem in einem großen Kingsize-Bett unter einer lavendelfarbenen Bettdecke. Sie lag in der Mitte des Bettes, die Glieder ausgestreckt wie eine Königin, als könne ihr nichts etwas anhaben. Das leise Schnarchen verriet mir, dass sie schlief.

Du gehörst mir.

Ich beugte mich nach vorne, um den Abstand abzuschätzen, bereit, aus der Ley-Linie in ihr Schlafzimmer zu springen.

Ich bremste ab ... und stieß einen Schrei aus, als sich qualvolle Schmerzen in mir ausbreiteten.

Die Magie der Ley-Linie war unterbrochen.

Schmerzen durchströmten mich. Verdammt, das tat weh. Mein Atem verließ mich, als ich zurückgeschleudert wurde. Die Dunkelheit wirbelte auf und saugte die Kraft aus mir heraus. Die Magie der Ley-Linie strömte in einer Flut von Schmerzen aus mir heraus, bis nur noch ein dumpfes Pochen übrig war.

Ich schlug mit einem dumpfen Aufprall auf dem Boden auf. „Aua“, stöhnte ich. „Was war das denn?“

Ich blinzelte durch die Tränen und atmete kalte Luft ein. *Kalte Luft?* Ich sah mich um. Ich war draußen, lag auf der Seite im Vorgarten, das Gesicht halb im Schnee vergraben. Ich richtete mich auf, mein Kopf pochte von dem plötzlichen Schlag auf die Ley-Linie. „Auf jeden Fall nicht im Schlafzimmer.“

Okay, das war also nicht so einfach, wie ich gedacht hatte.

Ich blinzelte, rieb mir den Kopf und meine Augen fanden das Problem. Auf der roten Eingangstür, die im Licht der Veranda kaum zu erkennen war, befand sich ein rautenförmiges Symbol mit drei verschnörkelten Linien, die quer darüber gezeichnet waren.

Ein Schutzzauber. Ich war keine Expertin darin, aber ich kannte sie noch aus meiner Studienzeit. Es war ein Schutzwall gegen unbefugtes Betreten, ein Schutzwall gegen Magie, eine Art „Betreten mit Magie verboten“.

Okay, sie war also nicht *völlig* dumm.

Aber das war ich auch nicht.

Ich hob den Kopf und holte tief Luft, meine Rippen protestierten, als hätte jemand mit einem Kantholz auf meinem Brustkorb Racquetball gespielt. Ich warf einen Blick über meine Schulter auf die dunkle Straße. Marcus war noch nicht da, aber ich konnte keine Zeit mehr damit verschwenden, auf ihn zu warten.

Ich zückte mein Handy und warf einen Blick auf das Display. 23:53 Uhr.

Sie mochte einen Schutzwall gegen die Verwendung von Magie eingerichtet haben, um in ihr Haus zu gelangen, aber die dumme Kuh hatte vergessen, die Verwendung von *physischen* Mitteln auszuschließen, um hineinzukommen.

„Dann wollen wir mal." Ich ging zu den Zaunpfählen hinüber, zog einen aus der harten, kalten Erde und trat an die Haustür.

Ich hielt den Zaunpfahl wie einen Speer und zielte damit auf das Glasfenster in der Mitte der Tür. Sobald ich das Glas zerbrochen hatte, würde sie natürlich aufwachen, und mir blieben ein paar Sekunden, bevor sie reagieren würde, möglicherweise mit einem Zauberspruch.

Ich musste jede Sekunde ausnutzen.

Ich hielt den Atem an und hob den Zaunpfahl an.

„Lass mich das machen", ertönte Marcus' Stimme hinter mir.

Ich wirbelte herum und zuckte zusammen.

Marcus stand auf der Veranda neben mir und der Dampf perlte von seinem Körper wie von einer frisch gebackenen Kartoffel. Und ja. Er war splitterfasernackt.

Er stand da, unverschämt, golden und muskulös wie eine römische Statue. So eine verdammt schöne Statue.

„Schön", sagte ich, bevor ich mich zurückhalten konnte.

Marcus grinste. „Ich weiß."

Ich lachte. „Okay", sagte ich und drehte mich um. „Hilfst du mir dabei oder willst du einfach nur nackt und muskulös dastehen ... und habe ich schon erwähnt, dass du nackt bist?"

„Ich mach das schon." Marcus trat neben mich, völlig unbeeindruckt von seiner fehlenden Kleidung, worüber ich mich nicht beschweren konnte. Er sah mich an und sagte: „Mach dich bereit. Sie wird stinksauer sein."

Ich atmete aus. „Bereit."

Ich wusste, dass es eine *einprozentige* Chance gab, dass Estelle ihren Mann nicht vergiftet hatte, und dass wir im Begriff waren, ein Verbrechen zu begehen, aber ich hielt an den *neunundneunzig* Prozent fest. Ich hatte recht. Ich musste recht haben.

Marcus setzte sich in Bewegung und trat die Haustür mit einem kräftigen Tritt ein. Estelles Haustür flog auf und knallte mit einem donnernden Krachen gegen die angrenzende Seitenwand. Ja, Estelle hatte das gehört. Und die ganze verdammte Stadt auch.

Aber ich war schon in Bewegung.

Ich nahm zwei Stufen auf einmal und ignorierte die Schmerzen in meinen Rippen, meinem Kopf, meinen Beinen, überall. Um die Schmerzen konnte ich mich morgen kümmern. Marcus' schwere Schritte waren direkt hinter mir.

Schnaufend erreichte ich den Treppenabsatz. Ich hatte gesehen, wo sie war, also ging ich in das große Schlafzimmer gegenüber der Treppe.

Die Tür war offen und ich schoss hindurch.

Nur lag Estelle nicht mehr in ihrem Bett. Tatsächlich stand sie daneben, nicht vom Alter gebeugt, sondern aufrecht und stark. Ihr langes weißes Haar wehte in einer unsichtbaren Brise um sie herum. Sie blickte mich mit funkelnden, haselnussbraunen Augen an, die aus einem verwitterten, aber rosigen Gesicht kamen. Sie trug ein langes geblümtes Nachthemd, das ihr bis zu den Zehenspitzen reichte, und sie hatte einen mörderischen Ausdruck in ihrem faltigen Gesicht. Sie hielt die Arme vor sich ausgestreckt und ein dunkler Fluch kam über ihre Lippen.

„Duck dich!“, schrie ich, packte Marcus’ Arm und zog ihn mit mir zu Boden, gerade als der Zauber, mit dem Estelle uns beschoss, den Türrahmen traf.

Der Rahmen explodierte in einem Schauer aus Holzsplittern, Staub und Trockenbaumaterialien. Ein dampfender schwarzer Fleck bildete sich an der Stelle, wo er eingeschlagen war, und ein saurer, bitterer Gestank erfüllte die Luft.

Es war ein dunkler Fluch, ein tödlicher noch dazu.

Sie hatte gerade versucht, uns zu töten. Ja, ich war eine Fremde für sie, aber sie kannte Marcus. Ja, sie war schuldig.

Die alte Dame hatte einige ernsthafte magische Fähigkeiten. Aber das hatte ich auch.

Wütend nahm ich meinen Willen zusammen, rollte mich auf die Knie, zog an den Elementen um mich herum und schrie: „Stagno!“

Eine Energiewelle traf der Hexe in die Brust. Sie taumelte zurück, ihre Augen weiteten sich vor Angst, und dann erstarrte sie wie eine Statue und kippte um.

„Nun denn“, ich rappelte mich auf und wischte mir die Haare aus den Augen. „Du bist eine böse kleine Oma. Stimmt's?“, sagte ich, als ich neben die Hexe trat. Ihr Gesicht zuckte vor Wut, aber sonst bewegte sich nichts.

„Beeindruckend“, sagte Marcus, als er an meine Seite kam, immer noch völlig nackt. Ich versuchte, meine Augen auf die Hexe zu richten, aber angesichts seiner äußerlichen Erscheinung war das so gut wie unmöglich.

„Danke. Das ist ein neues Machtwort, das ich kürzlich gelernt habe. Es macht deinen Feind bewegungsunfähig. Gerade so viel, dass er nicht mehr versuchen kann, dich zu töten.“

„Kann sie sprechen?“ Marcus beobachtete die alte Hexe neugierig.

„Oh, ja. Sie kann sprechen.“ Das war eine glatte Lüge, denn ich hatte keine Ahnung, da ich es zum ersten Mal versucht hatte. Nun, ich würde es herausfinden.

„Hi, Patricia, oder sollte ich sagen ... Estelle“, sagte ich und sah, wie sich ihre Augen bei der Erwähnung ihres richtigen Namens weiteten. „Ja. Das weiß ich. Ich weiß auch, dass du deinen Mann umgebracht und Ruth die Schuld daran gegeben hast. Du hast gedacht, du würdest damit durchkommen, nicht wahr? Nun, ich bin hier, um dir zu sagen, dass das nicht passieren wird.“

Sie sah eher wie eine nette alte Oma aus, die ihre Zeit damit verbrachte, Kekse für ihre Enkelkinder zu backen, als wie eine Schwarze Witwe.

Ich wartete darauf, dass sie sprach, aber sie sagte nichts.

„Ihre Stimme funktioniert nicht“, sagte Marcus. „Vielleicht hat dein Zauber sie zu hart getroffen.“

Mein Blick fiel wieder auf ihr Gesicht. Für eine Hexenstatue sah sie ziemlich selbstgefällig aus. Sie sah aus wie jemand, der etwas Schreckliches getan hatte und wusste, dass er damit durchkommen würde.

Ich schaute auf mein Handy und fluchte.

„Wie spät ist es?“, fragte Marcus.

Vor lauter Anspannung versteiften sich alle meine Muskeln. „Es ist 23:55 Uhr. Ich habe fünf Minuten, um sie zum Reden zu bringen. Sieht aus, als müsste ich sie foltern.“

„Du kannst mich foltern, so viel du willst“, sagte Estelle mit rauer und harter Stimme. „Ihr habt keinen Beweis, dass ich meinen Mann getötet habe.“

„Sie spricht.“ Ich blickte lächelnd auf sie herab. „Ich habe den Beweis, dass du die schwarze Belladonna gekauft hast.“

Estelle schnaubte. „Das beweist gar nichts.“

„Vielleicht nicht. Aber ein Geständnis schon. Und du wirst den Mord an ihm gestehen. Weil ich dich dazu zwingen werde.“

„Das werde ich nicht.“ Sie schenkte mir ein verächtliches Lächeln. „Ich habe keine Angst vor dir. Ich bin alt. Ich habe keine Angst vor Schmerzen. Das gehört zum Alter dazu. Also, nur zu. Tu dein Schlimmstes.“

Ich musste mich anstrengen, sie nicht zu treten.

Ich hatte fünf Minuten Zeit. Ich hatte noch nie jemanden gefoltert, aber ich war mir ziemlich sicher, dass es viel länger als fünf Minuten dauerte. Und dann würde es schon zu spät sein.

Marcus beugte sich vor. „Was willst du tun? Wir haben nicht viel Zeit." Die Besorgnis in seiner Stimme ließ meine Anspannung noch weiter ansteigen.

Meine Gedanken schweiften ab, Panik stieg auf und machte es mir schwer, mich zu konzentrieren. Fünf Minuten. Was sollte ich in weniger als fünf Minuten tun?

„Nein, das tun wir nicht." Mir kam etwas in den Sinn. „Aber wenn sie nicht mit mir reden will, weiß ich, wer sie zum Reden bringen wird."

Marcus runzelte die Stirn. „Wirklich? Wer denn?"

„Ich habe eine Idee", sagte ich, während das Adrenalin in meinen Adern pulsierte. Ich sah Marcus an. „Warte im Davenport House auf mich. Wir sehen uns später."

Marcus zwinkerte mir zu. „Ich werde warten." Er starrte mich mit diesen verdammt schönen Augen an. Es war so einfach, hier zu stehen und sich in ihnen zu verlieren.

Aber ich hatte andere Pläne.

Ich packte Estelle und zerrte sie aus ihrem Schlafzimmer, die Treppe hinunter und durch die Vordertür hinaus.

„Dafür wirst du büßen", zischte sie, als ich sie im Schnee fallen ließ, gerade als Marcus zu uns in den Vorgarten kam.

„Klar. Was immer du sagst."

Ich sandte meine Magie aus und griff nach der nächstgelegenen Ley-Linie. Sie antwortete. Ich zog sie zu mir heran, bog sie mit meinem Geist und zwang sie zu mir, bis sie genau bei mir war.

Ein plötzlicher Windstoß erschütterte uns und setzte einen Strom von Energien frei, der in der Luft pulsierte, Ley-Linien-Kraft.

Und ich hielt sie fest, diesen Sturm ursprünglicher Macht. *Ich.*

Mit einem letzten Blick auf Marcus griff ich nach unten, packte die alte Hexe am Vorderteil ihres Nachthemdes und zog sie auf die Beine. „Lass uns gehen, Oma."

Und dann sprang ich in die Ley-Linie und zog Estelle mit mir.

KAPITEL 29

„Du hättest mich umbringen können!“, heulte Estelle.

Ihr Gesicht war blass, oder war es ein grüner Farbton? Schwer zu sagen in dem schummrigen Licht, als sie zu einem großen Gummibaum-Blumentopf eilte und sich übergab. Der Einfluss meines Machtwortes auf Estelle war in dem Moment verschwunden, als wir in die Ley-Linie eingetreten waren. Interessant.

„Es war harmlos“, sagte ich und lachte. „Ich dachte, du wärst aus stärkerem Holz geschnitzt.“ *Du mörderische alte Hexe.*

Estelle stieß einen weiteren Schrei aus. „Ich sterbe. Du hast mich umgebracht. Meine Eingeweide brennen! Mach, dass es aufhört! Mach, dass es aufhört!“ Sie übergab sich erneut.

Ich verdrehte die Augen. „Stell dich nicht so an. Ich liebe es, die Ley-Linien zu benutzen. Es ist, als würde man mit einem sehr schnellen Auto auf einer sehr engen Straße neben einer Klippe fahren. Ein kleines Missgeschick, und schwupps – schon ist man weg, über den Rand und die Klippe hinunter. Das ist es, was es so aufregend macht. Meinst du nicht auch?“

Sie übergab sich wieder.

Ich hielt Estelle auf Armlänge und Bannlänge und sah mich um. Der Salon von Montevalley House war mit bequemen Sofas und Sesseln ausgestattet, zwei davon in einer Ecke mit eingebauten Bücherregalen und einem großen Steinkamin, der im Moment nicht brannte. Auf den Parkettböden lagen vereinzelt Perserteppiche, die wahrscheinlich mehr als die Anzahlung für ein Haus gekostet hatten.

Der Raum war dunkel, schummrig und verlor sich im Schatten. Ein paar Stehlampen spendeten das einzige Licht, was nicht viel war, aber genug, um nicht gegen einen Stuhl oder eine Wand zu laufen.

Aber ich war nicht hier, um die Einrichtung zu bewundern, so schön sie auch war.

„Greta!“, rief ich, meine Stimme war lauter als Estelles ständiges Würgen und Kotzen. „Greta! Ich bin da. Hallo?“

Ich wartete, aber nur Stille empfing mich. Verdammt noch mal. War ich zu spät dran?

„Ich hasse dich“, krächzte Estelle, während sie sich bückte und noch einmal kotzte.

„Das kann ich nur zurückgeben“, blaffte ich. „Könntest du endlich damit aufhören? Wie viel Essen kann dein winziger Körper überhaupt in sich tragen?“

Estelle machte eine unhöfliche Geste mit dem Finger, dann bückte sie sich und erbrach sich erneut.

Meine Muskeln spannten sich ohne mein Zutun. Ich warf einen Blick auf mein Handy. 23:57 Uhr.

Mist. Mist. Mist.

„Greta!", rief ich. „Ich habe sie. Ich habe meinen Fall gelöst." Technisch gesehen nicht, nicht ohne ein Geständnis, aber ich war nahe dran. „Wo zum Teufel bist du? Du hast gesagt, ich hätte bis Mitternacht Zeit."

Ich hatte keine Ahnung, wo die alte Hexe wohnte. Aber sie hatte allen gesagt, dass wir unsere Fälle zu ihr bringen sollten. Ich nahm an, damit war das Haus gemeint. Jetzt, wo ich es so düster und still sah, war ich mir da nicht mehr so sicher.

23:58 Uhr.

Ich fühlte mich krank. Ich war kurz davor, mich Estelle beim Kotzen anzuschließen.

Ich war zu spät dran ...

„Hallo, Tessa", ertönte eine Stimme, und Greta trat aus dem Schatten des Salons. Sie trug einen langen schwarzen Rock und eine weiße Bluse. Dazu hatte sie flache Schuhe ausgewählt und sah aus, als wäre sie auf dem Weg zu einer wichtigen Besprechung.

Greta schnippte mit den Fingern und ein loderndes Feuer entfachte sich von allein in dem riesigen Kamin und erhellte den Raum, dazu gingen ein paar Fackeln an. Der Raum war plötzlich in ein goldenes Licht getaucht.

Ich packte Estelle am Kragen ihres Nachthemdes

und zog sie von dem Blumentopf weg. Okay, ich tat es ein bisschen hart, aber diese Hexe hatte ihren Mann umgebracht und Ruth die Schuld dafür auf sich nehmen lassen.

„Das ist Estelle Watch. Sie hat ihren Namen in Patricia Townsend geändert. Deshalb konnten wir sie nicht finden. Sie ist die Frau von Bernard Townsend. Und sie hat ihn umgebracht. Sie hat ihn vergiftet und Ruth die Schuld in Schuhe geschoben." Ich sprach schnell und wusste nicht, ob meine Zeit um war. Ich machte einfach weiter. „Sie hat heute Abend auch versucht, mich zu töten, aber es ist ihr nicht gelungen." Ich holte tief Luft. „Sie ist die Mörderin."

Greta sah zu Estelle hinunter, während die andere Hexe sich weiter übergab, jetzt überall auf dem sauberen, polierten Fußboden und auch auf dem teuren Teppich.

„Ich hoffe, ihr habt einen guten Teppichreiniger", sagte ich.

Greta starrte die andere alte Hexe mit einem kalten Blick an. „Ist das wahr? Hast du deinen Mann, Bernard Townsend, umgebracht?"

Estelle hob den Kopf und sah Greta an. „Bitte. Mach, dass es aufhört. Es bringt mich um."

„Gestehe dein Verbrechen und ich sorge dafür, dass es aufhört", sagte Greta.

Estelle spuckte einen weiteren Haufen Erbrochenes aus. „Ja", stöhnte sie und ich war überrascht, wie leicht das herauskam. „Ich habe es getan."

„Warum?" Ich konnte mich nicht zurückhalten.

Ihre Augen blickten zu mir. „Weil er mich mit

Viola Biddle betrogen hat. Diese verdammte Hure. Also habe ich ihn vergiftet", erklärte sie stolz.

Ich schüttelte den Kopf. „Du hättest einfach die Scheidung verlangen können, du dumme, dumme Schlampe."

Estelle zuckte vor Schmerz zusammen, als sie sich wieder übergab. „Du hast es versprochen", sagte sie und zeigte mit einem zitternden Finger auf Greta. „Mach, dass es aufhört. Ich sterbe."

Greta sah mich an. „Ich nehme an, du ... hast eine Ley-Linie genommen, um hierherzukommen."

„Das habe ich."

„Und sie genau hierher verlegt?"

Ich nickte. „Ja."

Gretas Gesicht war unleserlich, als sie auf Estelle hinunterblickte, die weiterhin zuckte und elend aussah. „Ley-Linien. Manche Hexen können sie einfach nicht ertragen." Sie bewegte ihre Hand in Estelles Richtung und sagte: „Utal dimlivic."

Ich spürte, wie eine Woge der Macht durch mich hindurchströmte. Estelles Augen wurden groß und rollten dann in ihren Hinterkopf, als der Körper der Hexe schlaff wurde. Einen Moment lang dachte ich, sie wäre tot, aber das schwere Schnarchen sagte etwas anderes.

Aber ich musste eines dringend wissen, sonst würde ich auch umfallen. „Habe ich bestanden?" Ich hatte das Gefühl, dass ich mich gleich übergeben musste. „Habe ich es geschafft?"

Und zum ersten Mal lächelte Greta. Sie lächelte mich an. „Ich danke dir, Tessa. Wenn jemand Ruth hätte helfen können, wusste ich, dass du es sein würdest. Ich wusste, dass du es schaffst. Ich gratuliere dir."

„Hm?", sagte ich dümmlich. Bedeutete das, dass sie sich um meine Tante Ruth sorgte? „Was wird mit Ruth passieren?"

Greta lächelte weiter. „Ruth wird es gut gehen." Sie zupfte an der Vorderseite ihres Blazers. „Ich bin auf dem Weg, um mit dem Grauen Rat zu sprechen, damit alle Anklagen fallengelassen werden. Ich werde Ruth anrufen und ihr Bescheid geben."

Meine Augen fingen sofort an zu tränen. Ich konnte nicht anders. Die Tränen liefen aus meinen Augen und es hörte nicht mehr auf, bis ich vor Freude fast geschluchzt hätte. „Es ist also vorbei? Es ist wirklich vorbei? Sie wird wieder gesund?", fragte ich zitternd und schmeckte das Salz meiner Tränen in meinem Mund.

Gretas dunkle Augen blickten in meine. „Es ist vorbei. Sie wird wieder gesund werden."

Meine Knie gaben nach und ich wäre fast zu Boden gefallen, aber der Boden war mit Estelles Erbrochenem bedeckt, also blieb ich lieber aufrecht stehen.

Ruth, meine Ruth, würde wieder gesund werden. Das war das bestmögliche Ergebnis. Mir war, als könnte ich vor Freude einen Salto schlagen.

„Das ist für dich." Aus den Falten ihres Blazers zog Greta ein zusammengerolltes Stück Pergament heraus, das mit einem roten Band zusammengehalten wurde.

Mein Puls pochte laut in meinen Ohren, als ich es nahm und das Band abriss. Ich starrte auf ein juristisch anmutendes, gestempeltes Stück Papier.

Die Unterzeichnenden erteilen hiermit die
MERLIN-LIZENZ
An: Tessa Davenport
Für das erfolgreiche Absolvieren der drei Hexenprüfungen, wie von der unterzeichnenden Leiterin der Merlin-Hexenprüfungs-Ausbildungsabteilung vorgesehen und vorgeschrieben.
Unterzeichnet von der Kursleiterin: Greta Trickle

Ich strahlte. Ich war wieder ein Merlin.

KAPITEL 30

Ich trat aus der Ley-Linie heraus und landete im Flur von Davenport House.

Ich zog meine Stiefel aus und ließ meine Zehen, meine frisch wiederernannten Merlin-Zehen, die Wärme des Parkettbodens spüren. Es war ein herrliches Gefühl.

„Ruth!“, rief ich, als ich in die Küche rannte. „Dolores? Beverly? Iris? Wo sind denn alle?“, rief ich mit aufgeregtem Ton in meiner Stimme.

Im Obergeschoss. Ja, natürlich. Es war kurz nach Mitternacht.

Lächelnd drehte ich mich um und ging zurück in den Flur. Ich rannte hinauf in den zweiten Stock und stürmte in Ruths Schlafzimmer.

Es war leer.

Ebenso das von Beverly, Dolores und Iris.

Verwirrung ersetzte schnell mein freudiges Aufblühen. Wo war meine Familie?

„Sie sind in den Wicked Witch & Handsome Devil

Pub gegangen, um zu feiern", sagte eine mir bekannte Stimme.

Ich zuckte überrascht zusammen, weil ich dachte, dass nur ich und meine Gedanken mir Gesellschaft leisteten. Ich drehte mich um und sah Marcus in der Tür meines Schlafzimmers stehen, nur mit meinem Bademantel bekleidet.

Meine Augenbrauen hoben sich. „Was? Aber ..."

„Ruth hat einen Anruf bekommen", sagte er und ich erinnerte mich, dass Greta das versprochen hatte. Sie musste Ruth angerufen haben, sobald sie den Salon verlassen hatte. „Ich bin gerade erst gekommen ..."

„Nackt", sagte ich.

„Nackt", antwortete er, immer noch ungeniert. „Dolores hat mir einen Bademantel gegeben, aber deiner hat mir besser gefallen", fügte er grinsend hinzu. „Er riecht nach dir."

Ich habe keine Ahnung, warum, aber diese Bemerkung machte mich wirklich an.

Ich ging auf ihn zu. „Und dann?"

Marcus verlagerte sein Gewicht. „Dann...", sagte er und sah mich durch seine dichten, schwarzen Wimpern an, „sind sie gegangen. Du hast sie knapp verpasst."

Ich atmete langsam aus und ließ die ganze Anspannung aus mir heraus. „Nun. Das ist schon in Ordnung. Nach all dem haben sie es verdient, ein wenig Spaß zu haben."

„Du hast es geschafft, Tessa." Marcus streckte die

Hand aus und zog mich zu sich. „Du hast Ruth gerettet."

„Du hast geholfen", antwortete ich und starrte auf seine Lippen, während ein Hitzestrom durch mein Inneres strömte.

„Ich habe geholfen", wiederholte er und er hatte einen erwartungsvoll amüsierten Blick in seinen Augen. „Und was bekomme ich dafür?"

„Ich habe ein paar Dinge im Sinn", antwortete ich, während ich ihm den Bademantel mit einem Ruck von den breiten Schultern schob und damit seinen nackten Körper enthüllte, der einen herrlichen Anblick bot.

Ja, ich war frech. Schuld daran war meine neues Ego. Und ich war es leid, auf das zu warten, was ich wollte. Und ich wollte diesen sündhaft sexy Wergorilla.

Marcus lehnte sich vor, sein Atem strich warm über meine Wange. „Du meinst feiern ... oder sowas?", sagte er und neigte seinen Kopf, um mich zu küssen.

Auch wenn es nicht das erste Mal war, dass wir uns küssten, ließ mich der Geschmack von ihm immer noch wie ein Tier knurren. Sein Kuss war nicht sanft. Er war heftig und besitzergreifend, und ich schmolz dahin. Seine Zunge berührte meine, begierig und heiß, und ich erwiderte den Kuss ebenso innig, wieder und wieder. Dann ließ ich von ihm ab und küsste seinen Hals, knabberte an seinem Ohr und biss hinein.

Er stöhnte auf und das brachte mein Innerstes in Wallung.

„Über was für eine Art von Feier reden wir?“, fragte er, als er sich von mir löste.

Ich grinste wie eine Idiotin und schob ihn zurück in mein Schlafzimmer. Dann zog ich meine Jacke aus und warf sie auf den Boden. „Ich denke ...“, erklärte ich, während ich mein T-Shirt auszog und begann, meine Jeans abzustreifen, „die Art, die die ganze Nacht anhält.“ Ich schlüpfte aus meiner Jeans. „Und sich wiederholt ... immer und immer wieder.“

Ich zog meinen BH aus, schlängelte mich aus meiner Unterwäsche und stand einfach selber völlig nackt da. Okay, meine Merlin-Lizenz zu bekommen, hatte mich vielleicht ein wenig übermütig gemacht.

Aber irgendwie war es mir nicht peinlich. Mein Blick streifte sein hartes und äußerst offensichtliches Verlangen nach mir. Nichts war so euphorisierend wie das zu sehen. Zur Hölle mit meiner Cellulitis. Zur Hölle mit meinen schlaffen, wurstigen Armen. Scheiß auf meine durchschnittlichen Brüste.

Er stand auf mich.

Das war's. Ich wollte ihn wie ein Urmensch vögeln.

Marcus' Augen funkelten vor offensichtlicher Lust. „Du bist wunderschön.“

Sei still und fang an!

Ich griff ihn an wie ein Linebacker und wir lachten beide, als wir in einem Gewirr von nackten Gliedern auf das Bett sanken.

Marcus packte mich und schob mich unter sich. Das Gefühl seines Gewichts auf mir, das Gewicht eines Mannes, löste etwas Wildes in mir aus, und ich drückte mich fester an ihn. Seine rauen, schwieligen Hände glitten über meinen Körper, streichelten mich und jagten mir Schauer über den Rücken. Ich hatte mich so lange so leer gefühlt und jetzt wollte ich voll von ihm sein. Ich fuhr mit meinen Händen über die Muskelstränge auf seinem Rücken und zog ihn zu mir.

Mein Blick wanderte zu meiner offenen Schlafzimmertür. Huch. Ich wollte nicht, dass meine Tanten oder Iris uns dabei erwischten. Nicht, weil es mir peinlich war, sondern weil ich nicht wollte, dass wir aufhören müssten.

„House", rief ich, während die Hitze durch mich schoss und mich aufgedreht und ungeduldig machte. „Mach bitte meine Tür zu und schließ sie ab."

Mit einem Energieblitz und einem Knall schloss sich meine Schlafzimmertür und ich hörte das Gleiten von Metall, als der Riegel einrastete.

So. Jetzt war ich bereit zum Feiern. Die ganze Nacht lang mit einem Mann feiern, der mir wichtig war und der mich heiß fand.

Und zum ersten Mal in meinem Leben wollte ich nicht, dass das Licht ausging. Ich wollte es anhaben.

KAPITEL 31

Früher hatte ich gedacht, dass der Duft von Ruths Pfannkuchen beim Aufwachen das Beste auf der Welt wäre. Aber als ich jetzt diesen sexy nackten Mann mit dem Körper eines griechischen Gottes neben mir in *meinem* Bett schlafen sah, fehlten mir die Worte.

Vielleicht kamen Ruths Pfannkuchen an zweiter Stelle. Hmmm. Vielleicht ... nicht.

Marcus, der Polizeichef von Hollow Cove, dieser starke, freundliche Mann, lag in meinem Bett. *Meinem* Bett. Ich wäre fast darauf gesprungen, als ich aufwachte. Ich war so aufgeregt. Aber das könnte ihn erschrecken. Ja. Es war zu früh, ihm diese Seite von mir zu zeigen. Viel zu früh.

Ich saß in meinem Bett und beobachtete ihn wie eine Stalkerin beim Schlafen.

Dem Hexenkessel sei Dank schnarchte er nicht. Sein attraktives Gesicht war ruhig und friedlich, sein Atem tief und rhythmisch. Ich war versucht, mit meinen Fingern über seine Stirn zu streichen oder durch seine üppigen schwarzen Locken zu fahren, aber das würde ihn sicherlich aufwecken.

Ich starrte aus dem Fenster in den strahlend blauen Morgenhimmel. Es war keine einzige Wolke in Sicht. Grinsend holte ich tief Luft und ließ sie durch die Nase ausströmen. Nichts würde mir heute das Lächeln aus dem Gesicht nehmen, nichts. Ich hatte mich nie glücklicher gefühlt. Alles war perfekt. Und das Gefühl machte gefährlich süchtig.

Ruth war frei. Alle Anklagen waren fallengelassen worden. Marcus lag in meinem Bett.

Verdammt, ich wollte laut singen.

Allein der berauschende Duft von Ruths berühmten Buttermilchpfannkuchen verriet mir, dass es ein herrlicher Tag werden würde. Sie hatte seit Monaten kein Frühstück mehr gemacht. Es war gut, sie wieder unter uns zu haben.

„Warum lächelst du?"

Ich drehte meinen Kopf und erblickte einen hellwachen Marcus. „Du bist wach?", fragte ich und mein Herz raste noch ein wenig mehr beim Anblick dieser schönen grauen Augen.

„Fast", sagte Marcus träge. „Bist du schon lange wach?"

„Nein", log ich. Ich hatte ihn über eine Stunde lang angestarrt, als er geschlafen hatte.

Ich blickte in sein Gesicht, dann zu seinen Lippen und wollte ihn küssen. Aber ich war mir der Sache namens *Morgenatem* sehr bewusst. Niemand wollte das und es war noch viel zu früh in der Beziehung, um so etwas zu tun. Ich brauchte etwas Zeit mit meinem Freund Colgate.

Beziehung. War es das, was das hier war? Darüber würde ich später mit ihm reden müssen, nachdem ich mir die Zähne geputzt hatte.

„Wie hast du geschlafen?"

Ein anzügliches Grinsen breitete sich auf seinem Gesicht aus, während er einen Arm unter seinem Kopf verschränkte. „Unglaublich gut", sagte er verschlafen und die Art, wie seine Augen mich ansahen, ließ eine Welle der Hitze bis in mein Innerstes steigen. Verdammt.

„Das ist gut. Wir haben ... ähm ... gestern Nacht ziemlich viel *gefeiert*." Dreimal, um genau zu sein. Es war der beste Sex gewesen, den ich je gehabt hatte. Aber es gab keinen Grund, ihn das wissen zu lassen.

Aber er sah so verdammt gut aus, so verlockend, dass ich mich zurückhalten musste, mich nicht sofort wieder auf ihn zu stürzen. *Verdammt, ich steckte in Schwierigkeiten.*

Marcus streckte seine freie Hand aus und nahm meine Hand in seine. „Hast du gut geschlafen?"

„Wie ein Baby." Ich rieb meinen Daumen über seinen Handrücken. „So gut habe ich seit Wochen nicht mehr geschlafen." Was der Wahrheit entsprach. „Ich bin so froh, dass die Anklage fallengelassen wurde. Ruth kann wieder sie selbst sein. Meine Familie ist wieder ganz. Wir können endlich wieder unser Leben leben."

„Ist sie das, die da unten brutzelt?", fragte er, während er den Essensgeruch einatmete. „Ich bin überrascht, dass sie so früh aufgestanden ist. Sie sind heute Morgen gegen vier Uhr nach Hause gekommen."

„Du hast sie gehört?", fragte ich und war überrascht, dass ich sie nicht gehört hatte. Aber ich war erschöpft gewesen. Nach unserer *dritten* Feier hatte ich meine Augen nicht mehr offenhalten können.

Marcus sah mir in die Augen. „Ja, habe ich. Du hast geschlafen. Du bist wunderschön, wenn du schläfst."

Ich zog eine Augenbraue hoch. „Hast du mir beim Schlafen zugesehen? Das ist ganz schön pervers." Ich war so eine Heuchlerin.

„Ich konnte nicht widerstehen", sagte er mit einem Lachen. „Ich schätze, das macht mich pervers." Seine Augen wanderten zu meinen Lippen und mir stockte der Atem.

„Es gibt etwas, das ich dich schon lange fragen wollte", platzte ich heraus und versuchte, meine rasenden Hormone zu kontrollieren. Ich war keine sexbesessene Verrückte. Oder war ich das vielleicht doch?

Marcus sah überrascht aus. „Wirklich? Was?"

„Was zum Teufel ist in den blauen Fläschchen, die Ruth für dich macht?"

Marcus lachte laut auf. Wenn Iris und meine Tanten nicht schon wach gewesen wären, hätte sie das bestimmt geweckt.

„Das wolltest du unbedingt wissen?", fragte er sichtlich verblüfft. „Nicht, mit wie vielen Frauen ich zusammen war oder ob ich Kinder in die Welt gesetzt habe?"

Ich schüttelte den Kopf. „Nö. Nur das. Moment mal. Mit wie vielen Frauen bist du zusammen gewesen? Sollte ich mir Sorgen machen?", fragte ich grinsend und merkte, dass ich keine eifersüchtigen oder unsicheren Gefühle hegte. Das ist es, was Frauen mit Eiern in der Hose tun. Sie sind selbstbewusst.

Marcus' Augen funkelten amüsiert. „Es ist für meine Allergien. Ich habe eine schlimme saisonale Allergie und Ruths Trank ist das einzige, was dagegen hilft."

„Das ist alles?", sagte ich ein wenig enttäuscht. „Du hast eine Allergie? Es ist nicht irgendein Super-Duper-Bestienunterdrücker? Eine Verstärkung der Superkräfte? Ein Unsichtbarkeitstrank?"

Marucs schüttelte den Kopf und lächelte. „Tut mir leid, dass ich dich enttäuschen muss. Es ist gegen meine Allergie", wiederholte er und lachte noch lauter, was mich natürlich auch zum Lachen brachte.

Ich räusperte mich und versuchte, ernst zu wirken. „Wenn ich schon dabei bin, dich zum Reden zu bringen, muss ich dich noch etwas anderes fragen."

Marcus verschränkte beide Arme hinter seinem Kopf. „Schieß los."

Ich löste meinen Blick von seinem Waschbrettbauch und sah in sein Gesicht. „Aber du musst mir versprechen, dass du nicht sauer wirst. Versprochen?"

„Ich verspreche es", versicherte er mit einem Lächeln. „Sprich weiter. Was willst du noch wissen? Ich habe keine Geheimnisse. Ich bin ein offenes Buch."

Meine Augen streiften über seine goldene Brust, und in meinen Finger juckte es, ich wollte ihn berühren, überall. „Okay, also, als ich in dein Büro eingebrochen bin ..."

Marcus richtete sich auf und sah mich entsetzt an. „Du bist in mein Büro *eingebrochen*?"

Oh, verdammt. „Du hast gesagt, du würdest nicht böse werden", erinnerte ich ihn und mein Puls schlug schneller, während mir die Hitze ins Gesicht stieg.

Marcus grinste. „Ich weiß, dass du eingebrochen bist. Und ich weiß, dass du mit Ronin zusammen warst, als du es getan hast." Er ließ sich wieder auf das Kissen sinken. „Fahr fort. Stell deine Frage."

Mir blieb der Mund offenstehen. „Wie ich schon sagte ... Ich habe etwas in einem deiner Berichte gesehen."

„Und was?"

„Du hast den Namen meines Vaters, Sean Sanderson, durchgestrichen und ein Fragezeichen dahinter gesetzt. Wieso das denn? Weißt du etwas, was ich nicht weiß?"

Okay, lasst mich das erklären. Ja, der Nachname meines Vaters ist Sanderson. Aber bei Hexen war es nicht unüblich, den Nachnamen der Mutter zu tragen. Vor allem, wenn der Familienname alt und mächtig ist. Davenport ist zufällig einer dieser Nachnamen.

Marcus starrte eine Weile an die Decke, bevor er antwortete. „Das ist wegen etwas, was deine Mutter einmal gesagt hat, als sie hier war. Sie hat uns bei einem Fall geholfen. Ich weiß nicht mehr, warum wir über dich gesprochen haben, aber wir haben es getan."

Er wurde still und ich wusste, dass er an seinen besten Freund dachte. Er hatte mit meiner geliebten Mama an einem Fall gearbeitet. Sie hatten sich zusammengetan. Aber sie hatte ihn verlassen, um zu meinem Vater zu gehen, und ihn allein und ungeschützt zurückgelassen. Er wurde in dieser Nacht von einem Dämon getötet.

Ich schluckte. „Was hat sie gesagt?" Meine Beziehung zu meiner Mutter war, gelinde gesagt, kompliziert, und ich wollte sie eigentlich nicht erwähnen.

Marcus kniff die Augen zusammen, als er darüber nachdachte. „Sie hat gesagt ... dass dein Vater ist nicht dein leiblicher Vater ist."

„Was zum Teufel soll das heißen?" Die Emotionen kochten in mir hoch und das nicht auf eine gute Art.

Marcus sah mich an. „Es könnte eine Menge bedeuten." Er musterte mein Gesicht. „Warum fragst du sie nicht? Sie ist deine Mutter."

Das stimmte. Aber es war zu früh für dieses Gespräch. Ich würde lieber in eine mit dampfendem Kuhmist gefüllte Badewanne springen, als jetzt mit ihr zu sprechen.

Obwohl, wenn mein Vater nicht mein leiblicher Vater war, erklärte das eine Menge.

„Weißt du was?", sagte ich und setzte ein Lächeln

auf, obwohl mir nicht danach zumute war. „Ich bin am Verhungern. Und du musst auch hungrig sein, nach all dem ... du weißt schon ... was wir getrieben haben."

Marcus fletschte seine Zähne. „Ich bin bereit für Runde vier, wenn du willst."

Ich lachte, eine Hitzewelle schoss durch meinen Körper. „Bring mich nicht in Versuchung." Ich starrte ihn einen Moment lang an und schwang dann meine Beine aus dem Bett. Ich schnappte mir meinen Bademantel, der immer noch nach Marcus roch, und zog ihn fest um mich.

Mein Handy piepte mit einer Nachricht und ich nahm es vom Nachttisch. „Es ist eine Nachricht von Willis."

„Wer ist Willis?"

„Einer der Hexer aus den Hexenprüfungen – Oh, mein Gott! Er hat es geschafft. Er hat bestanden. Er ist ein Merlin." Der kleine, mausgraue Willis hatte es geschafft. Er hatte den Fall gelöst, den Greta ihm gegeben hatte, und hatte die dritte Prüfung bestanden. Glückszahl dreizehn.

„Ich freue mich für ihn", sagte Marcus.

Ich strahlte glücklich. „Ich auch. Du hast keine Ahnung, wie sehr er es verdient hat." Ich vermutete, Willis und Wilma hatten gestern Nacht auch etwas *gefeiert*.

Mit dem Gefühl, dass mir die Welt gehörte, legte ich mein Telefon zurück auf den Nachttisch. Ich sah Marcus an und sagte: „Ich komme gleich mit Frühstück und Kaffee zurück." Ich schloss meine Schlafzimmertür hinter mir und eilte die Treppe hinunter.

Unten angekommen, wandte ich mich der Küche zu. Auf dem Weg dorthin konnte ich Ruth am Herd sehen, die lächelnd eine weitere Ladung Pfannkuchen zubereitete. Dolores und Beverly saßen am Küchentisch und lachten. Nach all dem Weinen war es schön, sie wieder lachen zu hören.

Die Göttin war gut zu uns.

Dolores und Beverly sahen auf, als ich mich ihnen näherte. Ich ging in die Küche und steuerte direkt auf Ruth zu. Ich zog meine kleine Tante in meine Arme und nahm ihren Geruch nach Seife und Lavendel in mich auf.

Ruth stieß einen kleinen Schrei aus. „Du wirst noch Teig auf dich kleckern, Dummerchen", lachte sie, als ich sie losließ und zurücktrat.

„Das ist mir egal." Ich seufzte. Erleichterung machte sich in mir breit, als ich ihre hübschen rosa Wangen sah. Sie hatte wieder Farbe. Ich hatte meine Ruth zurück und die Welt war wieder in Ordnung.

„Wir haben versucht, leise zu sein", sagte Dolores, als sie ihre Kaffeetasse absetzte. „Haben wir dich geweckt?"

„Oh, nein. Ich bin schon seit Stunden wach."

„Und hast stundenlang alle möglichen unanständigen Dinge gemacht. Nicht wahr?", wollte Beverly wissen. Ihr Gesicht sah frisch und erholt aus und ihr Make-up war makellos wie immer.

Oh je. „Ich hatte gehofft, ein Frühstück auf mein Zimmer nehmen zu können", sagte ich und spürte, wie mir die Röte ins Gesicht stieg. Ich wusste nicht, warum mir das peinlich sein sollte. Ich war eine erwachsene Frau. Wenn ein Mann wie Marcus in meinem Bett auf mich wartete, hätte ich eigentlich Saltos machen müssen.

Dolores beäugte mich über ihre Kaffeetasse hinweg. „Was für Dinge? Die Prüfungen sind vorbei, Tessa. Greta hat uns alles darüber erzählt. Wir sind alle sehr stolz auf dich." Ihr Gesicht verzog sich zu einem Lächeln. „Ich habe immer gewusst, dass du es schaffst."

„Danke."

„Sie hat einen Mann in ihrem Bett. Das sind die wichtigen Dinge ... oder das Ding", sagte Beverly, bevor ich eine Erklärung abgeben konnte.

In der Küche wurde es still.

Ruth wirbelte herum und verteilte Kleckse von Pfannkuchenteig auf der Kücheninsel und dem Boden. Ihre großen runden Augen passten zu ihrem Lächeln. „Du hast einen Mann in deinem Bett!", sagte sie glücklich, als hätte ich gerade im Lotto gewonnen, als wäre die Chance, dass ich einen Mann in meinem Bett hatte, so gering. Ich war mir nicht sicher, wie ich das auffassen sollte.

„Äh ... richtig ... ähm ... Ja, was das angeht." Ich holte tief Luft. „Weißt du ..."

Es läutete an der Tür.

„Ich geh schon!" Ich wirbelte so schnell herum, dass ich fast gegen die Wand prallte.

Meine nackten Füße klatschten auf den Holzboden, als ich den Flur hinuntereilte und mich fragte, wer das so früh am Morgen sein könnte. Iris hatte einen Schlüssel, also konnte sie es nicht sein.

Vielleicht war es Gilbert. Er hatte endlich herausgefunden, dass wir sein Notizbuch mit den Käufern der exotischen Kräuter hatten, und wollte es zurückhaben.

Ich unterdrückte ein Lachen, griff nach dem Türknauf und zog die Haustür auf.

Mein Lächeln verschwand.

Eine hübsche fünfzigjährige Frau mit dunklem Haar und dunklen Augen stand auf der Schwelle.

„Steh nicht einfach so herum", sagte sie und klang verärgert. „Komm und nimm deine Mutter in den Arm."

Oh, verdammt. Warum tat der Hexenkessel mir das an?

Meine Mutter war hier.

Verpasst nicht das nächste Buch in der *Die Hexen von Hollow Cove* Reihe!

BÜCHER VON KIM RICHARDSON

DIE HEXEN VON HOLLOW COVE

Schattenhexe

Mitternachtsmagie

DIE DUNKLEN AKTEN

Zauber & Asche

Sigillen & Dämonen

SCHATTEN UND LICHT

Dunkle Jagd

Dunkle Aussichten

Dunkler Aufstieg

Dunkle Gabe

Dunkler Fluch

Dunkler Engel

Dunkler Angriff

JUGENDBÜCHER

SEELENWÄCHTER SERIE

Deutscher Titel: Markiert # 1

Deutscher Titel: Elementar # 2

Deutscher Titel: Horizon # 3

Deutscher Titel: Unterwelt # 4

Deutscher Titel: Seirs # 5

Deutscher Titel: Sterblich # 6

Deutscher Titel: Reapers # 7

Deutscher Titel: Siegel # 8

MYSTIKER SERIE

Der Siebte Sinn, Mystiker Buch 1

Die alpha nation, Mystiker Buch 2

Der Nexus, Mystiker Buch 3

GETEILTE REICHE SERIE

Stahlmaid, Geteilte Reiche Buch 1

Hexenkönigin, Geteilte Reiche Buch 2

Blutmagie, Geteilte Reiche Buch 3

DIE HORIZON CHRONIKEN SERIE

Der Seelendieb Buch 1

Der Helm der Finsternis Buch 2

Die Stadt aus Flammen und Schatten Buch 3

Der Herr der Finsternis Buch 4

ÜBER DIE AUTORIN

KIM RICHARDSON ist eine USA Today-Bestsellerautorin von Urban Fantasy, Fantasy und Büchern für junge Erwachsene. Sie lebt im östlichen Teil Kanadas mit ihrem Mann, zwei Hunden und einer sehr alten Katze. Kims Bücher sind in gedruckten Ausgaben erhältlich und es gibt Übersetzungen in über sieben Sprachen.

Um mehr über die Autorin zu erfahren, besuchen Sie bitte:

www.kimrichardsonbooks.com

Printed in Germany
by Amazon Distribution
GmbH, Leipzig

29641993R00213